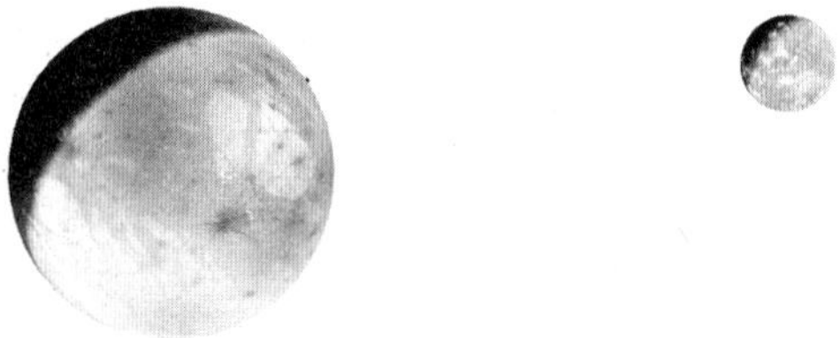

来自天然星的伊迪奥特Mr. Idiot

WHO CAME IN FROM PLANET NATURE

卢因诚 著

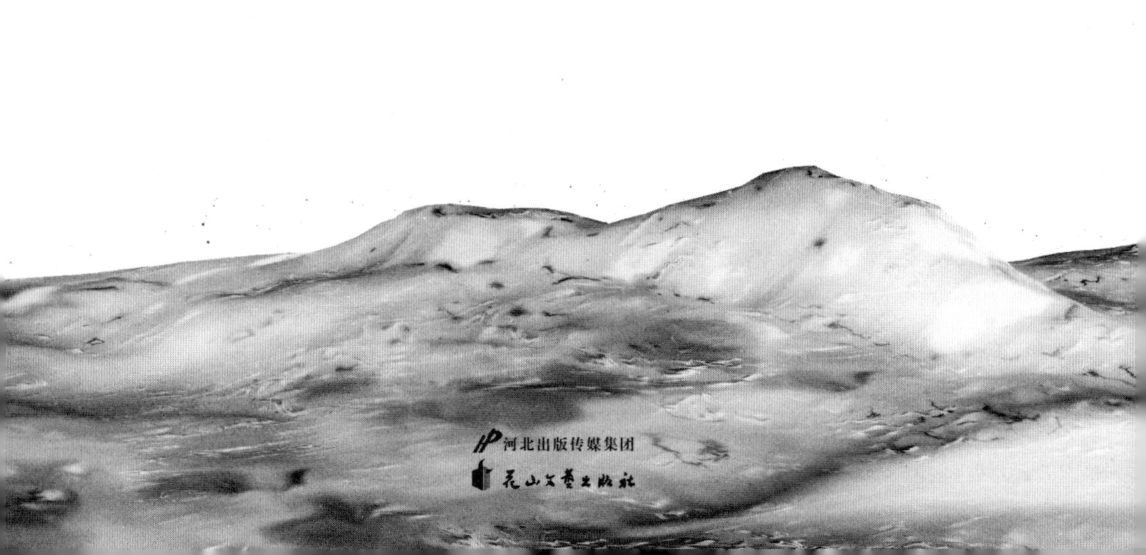

河北出版传媒集团
花山文艺出版社

图书在版编目（CIP）数据

来自天然星的伊迪奥特 / 卢因诚著. — 石家庄：花山文艺出版社，2015.2

ISBN 978-7-5511-2176-7

Ⅰ. 来… Ⅱ. 卢… Ⅲ. 科学幻想小说 - 中国 - 当代 Ⅳ. I247.5

中国版本图书馆 CIP 数据核字 (2015) 第 009053 号

书　　名：来自天然星的伊迪奥特
著　　者：卢因诚

责任编辑：李　爽
责任校对：李　鸥
美术编辑：许宝坤
封面设计：肖　杰
出版发行：花山文艺出版社（邮政编码：050061）
（河北省石家庄市友谊北大街 330 号）
销售热线：0311-88643221/29/35/26
传　　真：0311-88643225
印　　刷：杭州日报报业集团盛元印务有限公司
经　　销：新华书店
开　　本：787 × 1092　1/16
印　　张：15
字　　数：220 千字
版　　次：2015 年 9 月第 1 版
2015 年 9 月第 1 次印刷
书　　号：ISBN 978-7-5511-2176-7
定　　价：28.00 元

谨以此书
献给贺友芃

他以天真的幻想激发了我写作的灵感，
他以奇异的幻象拓宽了我写作的思路。

目　录

c o n t e n t s

目
录
contents

人物表

伊迪奥特 (Idiot) 一 外星人，来自天然星

灵灵 (Lingling) 一 伊迪奥特的儿子，来自天然星

依多丽雅 (Idolia) 一 伊迪奥特的妻子，居住在天然星

约纳斯・路德博士 (Dr. Jonas Luther) 一 在德国从事科学研究的中国科学家

格尔德・施密特博士 (Dr. Gerd Schmidt) 一 德国航空与航天研究院科学家

莉娜・弗罗伊德 (Lina Freud) 一 犹太老人，已故德国钢琴演奏家约翰・斯特恩的女儿

安格莉卡・弗罗伊德 (Angelika Freud) 一 弗罗伊德夫人的孙女，在巴黎大学学习人类学

道格拉斯 (Douglass) 一 美国华盛顿 R.S. 警署缉毒队警长

达杰 (Dajie) 一 中国西藏青藏高原藏族牧人

格列 (Gelie) 一 达杰的儿子

犬类表

（以出场先后为序）

汉克 (Hanke) 一 霍尔斯特・邦德 (Horst Bunde) 的德国魏玛猎犬

卷毛比熊犬 一 某购物主人拴在斯图加特超级市场门前的宠物犬

黑背犬 一 斯图加特警察携带的德国黑背警犬

特奥 (Theo) 一 莉娜・弗罗伊德 (Lina Freud) 犹太老人携带的德国牧羊犬

卡斯罗犬 一 梵蒂冈城国安全检查人员携带的意大利卡斯罗护卫犬

史宾格缉毒犬 一 华盛顿警察携带的英国品种的史宾格缉毒犬

嘎嘎 (Gaga) 一 外星人伊迪奥特的儿子灵灵 (Lingling) 的藏獒伙伴

卓嘎 (Zhuoga) 一 中国西藏牧人达杰的儿子格列 (Gelie) 的藏獒伙伴

汪汪 (Wangwang) 一 外星人伊迪奥特的女儿美美 (Meimei) 的宠物犬

序言

我叫伊迪奥特，我来自外星球

我是外星人，一次偶然的机遇让我从外星球来到地球，现在生活在德国斯图加特。

在德国期间，地球人与我交谈时，多关注三个问题：你叫什么？你从哪里来？你到哪里去？

一天，我在斯图加特步行区国王大道上散步，遇到一位警察携带警犬巡逻，那只警犬对着我狂吠不止。我能够原谅它，它不习惯我们外星人身体特有的、有别于地球人的磁场和体味。

警察让我出示身份证件，当他得知我没有证件时，就带领我到移民局注册。

在移民局，两位公务员接待了我。他们问我："你叫什么？你从哪里来？你到哪里去？"

我回答："我叫 ××××（我是用外星人语言讲出我的名字的），我从外星球来。我在地球上寻找我失散的儿子，然后一起返回我们的星球，与我的妻子和女儿团聚。"

"啊，伊迪奥特！伊迪奥特！"两位公务员边说边笑，笑得很开心。

"伊迪奥特先生，你返回你们星球的愿望是美好的，但在我们看来，它是不可能实现的！人们不能依靠幻想生存。"其中一位公务员对我说。

另一位公务员填写并颁发给我一个准住证，在姓名一栏写着"Idiot"，在停留时间一栏写了"1 年"。

从移民局出来，我无心再继续散步。回到住处立即翻阅字典，查阅单词 Idiot 的含义。字典上的解释如下：（1）白痴；（2）蠢人；（3）傻瓜；（4）笨蛋；（5）低能儿。看过后，我却笑不起来，很不开心。

某天，我在斯图加特的弗朗霍夫研究所访问了科学家鲍曼博士。

初次见面时，鲍曼博士问了我同样的问题：“你叫什么？你从哪里来？你到哪里去？”我做了同样的回答。

鲍曼博士还提出许多问题与我讨论。譬如，浩瀚宇宙中存在类地球吗？距地球最近的类地球位于哪里？你原来居住的星球在哪里？你怎样来到地球的？你知道你的儿子现在哪里吗？你和你的儿子怎样才能返回你们的星球呢？

所有的问题，我们都进行了良好的沟通。临别时，鲍曼博士说：“依克索特先生，在我看来，你的宇宙观念及人生观念有许多可取之处，你返回你们星球的愿望是可能实现的。我期待，下次与你讨论有关爱因斯坦的宇宙观，以及科学与宗教的关系问题。”

“鲍曼博士，你称呼我‘依克索特’？用德文怎么拼写啊？”

鲍曼博士在一张便笺上工工整整地写上“Exot”。

告别鲍曼博士，同样回去查阅了字典。字典上 Exot 的解释如下：（1）从远方海外或热带国家来的人或动物、植物；（2）尤指来自热带的外国人或异国种动物、植物。

另一天，在斯图加特的玫瑰园我拜访了科幻小说作家路德维希先生。

初次见面时，路德维希先生向我提出了同样的问题。我做了同样的回答。

路德维希先生创作小说，爱听各种不同的故事，他希望我能讲讲我的故事。于是，我向路德维希先生讲述了我的故事。

临告别时，路德维希先生说：“依多尔先生，你的故事既新奇又有趣，我喜欢。在我看来，你在地球上找到你失散的儿子，同他一起返回你们的星球，与家人团聚的愿望一定能实现。你知道，我是科幻小说作家，在我这里，一切皆有可能！”

“路德维希先生，你称呼我‘依多尔’？用德文怎么拼写啊？”

路德维希先生马上写下了“Idol”。

等回到住地看了下字典，“Idol”的解释如下：（1）偶像；（2）异教崇拜的神；（3）被崇拜的人（或物）；（4）崇拜的对象。

我在外星球上的一个名字，在地球上演变成了三个名字：伊迪奥特（Idiot），依克索特（Exot），依多尔（Idol）。

依我看，之所以在地球上出现了对于我的不同称呼，缘于地球人对于我这个外星人的不同感觉认知。

我被称为“Idiot”，可能是他们认为我这个外星人痴、蠢、笨、傻、低能；我的思想、言论、行动、形貌、举动可能不符合他们的心意、认识、规范。

我被称为“Exot”，在于他们注重或者愿意将我这个外星人简单地视为“从远方海外或热带国家来的人或动物”或者“来自热带的外国人或异国种动物”，并未优先发现我和他们的习惯认知不同的地方。他们愿意将我视为与他们相差无甚多的人，只是“从远方海外或热带国家来的人”而已。

我被称为“Idol”，是因为像科幻小说作家之类的文学家、艺术家，他们思想活跃，思维离奇，他们的作品中常有艺术化，甚至神祇化的理想人物，因而宁愿将我这个外星人视为他们作品中被崇拜的“神”“人”“物”。

假如，地球人问我：“在地球上，你将会选择哪个名字？”

我将一定回答：“伊迪奥特！”

在地球上，我宁愿被视为“白痴”“蠢人”“笨蛋”“傻瓜”“低能儿”。

伊迪奥特

2013 年 3 月 31 日　斯图加特

Mr. Idiot
who came in from
Planet Nature

来自天然星的
伊迪奥特

第一记录

原来，真是外星人

ONE

不速之客从天而降

施内伦贝格城堡 (Burg Schnellenberg) 位于德国科隆东部的地区。城堡的圆柱、山花、拱券、穹顶、墙体浮雕等建筑元素展现了城堡的古典文艺复兴建筑风格。从城堡极目远眺，绿野青山，天际缥渺，风光骀荡。

2012 年春天，在施内伦贝格城堡召开过一次“微重力科学研讨会”。这次研讨会由德国航空与航天研究院主办，出席研讨会的有特约嘉宾德国宇航员，有相关的德国大学和研究院的科学家以及有关管理部门的代表。

研讨会上，科学家们报告了微重力环境下在宇宙飞船上进行的实验及其成果，重点报告微重力环境下晶体生长实验及其成果。

我是路德博士，我来自中国，作为客座科学家在德国马克斯·普朗克协会固体研究所 (Max-Planck-Institut für Festkörperforschung) 从事科学研究工作。我接到邀请，参加了这次研讨会，并在会上作了题为《在地面和空间生长的半导体晶体中的动力学生长条纹》(Kinetic Striations in Earth- and Space-grown Semiconductor Crystals)》的学术报告。

在科学研讨会日程的最后一天，在古堡用过早餐之后，我坐在古堡客厅沙发上浏览当天的数份报纸。《科隆晨报》快讯栏目中的一则快讯让我眼前一亮，于是全神贯注地阅读起来。

《快讯》本报记者从多瑙兴根 (Donaoschingen) 发来报道：

昨天傍晚时分，猎人邦德先生携带猎犬，在阿尔卑斯山麓黑森林地区的多瑙河发源地多瑙兴根发现一位来历不明的不速之客！

当时，天色朦胧，霍尔斯特·邦德 (Horst Bunde) 先生正带着德国魏玛猎犬汉克 (Hanke) 走在阿尔卑斯山麓多瑙河边。突然，汉克冲着远处河边的一个白色毛茸茸的身影狂吠不止。从远处看，那像是一头动物。当邦德先生悄悄地向它靠近，慢慢地分辨出：它的躯体被厚厚的白色绒毛包裹，四肢却被厚厚的黑色绒毛包裹。

邦德先生走近这位不速之客，它身着黑白相间的羽翼飞行服，身边地上放着一顶散开的降落伞。当不速之客试图摘掉头盔，趴到河边饮水时，汉克冲着它越发激烈地狂吠起来，不速之客惊恐地望着陌生的猎人和他的猎犬，向岸边退缩。

邦德先生尝试使用德语与它沟通，但无任何应答，仍然以惊恐的目光注视着猎人和他的猎犬。于是，邦德先生用手机拨打了 SOS 急救电话请求救助。后续情况有待记者跟踪报道。

此刻，科学研讨会最后日程的学术报告即将开始进行，于是我起身将《科隆晨报》放回报架，立即向研讨会会场走去。

我虽身在研讨会会场，却是心不在焉，还在想着那位从天而降的不速之客：它是谁？它从哪里来？它到哪里去？

在科学研讨会将要闭幕时，我突然意外地接到德国航空与航天研究院格尔德·施密特博士 (Dr. Gerd Schmidt) 的电话："路德博士，有一件重要的事情需要你的帮助，如果可能，请你立即来航空与航天研究院本部面谈。如果需要，我们可以派车前去城堡接你。"我迟疑了一下，然后说："好的。我可以自己驾车去研究院，请告知详细地址。"

德国航空与航天研究院位于科隆，距施内伦贝格城堡 80 公里。驶往研究院途中，我一面开车一面在想："会是什么事情，需要征求一位在德国从事科学研究工作的中国科学家的帮助？"

诚然，在德国从事科学研究期间，我对于有关宇宙空间的信息、活动和研究是颇为关注和颇感兴趣的，也曾发表过诸如《在宇宙空间实验室生长晶体以及晶体中的生长条纹（Crystal growth and development of striations in microgravity environment）》等研究论文。

我所工作的马·普协会固体研究所与斯图加特大学 (Universität Stuttgart) 近在咫尺，研究工作密切合作，成为欧洲固体研究中心之一。

记得数年前，在斯图加特大学的一次"开门日"活动中举办过关于"宇宙航行"的讲座。讲演人是该大学讲师戈德史密斯（P. Goldsmith），他曾经作为宇航员遨游太空，在宇宙飞船里做过科学实验。他讲到他所见到的太空奇异景观，我们居住的地球在他看来是一颗蓝色的小星球。

这位大学讲师兼宇航员的讲演内容新颖而生动，吸引了大批听众，讲演大厅座无虚席，一些人甚至站在过道上聆听他的神奇之旅。

这次讲座在我心中留下深刻的印象，以至于影响到我日后选择了“在宇宙空间实验室生长晶体以及晶体中的生长条纹”课题从事科学研究。

我在驶往研究院本部途中，仍想不明白：“会是什么事情，需要征求一位在德国从事科学研究工作的中国科学家的帮助？会与我在马・普协会固体研究所从事的‘宇宙空间实验室生长晶体以及晶体中的生长条纹’科学研究有关吗？”在不知不觉中，我已抵达德国航空与航天研究院。

隔窗观望外星人

在德国航天与航空研究院本部，一位门卫通报了我的来访。施密特博士，一位具有学者风范的德国科学家，前来迎接我的到来。

“Dr. Jonas Luther, herzlich willkommen!（约纳斯・路德博士，衷心地欢迎你的到来！）”施密特博士热情地与我握手。

施密特博士陪同我走进一间阳光充盈的办公室，并引见我与已在办公室的阿尔卑斯山猎人霍尔斯特・邦德先生相识。在客厅沙发上落座后，施密特博士用德语问起施内伦贝格城堡微重力科学研讨会的情况，询问了我在研讨会上的报告内容。此刻，我依然沉浸在迷惑之中，猜不到他们请我来航空与航天研究院的意图。

寒暄过后，施密特博士突然话锋一转，谈起一位不速之客。

“邦德先生在阿尔卑斯山麓黑森林地区的多瑙河发源地多瑙兴根发现一位来历不明的不速之客！”随后，施密特博士请在座的邦德先生讲述他携带猎犬发现这位不速之客的经历。

“这位不速之客，它现在我们这里！”施密特博士突然说道。

施密特博士的这一句话，令我惊异不止，十分好奇。

施密特博士走到办公室的一堵墙旁，动手拉开墙上的幕布，我以为他要指点我看看幕布后的一张地图呢！其实不然，那是一扇玻璃窗。施密特博士转过身去面对我们，开口说道：“它，它就是那位不速之客！”

“啊，天啊！”我不由自主地脱口而出，竟然一时惊异地说不出话来。

施密特博士完全预料到了我看到这位不速之客时的惊异之情，他说道：“我们与你一样感到惊奇，我们完全不知道它是谁，它叫什么名字，它从哪里来，它到哪里去。”

“在多瑙河边，我试图用德语问它叫什么名字，它只是傻傻地看着我，我看到它那憨态可掬的样子，索性称呼他为伊迪奥特！”邦德先生边说边呵呵地笑。

透过玻璃窗，我看到隔壁也是一间办公室，同样有写字台、椅子和沙发。此外，我惊讶地看到一个背影，似曾在哪里见过的一个形体的背影。

“啊，伊迪奥特！”我站在窗前仔细地打量它，可惜我只能看到它的背影。我看到伊迪奥特白色绒毛包裹的躯体，黑色绒毛包裹的双腿和肥大的双臂，白色的圆滑的头部，它面部正对着向阳的窗口似乎在看什么。

稍后，我们再次来到窗前，施密特博士再次拉开幕布时，我惊异地见到伊迪奥特正在办公室里慢条斯理地走动。这次我看见了它的面庞，在圆圆的面罩后面露出一双炯炯有神的眼睛。它对于隔窗上上下下打量它的我们，表现出不屑一顾的样子。

伊迪奥特具有地球上脊椎动物的一般特征：身体由头部、躯体、四肢、手脚构成，整体身躯高度高于 2 米。它的躯体丰满，和人一样能坐着并且可以直立行走。它的上肢像人类一样活动自如。

它的整体形象酷似中国熊猫！头盔后面的一双圆圆的眼睛藏在八字形的黑色绒毛之中。它穿的服装有一对半圆形的黑色绒毛的耳朵，与藏在头盔黑色绒毛后面的一双眼睛相对应。不仅如此，我注意到，在伊迪奥特上肢摆动行走时，在双上肢与向外突出的两个肩胛骨之间竟然连接着一对能张能合的翅膀！这才是我万万没有想到的！

此刻，我们已经能够确定，伊迪奥特并非一只熊猫，它只是套上了一身熊猫式样的“航天羽翼服”罢了！那么，伊迪奥特同是我们地球人的一员吗？如若不是，它是身着“航天羽翼服”从宇宙中的某个星球飞来地球的外星人吗？

施密特博士重新拉上玻璃窗幕布，请我们重新回到客厅沙发上落座。

“路德博士，我们请你来，”施密特博士的谈话开始切入主题，“正是为了能与伊迪奥特沟通，也许你能帮助我们。”我仍然不解其意。

“我们没办法与伊迪奥特用语言沟通，我们尝试过用英语、德语和法语询问它叫什么名字，它从哪里来，它到哪里去。它表现茫然，它倒是讲了些什么，可是我们完全领会不了。我们遇到了与伊迪奥特相互沟通和交流的难题。”听了这些，我逐步了解了施密特博士请我来的初衷。

“路德博士，”沉思片刻，施密特博士继续说，“你清楚，我们作为航空和航天研究人员，是多么渴望能与一位有可能来自外部星球的客体相互沟通和交流啊！”

此刻，我深切地感受到施密特博士的真诚与科学家的良知，我被感动了。何况，我同样对于宇宙空间研究充满好奇和兴趣呢！

“我们清楚，”施密特博士继续说，“你正在从事《在地面和空间生长的半导体晶体中的动力学生长条纹》科学研究，并且通晓德语、英语，更不必说你的母语汉语了！”

“施密特博士，邦德先生，如果我能为你们的科学研究做些什么，我将很高兴为你们效劳。”我说。

“谢谢，路德博士！”施密特博士露出兴奋的表情，继续说道，“我们殷切地想知道，能否请你尝试用汉语与伊迪奥特沟通？”

“施密特博士，邦德先生，谢谢你们对我的信任和期望！”少许沉思，我从容答道，“我在北京大学读书初期，通过了俄语资格考试，被允许学习第二外语英语。大学毕业，从事多年科学研究工作之后，我有幸获得德国艾伯特基金会 (Friedrich Ebert Stiftung) 资助，作为访问学者从中国来到德国从事科学研究工作。科学研究工作开始之前，我有幸在德国基姆湖 (Chiemsee) 畔的歌德学院学习了德语。”

我停顿片刻，施密特博士与邦德先生都没有插话，似乎在等待我对施密特博士刚才提出的问题做出回答。

“我愿意尝试，”我说，“至于我能否与伊迪奥特成功沟通，却完全没有把握。”

其后，当我们再次来到办公室窗前时，看见伊迪奥特伫立在办公室的一面墙壁旁，仰望着墙上悬挂的咕咕钟，注目于咕咕钟摆动的钟摆。当正点时分咕咕钟上出现小鸟歌唱报时景象时，伊迪奥特的一双圆眼睛里流露出兴奋的光芒。

第一次与外星人亲密接触

依据与德国航空与航天研究院施密特博士等有关人员协商的计划，在参加了“微重力科学研讨会”之后，我独自驾车离开位于阿滕多恩地区的施内伦贝格城堡，返回巴登－符腾堡州首府斯图加特。

我在德国航空与航天研究院期间，已经与施密特博士等有关人员谈到伊迪奥特两周后来斯图加特，以及我陪同他在斯图加特生活一段时间的问题。所谓生活，首先是他在斯图加特的衣食住行，其次是他熟悉陌生环境和学习语言的问题。

斯图加特位于莱茵河支流内卡河畔，它是一座充溢着文化气息的现代都市。伟大哲学家、辩证法学说创始人黑格尔 (G. W. F. Hegel) 诞生在市中心一栋临近埃伯哈德街的房子里；大文豪席勒 (J. C. F. Schiller) 诞生在北郊马尔巴赫 (Marbach)。发现星体椭圆轨道运行规律的伟大天文学家开普勒 (J. Kepler) 诞生在西郊的魏尔德尔施塔特 (Weil der Stadt)；斯图加特芭蕾舞团誉满全球，斯图加特马・普协会固体研究所和斯图加特大学组成欧洲的一个科学研究中心，它还是戴姆勒－奔驰、博世和保时捷总部所在地。

我从事科学研究工作的马・普协会固体研究所位于斯图加特的郊区比斯瑙

(Bisnau) 小镇，我住宿在马・普协会固体研究所所属的宾客招待所。在研究所大楼一层设有宽敞明亮的餐厅和咖啡厅。从周一至周五的工作日期间，我在研究所的餐厅与咖啡厅用餐，周末则选择在附近的或者斯图加特城里的饭馆用餐。有时也在超级市场买半成食品，然后在自己的厨房里加工成食品，偶尔自己也下厨房烹调中国风味食品。

斯图加特大学毗邻马・普协会固体研究所，从研究所步行横穿比斯瑙大街，经过一片小树林，一刻钟的时间就到斯图加特大学主楼了。斯图加特大学校区内附设有大学生宿舍、宾客公寓、大学生餐厅、教职员餐厅与咖啡厅。

伊迪奥特来到斯图加特前，我已向斯图加特大学申请和联系将他安排到斯图加特大学宾客公寓住宿。在那边可以从周一至周五的工作日期间方便地在教职员餐厅就餐，并在大学校园内的语言中心从初级班开始学习德语。至于周末，伊迪奥特可以到我住宿的马・普协会固体研究所宾客招待所来，我们一起共享一日三餐。

2012 年 4 月的一天，我还记得那天是星期五，伊迪奥特在施密特博士陪同下来到斯图加特马・普协会固体研究所。在研究所咖啡厅我招待他们喝咖啡，欢迎他们的到来。

由于语言不通，施密特博士没办法介绍伊迪奥特与我相识，我们只是握了握手。这是第一次，我与伊迪奥特面对面注视，我们互相握手时，我感觉到他有一点紧张，同时感到他的目光明亮而温暖。

此刻的伊迪奥特，看起来已完全不同了。他早已经更换了“航天羽翼服”。这天，伊迪奥特穿了一种叫 Sakko 的米黄色上装，随意配上一条浅蓝色牛仔裤，脚踏棕色皮鞋。这种被称为 Sakko 上装的款式和西装上衣基本相同，但花色随意，面料不讲究，与长裤颜色可以不相同，也不必打领带。在非正式场合，如出差旅行以及在办公室都可以穿这种上装，再随意配一条长裤就可以了。这套装束是欧洲男性非常喜欢的装束。此刻的伊迪奥特，看起来已然犹如一位帅气的欧洲男性了。我想，这套装束可能是伊迪奥特在施密特博士等陪同人员推荐下在德国商场购置的。伊迪奥特随身还提着一个大皮箱，我想，那里面装的肯定是为他准备的衣物和生活必需品了。

我陪同施密特博士和伊迪奥特穿过一片小树林来到斯图加特大学校园，向他们介绍了校园内的宾客公寓，也就是伊迪奥特住宿的房间，并帮他把随身携带的大皮箱放置到房间行李架上。伊迪奥特看到他独居的单元住房，床上整齐的被褥，厕所里洁净的洁具，露出了满意的表情；当他看到还有一个自用的小厨房时，竟然表现出快乐与惊异。

“Hunger？”我面对伊迪奥特，一只手放在胃部问他饿了吗？他向我点头微笑，并转过头对施密特博士看了看，我理解那是在问：“你也饿了吧？”

我们一起来到大学教职员餐厅就餐，这里比大学生餐厅就餐的人少些，服务也更好些，餐饮的选择性更多些，当然，餐饮价格比在大学生餐厅要高些。许多种餐饮呈“一”字形摆在长条桌上，供用餐者自选放在自己的长方形托盘上。在收款处使用就餐卡付费。用于大学的就餐卡我已为他准备好。

在自选餐饮时，我注意到，伊迪奥特紧紧地跟随在施密特博士后面，他似乎并没有遇到太大困难；我猜想，这是由于两周来他在航空与航天研究院的餐厅用餐，已经多少熟悉了同样的就餐程序。尽管大学餐厅与研究院餐厅在餐饮种类上会有差异，但伊迪奥特在自选餐饮时似乎也没有遇到什么难题。

“伊迪奥特会尽可能选择他已经品尝过的餐饮，而避开不熟悉的！”施密特博士这样告诉我。

“他的头脑还是蛮聪明的啊！”我对施密特博士说。

伊迪奥特听到了施密特博士与我的对话，但是我们俩知道，他尽管聪明还是听不懂我们俩正在议论他！

伊迪奥特在航空与航天研究院停留期间，已经学会使用刀、叉、勺子等西方餐具。用餐时，他还不失时机地看看施密特博士如何“消费”那些盘中餐的。

在餐后喝咖啡的时间里，我向施密特博士谈及，如何让伊迪奥特熟悉大学校园及周边的环境和学习语言等问题。

我谈到，自己备有汽车，可以驾车陪同伊迪奥特出行。大学附近的大街旁设有公共汽车和地铁站，乘地铁只需 10 分钟即可到达斯图加特市中心。大学附近的熊湖风光秀美，是休闲游玩的好去处。我还谈到，在伊迪奥特到达斯图加特初期，准备利用我在马・普协会固体研究所的一年 28 个工作日带薪休假，全天陪同伊迪奥特生活，协助他熟悉环境，学习语言。

斯图加特大学大学生宿舍旁边的小山坡上，建有一座二层小楼，那里是大学生的活动站，其中设有语言中心。它是专门为非德语国家中学毕业生来到德国，准备在德国大学求学的准大学生们设置的学习德语的语言中心。初期阶段，伊迪奥特先在我这里学习德语基础发音和一定数量的德语单词，然后就可以在大学语言中心从初级班开始正规地学习标准德语语言了。

施密特博士与我还谈到了伊迪奥特在斯图加特生活和学习期间发生的费用的支付问题。有关伊迪奥特在斯图加特生活和学习计划，施密特博士将立即向航空与航天研究院汇报，研究院将为伊迪奥特在德国的生活和学习费用，以及有关研究经费向德国有关政府部门和支持宇宙科学研究的基金会申请 1~2 年的经费。施密特博士预计，经费不会成为问题。

我们一起穿过那片小树林回到马・普协会固体研究所，伊迪奥特留了下来，我与伊迪奥特目送施密特博士独自驾车离去。

我请伊迪奥特观看了我工作的研究室、研究所图书馆、餐厅和咖啡厅以及我居住的研究所宾客招待所房间。随后，我陪同伊迪奥特步行回到大学宾客公寓中他的住宿房间。

外星人学地球语

在德国航空与航天研究院本部，施密特博士与我交谈之后，我也一直在思考如何解决与伊迪奥特的沟通问题。

我考虑，解决与伊迪奥特思想沟通的前提条件是解决语言沟通问题。为了初步了解伊迪奥特使用语言的种类，我拟订了一套考察他的语言状况的“试题”。

在斯图加特大学区宾客公寓伊迪奥特住宿的房间里，我向他展示了一张语言试卷。试卷上列出了德文、英文、中文 3 种语言的各 10 个相同涵义的词，其中的中文词以简体中文、繁体中文、甲骨文 3 种形式列出。试卷如下：

德文 Sonne, Mond, Regen, Feuer, Holz, Tor, Fahrzeug, Vogel, Elefant, Gefäß.

英文 sun, moon, rain, fire, wood, door, vehicle, bird, elephant, vessel.

中文简体 日，月，雨，火，木，门，车，鸟，象，皿。

中文繁体 日，月，雨，火，木，門，車，鳥，象，皿。

中文甲骨文 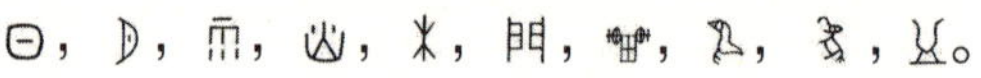

按上述德文、英文、中文简体、中文繁体、中文甲骨文语言顺序，我为伊迪奥特依次读出每个单词的发音。然后，请伊迪奥特用红铅笔圈出他认得的那些单词。

伊迪奥特手持红铅笔，聚精会神地审视试卷，不时摇头、点头、皱眉头，不时露出惊异、快慰、烦恼的不同表情。

出乎意料，伊迪奥特竟然首先在“甲骨文”一行，从左至右用红铅笔圈出了 4 个中文甲骨文字——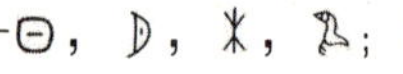；接着，他用红铅笔圈出了两个中文繁体字——日，月；然后，他用红铅笔圈出了两个与中文繁体字同样的中文简体字——日，月。

这时，他停了下来。他先是用右手食指指点德文和英文单词，然后用右手食指指向他的口；我领会，他请我再为他读德文和英文单词的发音。

我以较慢的语速，清晰地按顺序读出德文和英文单词的发音，他极其认真地聆听着，我隐约地能察觉到他面部表情的细微变化。在我依次读德语单词时，他先是点头，接着皱起眉头；当我依次读英语单词时，他同样先是点头，接着皱起眉头。

伊迪奥特先在英文 sun, moon 单词上各画了红圈，然后在德文 Sonne, Mond 单词上各画了红圈。

这个测试结果，让我喜出望外！

让我可以判断，伊迪奥特在上述文字中，对于中文甲骨文的理解能力更好些，也就是说，他对象形文字的理解能力更好些。这正是我拟订考题的初衷。

依据这一测试结果，我为伊迪奥特学习语言制定了实施方案。

中文甲骨文是中国已发现的古代文字中时代最早、体系较为完整的文字，殷墟甲骨文是中国殷商时代刻在龟甲兽骨上的文字，现今已能辨别、确认千余个甲骨文字。

伊迪奥特用红铅笔圈出的4个中文甲骨文字——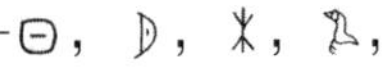，都与日、月、木、鸟的真实物体相像，伊迪奥特由此得以辨认。

伊迪奥特对象形文字的理解能力更好些，意味着在开始阶段，他可以更容易地通过图像、图形、图画学习语言。

伊迪奥特同时认出了英文单词 sun、moon 与德文单词 Sonne、Mond，这意味着，某些英文与德文单词与他在外星球上使用的语言，或者在字形上，或者在发音上存在相似之处，这同样值得我在为伊迪奥特拟订学习语言方案时审慎思考。

经过全面细致的思考，我为伊迪奥特制定了学习语言计划。

按我的想法，伊迪奥特应将德语作为其在地球上生活的第一外语，英语作为第二外语。学好德语，便于他在德国接触人民，融入社会，认识社会；学好英语，便于他与世界上的学者交流宇宙科学问题。

关于学习语言的步骤，希望伊迪奥特首先借助于中文甲骨文象形文字、某些简体或繁体中文文字，图像、图形、图画。尤其推荐《德语图解辞典》(Der Sprach–Brockhaus,Deutsches Bildwörterbuch) 与《英语图解辞典》(The English Duden, A Pictorial Dictionary) 的帮助，学会基础德文、英文单词的发音，懂得单词的意义，就像婴儿开始学话那样，完全不必学习语法的。所以这段期间，伊迪奥特将在他的住所里，在我的辅导下学习德语。

伊迪奥特学习德语的第一天，他已能够说少量德语单词和个别日常用语。譬如，Hunger（饿），Essen,（吃），Durst（渴），Trinken（喝），Toilette (WC)（厕所），**müde**（疲倦），schlafen（睡觉）；Ich habe Hunger（我饿了）！Ich bin **müde**（我累了）。Ich gehe auf Toilette（我去厕所）。这些词汇和短语非常简单，但对于伊迪奥特的生活却极其实用。

一次，我们一起到大学教职员餐厅就餐。他自选了主食、蔬菜外，还选了一种看似清淡的汤，他一边喝，一边称赞：“Die Suppe schmekt mir sehr!”（这汤很合我的口味！）我很高兴他结合场景表达了当时的心境，讲出了一个兼有冠词、名词、动词、人称代词第三格、副词，而且对于他来讲比较长的句子！

一周时间，我与伊迪奥特在一起学习德语。我注意到，他具有超高的语言天分，比之我们地球人的语言天分有过之而无不及。伊迪奥特理解力与记忆力也超强。他的理解力超强表现在他不仅能够通过谈话人讲的语言，还能通过对谈话人察言观色及感觉其情感变化来理解其所讲的语言内涵；他的记忆力超强表现在对德文 26 个字母及 3 个变音字母（Ä,Ö,Ü）、日常用语过目不忘。

一周之后，伊迪奥特掌握了一定数量的基础单词，我安排他到大学语言中心的德语初级班学习。大学语言中心的德语老师教学方式新颖、活泼、开放。一个小班只有十几个学员，学员在课堂上有许多机会听录音、看电影，进行主题对话和表演。语言中心还组织学员到户外活动，在户外活动中结合实际场景进行场景对话。语言中心每周安排交际舞会，定期安排远足和旅行，在丰富的活动中促进多国学员间认识、交流和往来。

在语言中心学习德语的初级班学员，都需要在老师的教导下系统地学习德语字母名称、发音、基础单词、基础语法，以及常用语句，所需时间一般为 3 个月；其后，学员升入德语中级班学习，强化会话能力、阅读能力、表达能力、作文能力，所需时间一般也为 3 个月。中级班结业时，学员们力争通过歌德学院德语中级考试。

由于伊迪奥特具有超高的语言天赋，他不再认同大学语言中心的教学方式，不能满足其学习进度，我只得在其学习了一个月的德语字母名称、发音、基础单词、基础语法，以及常用语句之后，同意他退学并转为在我辅导下自学德语。

伊迪奥特语言能力进步神速。我开始有意识地教他熟悉我们地球人使用的电脑，运用因特网大量阅读书刊杂志，了解地球与地球人的过去、现在和未来，了解人类创造的文学、艺术、科学、教育等方面的文化精华。我还为伊迪奥特购买了一本 Polyglott 出版的《Städteführer Europa》(《欧洲城市旅行指南》)，请他仔细阅读，一方面为提高德语语言能力，同时也为未来可能的旅行做好准备。

移民局注册

伊迪奥特在学习语言与了解地球人类创造的文化精华方面取得了显著成绩，我与他在语言沟通方面获得显著改善，于是我决定陪同他走上斯图加特市区街头，体验社会生活。

我们乘城市 S–Bahn，一种城区快速地铁，从斯图加特大学站出发，经 Schwabstrasse、Feuersee 抵达 Stadtmitte（城市中心站）。出站口便是步行街 Königstrasse（国王大道）。伊迪奥特在我的陪同下，勇敢地走入斯图加特步行区，行走在我身旁，寸步不离。

在国王大道上，许多人正在悠闲地漫步。他们不约而同地向伊迪奥特投来好奇或者惊异的目光。在他们看来，伊迪奥特与地球人外表上无甚大差异，但他们还是有陌生感，似曾见过，又好像从未见过。不过，出于礼貌他们并没对他指手画脚。

伊迪奥特感受到路人向他投来的好奇或者惊异的目光，看到衣衫整齐或者裙摆飘逸的众多男女路人，他感到不甚舒服，好像自己正在人群中“裸走”。

一位英俊青年挽着他漂亮女友迎面向伊迪奥特走过来，并对伊迪奥特轻声地用德语说道：“喂，你看起来有点别样！”伊迪奥特对他们莞尔一笑，并未作答。我立即上前解围，对那位青年人和气地说：“是啊，你说得对！”

当我们走到国王大道与 Schulstrasse 交叉口时，路口立杆顶端固定着一块牌子，伊迪奥特问我，牌子上的字是什么意思。我定睛一看，着实让我忍俊不禁：上面写着“WC 49m”，我告诉伊迪奥特，它的意思是——“厕所 49米”。伊迪奥特表现出茫然不解的样子。我继续解释说，“在箭头方向 49 米远处，设有公共厕所”。伊迪奥特笑了，笑得很开心，连连称赞：“Ok, sehr gut!”（好，非常好！）。那位想到在步行街区立上这样一块提示牌的斯图加特公务员想得好，非常好！

在步行街区国王大道，我向伊迪奥特介绍了位于皇宫广场上古典风格多立柱的国王堡建筑，以及与其相对坐落的老皇宫和作为斯图加特城市标志的国王威廉一世执政纪念柱。伊迪奥特赞美它们“Toll!”，那是伊迪奥特在用德语赞美纪念柱“美极了！”，尽管，他的“L”发音不是完全准确的。

我准备陪同伊迪奥特逛逛国王大道上的 Kaufhof 超级市场，展现我们地球人用智慧和劳作制造了多么丰富多彩的生活资料。刚刚走近超级市场大门，我们看见在大门外的立柱上孤零零地拴着一只体型娇小的卷毛比熊犬，它全身披着白色的卷毛，唯有两只小眼睛周边、鼻子尖端、小嘴周围长着黑色的绒毛；显然，它是被宠爱它的、正在超级市场内购物的主人拴在这里的。看起来，这只卷毛比熊犬十分温顺，然而，当它看见伊迪奥特后，却不断地冲着他汪汪叫。这位地球人宠爱的动物同地球人一样向伊迪奥特投来惊异的目光。市场接待人员礼貌地对伊迪奥特说：“先生，请你谅解，本超级市场是不允许宠物犬入内的。”

“我们离开这里，我们不进入超级市场了！”伊迪奥特毫不掩饰他的不高兴。

虽然我和伊迪奥特没有一起进入超级市场，但刚才发生的事情让我感到非常有趣。伊迪奥特常常习惯地对人，甚至对宠物察言观色；在我与伊迪奥特对话的时候，那位作为地球人类一员的接待人员对我们的对话表露出惊奇，而那位作为地球动物界一员被拴在立柱上的卷毛比熊犬却对我们的对话表露出茫然不解！

我们从 Kaufhof 超级市场门前走过去。伊迪奥特边走边用德语对我说：“我能够原谅那只卷毛比熊犬，它不习惯我们外星人身体特有的、有别于地球人的磁场和体味！”

我陪同伊迪奥特沿着国王大道继续前行，当抵达雄伟的古建筑中央火车站时，看见一群人举着有“Stuttgart 21”字样的标语牌在默默游行，几位骑警，几位携警犬的警察在游行队伍两侧跟随。

“那些人在做什么？”伊迪奥特迷惑不解。

“从标语牌上的文字看，游行人员反对实施‘斯图加特 21’铁路交通重组工程项目，反对拆除城市中的那座火车总站古建筑。”

一位携德国黑背警犬的警察向我们走过来。他的德国黑背警犬面对伊迪奥特虎视眈眈，狂吠不止。德国黑背犬聪明、敏感，本能地怀疑陌生者，具备与训练者很好配合的优秀品质。它能够胜任几乎所有种类的警犬工作，如侦探，巡逻，跟踪，查毒，侦查爆炸物，搜索与救援，追捕凶犯，搏斗等等。

这只德国黑背警犬的敏感的嗅觉或许嗅到了外星人不同于地球人的味道，才如此狂吠不止。那位警察立即喝令黑背警犬停止狂吠，它马上遵从命令停止了狂吠，但是仍然目不转睛地看着伊迪奥特，还从鼻子里不停地发出沉闷的哼哼声；看来，这只黑背警犬训练极其有素，尽管不情愿，也只有违心地服从主人的命令了。

携黑背警犬的警察对伊迪奥特说：“先生，我是警察，正在执行公务。你能让我看看你的身份证件吗？”

我迎着警察向前走上一步，对警察说：“警察先生，这位先生是我的客人，他是外星人！”

听罢我讲的这句“外星人”，这位警察愣住了，嘴里只是不停地重复着同一单词——“外星人，外星人！”然后他问：“请问，你的客人在移民局注册过吗？”

“没有。”我回答，“我只知道，一般外国客人在德国停留需要到移民局注册，难道外星人也需要到移民局注册吗？”

“先生，对不起，”这位警察对我说，“麻烦你与你的外星客人到移民局注册，这对于你和你的外星客人的安全是有益的。”

我与伊迪奥特商议后，表示同意。那位警察携带他的那只还在不停地发出沉闷的哼哼声的黑背警犬，陪同我们来到距离火车站不远的移民局。那只黑背警犬虽然心不情愿，但它还是遵从主人指令默默地尾随其后，它对眼前这个陌生人依然心怀疑忌。

在移民局，两位公务员接待我们，一位负责询问，一位负责记录。

公务员向伊迪奥特提出的问题，恰似人类学家也在苦苦探求的关于人类真谛的哲学问题。一位公务员首先向伊迪奥特提问：“你叫什么？你从哪里来？你到哪里去？”

“我叫 XXXX（伊迪奥特是用外星人语言讲出他的名字的）。”

“伊迪奥特！”那两位公务员完全不能相信自己听到了什么，惊异的表情清楚地写在他们的脸上，只是一而再重复着："伊迪奥特？伊迪奥特？"他们觉得自己听到了"伊迪奥特"这个德语词汇，然而却不敢相信自己的耳朵。

"我从外星来；我在地球上寻找我失散的儿子，然后同儿子一起返回我们的星球，与我的妻子和女儿团聚。"伊迪奥特继续回答道。

他们又问了伊迪奥特几个其他有关外星球与地球的现实问题，在他以他的观点和理念回答了问题后，那位负责询问的公务员突然又问："先生，你叫什么来着？请再说一遍！"伊迪奥特回答："我叫 XXXX（伊迪奥特仍然是用外星人语言讲出他的名字的）。"

"啊，伊迪奥特！伊迪奥特！"两位公务员边说边笑，笑得很开心。

"伊迪奥特先生，你返回你们星球的愿望是美好的，但在我们看来，它是不可能实现的！人们不能依靠幻想生存。"那位负责询问的公务员对他说，并递给伊迪奥特一张表格让他填写。

那是一份"在德国合法停留登记表"。我注意到，在登记表中"姓名"一栏已由公务员填写了"Idiot"（伊迪奥特）；伊迪奥特在"出生时间""出生地点""从哪里来""往哪里去"各栏，分别划了一条横线；在"事由"一栏填写了"旅行"；在"联系人"一栏填写了"约纳斯·路德博士"。然而，他在"家庭成员"一栏却填写了"妻子，儿子，女儿"，这令我十分惊讶！

另外那位公务员填写并颁发给伊迪奥特一个准住证，在"姓名"一栏写着"Idiot"，在"停留时间"一栏写着"1 年"。

从移民局出来，伊迪奥特无心继续在市区街头散步。我们一同乘坐 S-Bahn 地铁回到大学校园。在宾客公寓住处，伊迪奥特立即翻阅字典，查阅单词 Idiot 的含义。字典上的解释如下：Idiot——（1）白痴；（2）蠢人；（3）傻瓜；（4）笨蛋；（5）低能儿。看过后，伊迪奥特笑不起来，很不开心。

Mr. Idiot
who came in from
Planet Nature

来自天然星的
伊迪奥特

第二记录

外星人来自天然星

TWO

地球上还有个小外星人

伊迪奥特与我离开移民局，走向附近的皇宫广场，相对于古典风格多立柱的国王堡坐落着 13 世纪始建的老皇宫和 1746~1807 年建造的新皇宫；与步行街国王大街平行的是蜿蜒数公里的皇宫花园，人们离开繁华的步行商业区马上就可以步入临街郁郁葱葱的公园，仅仅需要 3 ～ 5 分钟而已，那种感觉实在爽快。

我与伊迪奥特漫步在皇宫花园的林荫道上。林荫道边，雕塑林立；数座美女大理石雕塑、母亲和婴儿大理石雕塑，十分优美，为皇宫花园平添了几分平和、优雅。

“伊迪奥特先生，在移民局填写登记表时，你在‘家庭成员’一栏填写了‘妻子，儿子，女儿’，那是怎么回事？我很想知道，你能告诉我吗？”我问。

伊迪奥特没有立即回答，我们沿着皇宫花园的林荫道继续前行，欣赏着路边一座又一座的大理石雕塑，他若有所思。

终于，伊迪奥特开始讲述他的故事。他一边回忆，一边讲述；他目视前方，既像是讲给我听，又像是在自言自语。我能理解他此刻的心情，他对家人的思念，他对命运的无奈。我安安静静地聆听，尽可能不干扰他。

“我与家人居住在宇宙中名为天然星的外星球上，天然星是太阳系外的星系中的一颗行星。在那里我有一个幸福美满的家庭——我，我美丽的妻子依多丽雅，我们聪明的儿子灵灵，我们可爱的女儿美美。依多丽雅原是教员，孩子降生后专职抚育子女；我是物理学家，物理研究所研究员。我们一家住在一幢材质轻便的房子里，房子周边有自家园林。

“一天，我与儿子套上‘羽翼飞行服’，一种可自行驾驶的全封闭的动力飞行服，也是一种喷气动力飞行器，在天空飞翔，像你们这里的雄鹰一样自由自在地在天空中翱翔，欣赏天空与地面上的美景。那是一种运动，也是一种消遣。我的妻子和我们的女儿留在家里，妻子准备晚餐。

“在天空中飞翔为我与儿子带来极大的刺激和快感。我们从天空三维交通网络，一同飞向星球上的星际间飞行空间站；在空间站经常停泊着载人宇宙飞船，服务于天然星人往返于天然星与其他相邻行星之间。我与儿子趁着一时兴致，进入了一艘宇宙飞船，准备驾驶这艘宇宙飞船飞向定期运行至空间站上空的属于同一星系的行星天使星。

“恰在这时，一颗未知星球飞临空间站上空。我误以为它就是那颗天使星，于是启动宇宙飞船驶向这颗星球，并安全降落在这颗星球上。这颗星球载着我与儿子乘坐的宇宙飞船，按其自身运行轨道渐渐飞离我们居住的星球。我们留在飞船里很久、很久之后，我开始察觉到，我们离开我们居住的天然星已越来越远……

“时间流逝，星际空间一片黑暗，我知道，我们已经远离我们星球所属的有发光恒星的星系，我们已经不可能乘坐宇宙飞船返回我们居住的星球。幸好在宇宙飞船里尚储存有食物、水以及压缩空气以维持生存。

“在黑暗的星际空间，我们像有些动物那样冬眠，在昏睡中度过了漫漫时光。不知过了多久，一缕微光从宇宙飞船的舷窗透过，让昏睡的我醒来，我兴奋地预感到我们来到了另外一个有发光恒星的星系！我使用宇宙飞船上的望远镜透过舷窗惊异地看到了一颗正在运行中的蓝色星球，并且看到星球上的陆地、海洋及云朵！我明白，我与儿子逃生的时刻来到了！我唤醒了昏睡中的儿子，检查航天‘羽翼飞行服’，戴上头盔，启动宇宙飞船的核子驱动装置，离开这颗运行中的未知星球，驾驶宇宙飞船飞向那颗蓝色星球。

“当我们飞临蓝色星球上空时，制动宇宙飞船，降低宇宙飞船飞行速度，按蓝色星球运行轨道，与蓝色星球同步飞行。随后，我们再一次制动宇宙飞船，适度调整飞行高度，进入蓝色星球的大气层。然后，选定蓝色星球上的一个最大陆块，适时果断地跳伞离开了宇宙飞船。我让儿子先跳伞下去，稍后我自己也跳了下去。我跳伞时感受到一股强大的高空气流袭来，于是改变航天羽翼飞行服上的羽翼状态，以便控制跳伞着陆的区域。尽管如此，当我安全降落到蓝色星球地面时，我并未见到我的儿子，我立刻惊恐地觉察到，我可能与儿子已经失散了！”

伊迪奥特连续地讲到这里，然后陷入久久的沉默中。我十分同情伊迪奥特的境遇，然而此刻我不知道如何安慰他，或许同样沉默下来是对他最好的安慰。

“后来我才知道，事实上，我安全降落在太阳星系中的行星——地球上了！”伊迪奥特继续讲道，“一位德国猎人，他在阿尔卑斯山麓的多瑙河旁发现了我。他还以为我是一只大熊猫呢！”

“大熊猫？！”我太惊奇了，情不自禁地喊道。

“难怪，难怪，我穿着的‘羽翼飞行服’太像你们地球上的大熊猫了！后来发生的事情，我想，你都知道了。”伊迪奥特说完这句话，再次沉默下来。

不知不觉间，我们已经走过坐落于皇宫花园之中的斯图加特歌剧院，瓦格纳作词、作曲的歌剧《漂泊的荷兰人》大幅演出海报张贴在歌剧院前方。

“看来，我唯有像漂泊的荷兰人那样，历尽磨难才能回到我的爱人依多丽雅身边，结束我漂泊的旅程。”伊迪奥特触景生情感叹道。

“伊迪奥特先生，你会找到你的儿子灵灵，并且重新与你的妻子依多丽雅和你们的女儿美美团聚的，对此我深信不疑！”我不知道我是为了安慰他，还是确信会是这样，才这样说的。

“唯愿如此了！”

“你谈到你在你们星球上穿的‘羽翼飞行服’，我对此非常感兴趣，你能讲讲如何穿着‘羽翼飞行服’在天空飞行吗？”

“‘羽翼飞行服’？啊，它是一种喷气动力飞行器，允许在我们天然星空间特定交通线路上飞行。”

“何谓天然星空间特定交通线路？”我感到迷惑不解。

“哦，那是我们的太空街道网络，它有些像你们地球上地面上的街道线路，需要划分出街道路线、宽度、交通站点；此外还有最重要的一点，需要划分出交通线路高度，换句话说，交通线路的层次。太空街道网络是一种三维立体交通网络结构。”

“有趣，有趣。那么，如果需要变换飞行方向或者飞行高度怎么办啊？”

“遵照交通规则，只能在特定的空间交通站点变换飞行方向或者飞行高度，不同层次的太空街道网络的时速极限是不同的。那一天，我与儿子套上‘羽翼飞行服’，是在最高一层太空街道网络，以最高限速飞行的。”

“‘羽翼飞行服’是一种怎样结构的喷气动力飞行器？”

“简单地说，它由头盔和带有羽翼的封闭的飞行服组成。头盔面部有遮阳与防射线辐射面罩及通讯装置；飞行服由里料、充气夹层、束身网、耐高温绝热面料等构成；有供给氧气系统、燃料动力系统；有压力调节器、高度测量计、速度方向传感器；还有紧急备用降落伞及其控制部件等等。"

"我们地球上也有人穿'羽翼飞行服'在天空进行飞行表演。"

"我相信，我们星球的'羽翼飞行服'，在飞行服材质与燃料动力系统方面有其独到之处，它们制约或者说决定了羽翼飞行人飞行的速度、高度极限以及人身安全性。"

我们走过歌剧院不久，就到了皇宫花园的尽头，登上一座过街天桥来到老火车站广场；这里距离斯图加特大学行政总部已经很近了，广场周边的小街上，有一些幽雅的小饭馆，我与伊迪奥特选择在这里吃午饭。饭后，我们乘坐地铁径直返回宾客公寓。

在宾客公寓，伊迪奥特在朝向玻璃窗的写字台旁默默坐下来，不声不响地用写字笔在纸上开始写什么；我则坐在写字台侧面的沙发上开始阅读《微重力科学研讨会议论文集》。

伊迪奥特在写字台旁默默地写着，写着。我不知道他在写什么，甚至不知道他用哪种文字在书写，如果他在用天然星的文字写什么，我想我是看不懂的。

我坐在沙发上，时而读《论文集》里的文章，时而从侧面好奇地观察伊迪奥特这位外星来客。

伊迪奥特，足有7英尺（2.13米）高，体魄健壮，胸部发达，四肢修长，手指灵活，额头微微隆起，大大眼睛，鼻子宽阔，嘴唇微厚，牙齿整齐，犬齿退化，肤色微暗，胸部、上臂、小腿无汗毛。

在我看来，伊迪奥特身上的这些特点都是人类进化的特征。当人们摆脱繁重的体力劳动，参与更多的体育运动的同时，享有更为健康的、便于咀嚼的食物，从事更多的脑力工作，获得更好的医疗保健，不同肤色的人种之间有了更为亲密的交往，身心获得更为广阔的自由空间之后，人类会显现出更为明显的进化特征。

大约一个小时之后，伊迪奥特终于放下笔，转过身面向我。

"路德博士，我刚刚在给我的妻子写信！"伊迪奥特以平静的语调说。

"你是说，你刚刚在给你的妻子写家书，是吗？"我可平静不下来，我不敢相信我真的听到了他刚讲的那句话。

“是的，没错。”

“伊迪奥特先生，对不起，允许我问你，你愿意告诉我，你写了什么吗？”我知道，这样问他是不礼貌的，可是，我多么迫切地想知道，他写了些什么啊！

“我是用我们天然星人类的文字写的。我告诉我的妻子，我现在平安地来到一颗名为‘地球’的行星上；万分不幸，我与儿子灵灵在跳伞降落地球过程中失散了！我深信，灵灵就在地球上！我将在地球人陪同下，走遍地球，寻找我们的灵灵。一天没找到灵灵，我一天不会停下寻找的脚步！我一定会找到我们的儿子灵灵，并且重新与妻子和我们的女儿美美团聚的！对此我深信不疑。”

“伊迪奥特先生，你想过，你怎么寄出这封家书吗？”过了好一会儿，我才想出这么一句话，回应伊迪奥特。

“Ich weiß nicht!”他用了一句德语回答，意思是他不知道。当然，我也没想到有什么好办法。

外星人来自天然星

伊迪奥特究竟是谁？他来自何方？他原在的天然星是怎样的星球？他是怎么从天然星来到我们的地球的？从见到伊迪奥特那一刻起，这些问题一直是我脑海中的不解之谜。

我们地球所在的宇宙之浩瀚，难以想象。据人类现今的学说，宇宙是由星系团组成的，星系团是由星系组成的，星系是由恒星与围绕它旋转的行星组成的，有的行星周围尚有卫星围绕其运行。

我们居住的地球是太阳系中的一颗行星，太阳系中的太阳是恒星，围绕它旋转的 8 大行星，从近到远依次为水星、金星、地球、火星、木星、土星、天王星、海王星；其中有的行星尚有卫星，譬如，月亮为地球的卫星。

太阳系是银河系中的一个星系。银河系是由无数颗星体组成的星团，仅在银河系中，存在 3000 颗太阳一类的恒星呢！银河系之外类似银河系的恒星系统名为河外星系，已发现的类似银河系中的恒星已达 10 亿多颗，更遥远的河外星系还有待发现！

茫茫宇宙中运行着人类难以计数的星球，宇宙中会有一颗星球与地球类似吗？伊迪奥特来自宇宙中的一颗类似地球的星球吗？求解此难题，还得从了解宇宙的起源开始。

宇宙是如何诞生的？宇宙中的星球是如何形成与进化的？星球上的动物、植物、微生物以及人类是如何产生与进化的？解答了上述问题，然后才能求解宇宙中是否有一颗星球与地球类似。如果这一与地球类似的星球，我们姑且称其为“类地球”，那么在“类地球”上存在与人类类似的“类人类”吗？

按现代天文学中有影响力的“大爆炸”理论来看，大约在 137 亿年前，宇宙起源于宇宙的时间和空间原点。它的最初形态是“连 10~25 厘米也未充满的超高温、高密度的一点。大约 180 亿年前，这一点突然爆炸了。”按这种“大爆炸”理论，所有的炸开的物质向四面八方飞散，形成混沌的宇宙，由质子、中子、电子、光子、中微子等基本粒子组成宇宙。随着宇宙空间基本粒子由超高温逐渐降温，在适当温度下原子核反应发生了，并形成了多种物质元素。物质元素间的物理作用和化学反应导致不同物质的形成和生成。不同物质的微粒在宇宙空间中相互吸引与聚集，形成越来越大的物质团，并逐渐演化成各种恒星、行星、卫星，构成宇宙中的星系、星系团。

在构成宇宙中的难以计数的星球中，是否会存在一颗星球是与地球类似呢？要想得到答案，还得了解宇宙间物质的相互作用。

大约 41 亿年前，地球上的原始大气层和水层开始形成。地球的原始大气中存在水蒸气、甲烷、氨气，在太阳的照耀下，水分解成氢和氧。地球内部的气体，随着火山爆发，形成次生大气，包括二氧化碳、一氧化碳、氢气、氮气、甲烷、氨气等。在阳光的照耀下，气体、熔岩、水相互作用，逐渐形成以氮气、氧气为主的大气层。在这一漫长的演化过程中，菌藻类、藻类、藻类植物、裸子植物、被子植物相继出现；相应的，低级原始动物、海生无脊椎动物、鱼类、两栖动物、爬行动物、哺乳动物、人类相继出现。

由此可以看出，地球上人类的出现的决定条件之一是地球上存在原始大气层和水层；另外一个决定条件是地球在适当远处、按特定的轨道围绕着一颗发光、发热的恒星——太阳运行。

可以设想，在太阳系以外的某一宇宙空间，存在着某一颗发光、发热的恒星，而在其适当远处存在一颗具有原始大气层和水层的行星按着特定的轨道围绕着这颗发光、发热的恒星运行，那么，在这颗行星上就有存在生命的可能性！

这颗太阳系之外的、存在生命的星球会是“类地球”吗？伊迪奥特会是从这颗“类地球”来到我们地球的吗？

一天，我与伊迪奥特在斯图加特大学 Allmandring 住宅区旁边的树林里散步。在这一大片繁茂的树林里，几条林荫小路交错，空气清新，环境安宁。

“伊迪奥特先生，我对你们的天然星很感兴趣呢！在你们的天然星上，肯定存在丰富的水源吧？”我问伊迪奥特。

“是的，那当然！不仅存在水源，还存在大气层。”伊迪奥特爽快地回答。

“在你们的天然星之外，存在发光、发热的星体吧？”

“对。它是一颗恒星，就像你们的太阳；我们的天然星是环绕它运行的行星，那颗恒星让我们的星球有了白天和黑夜，让我们接收光与热，让我们感觉温暖和舒适。那颗恒星的光与热让我们的天然星上的动物、植物、微生物得以存活和生长。”

伊迪奥特简洁明了的回答让我相信，他来自宇宙中不同于太阳星系的另一个星系中的一颗类似地球的星体。这颗类地球星体所环绕运行的发光、发热的恒星可称为“类太阳”。

假若现代天文学中宇宙起源的“大爆炸”理论是正确的，而且，爱因斯坦采用的“宇宙物质是充满全空间的，并且是均匀和各向同性的”假设是成立的，那么，在宇宙“大爆炸”发生后，就使得宇宙中形成地球，同时形成与地球类似的类地球星体也成为可能。

至于这颗类地球星体是否适于人类生存，除了在这颗星体上存在水、大气的必要条件，还需要存在一颗恒星供给这颗类地球星体适当的光与热；因为超强的光与超高的热环境中，人类是难以生存的。

类地球星体生存环境温度，除与星体本身的物质及其特性有关外，最直接的因素是与其环绕运行的恒星类太阳有关，譬如类太阳的发光、发热强度，类太阳与类地球之间的距离，类地球环绕类太阳运行的轨道状况；然而，这并不意味着，类太阳大小需要与太阳大小相同或者相近似，类地球大小、运行周期（决定季节）、自转周期（决定昼夜）需要与地球大小、运行周期、自转周期相同或者相近似。关键的问题不在这里，而在于类地球接收了类太阳传播或者辐射的光与热，在类地球上形成了适宜的温度，适合人类生存。换句话说，类太阳与太阳可以是不同大小的，类地球大小、运行周期与地球大小、运行周期也可以是不同的；但是，由上述因素综合产生的类地球星体生存环境、温度效果，应是与地球星体生存环境、温度大体相当的，才能为类地球上的人类、动物、植物、微生物创造生存的条件。

我相信，在宇宙中存在类似地球的类地球，而伊迪奥特就是来自类地球天然星的人类吗！至于说，伊迪奥特一家所生活的类地球天然星位于哪里，伊迪奥特是怎样从天然星来到了地球，仍是一个未解之谜。我也相信，终有一天，人类会解开这一宇宙之谜的！

外星爸爸惦念儿子

伊迪奥特在我陪同下，从斯图加特乘城市间 IC 快车前往慕尼黑游览。

抵达慕尼黑中央火车站，我与伊迪奥特应邀，立即去拜访我在慕尼黑的一位中国朋友及其夫人。这对夫妇在慕尼黑巴伐利亚交响乐团工作，他们有一个

4岁的女儿，名为安娜；当父母上班时，安娜留在家里由一位阿姨照看。今年初春，这对中国夫妇就从我的电话中得知，外星人伊迪奥特正作客斯图加特。他们殷切地希望，能尽早地在他们家里接待我与伊迪奥特先生。

我介绍伊迪奥特认识了安娜的父母，一对极富才华的古典音乐演奏家夫妇；认识了他们的女儿安娜，一个极富音乐潜能、极其可爱的孩子。安娜在妈妈的注视下，为我们演奏了她学习钢琴的练习曲《致爱丽丝》。

在伊迪奥特与我面前，安娜一点都不认生。安娜称呼伊迪奥特为“伊迪”。她问：“伊迪，伊迪，你能和我一起玩搭积木游戏吗？”伊迪奥特很喜欢安娜，他竟然真的与安娜在一张台面上玩起了搭积木。看到这一情景，坐在客厅沙发上与我聊天的安娜父母感到特别欣慰。

“你有女儿吗？”安娜的发问，让伊迪奥特百感交集，让他立刻想起他的家庭。

“我有一个女儿，她叫美美，和你一样大。”

“她现在哪里？她怎么不跟你一起来我家啊？”安娜又问。

“她和她的妈妈住在地球以外很远、很远的地方。我还有一个儿子，他叫灵灵，住在……”伊迪奥特哽咽了，再也说不下去了。

“安娜，我与伊迪过几天就出发到灵灵那里去！”我听见了他们之间的谈话，于是插话说道。

我与伊迪奥特同安娜一家共进了午餐，餐后不久我们便向安娜及其父母道别离开。途中，伊迪奥特对我说，在他与安娜一同玩搭积木时，一幅画面一直停留在他的脑海里。

“那是怎样的一幅画面呢？”

“灵灵与安娜在一起玩搭积木，我站在一旁观看，看着两个孩子两小无猜、亲密无间，玩得非常开心的样子，感到十分欣慰，像是在梦中一般。”伊迪奥特满怀深情地说。

“伊迪奥特先生，我深信无疑，那幅美好的画面不是梦境，我们会在不久后就能找到灵灵的！”我安慰他说。

离开朋友家，我与伊迪奥特在慕尼黑游览。

慕尼黑是自由州巴伐利亚的首府，在德国民意调查中总是独享“德国最受欢迎的居住城市”的美誉。它之所以如此受欢迎，缘于它的秀美风光，清洁的环境，雄伟的建筑以及它保留了德国的民族传统和民俗文化。简言之，慕尼黑是纯粹的德国城市。

奥林匹克公园是为 1972 年奥运会建造的，奥运场馆造型别致，像是撑开的一把把太阳伞，又像是飘浮在天空中的片片云朵。

我们乘专用电梯到达奥林匹克公园里的电视塔顶。电视塔高达 290 米，在电视塔观景台上可远眺慕尼黑城市景观。电视塔观景台周边设有安全护栏，安全护栏的高度、隔栅的密度是按照人的安全标准设计的，对于游人是绝对安全的。

立足于电视塔观景台上远眺，慕尼黑城市景观尽收眼底。圣玛利亚广场上坐落着慈祥的圣母玛利亚雕像和慕尼黑新市政厅。新市政厅为哥特式风格建筑，塔楼上建有彩色铜人跳舞场景的雕像，据说是为纪念威廉五世和兰妮女公爵的婚礼而建造的。

圣玛利亚广场北侧屹立着圣母教堂和圣米歇尔教堂。圣母教堂为后期哥特式风格建筑，由许多八角柱体支撑着哥特式穹顶，它挺拔的拱形双塔，是慕尼黑城的标志性建筑。圣米歇尔教堂是文艺复兴风格建筑，教堂门廊内的神甫遗像告诉人们他反希特勒独裁的历史。圣彼得教堂在圣玛利亚广场南侧，它的钟楼高高耸起，其巴洛克和罗可可风格装饰华丽无比。

“若是我的儿子现在也在这里，他会急不可待地径直奔向电视塔观景台，一睹美丽风光的。”伊迪奥特触景生情，又想起了他失散的儿子灵灵。

离开电视塔，我们来到慕尼黑繁华的步行街区。那里的商店密密麻麻，物品琳琅满目，游人川流不息。

在圣玛利亚广场上的新市政厅华丽壮观，为哥特式风格建筑。正点时，市政厅钟楼上着巴伐利亚民族装的人体模型会伴随音乐跳起巴伐利亚民间舞蹈，这时，广场上会集聚更多的欢悦的人们。

圣玛利亚纪念柱旁摆放着几个宣传宗教的摊位。不经意间，会有教徒走近人们，把他的黑色礼帽高高地举过头顶，向你深深地鞠一躬，并呈上几本有关圣经的精装书。

步行街旁的喷水泉中立有一座雕塑。雕塑头像倒是很像歌德长诗《浮士德》中的魔鬼梅菲斯托费勒斯，书中的魔鬼与浮士德签订了以浮士德灵魂换取魔力的契约，不过这个“魔鬼”整个夏季都在这里喷水，为慕尼黑人服务。

步行街上游唱歌手在动情歌唱。他们来自世界各地，走向世界各方。游唱歌手们尽心尽意地演唱，并不乞求施舍。按常人理念，他们算不上艺术家，充其量可称之为民间艺人。他们的演唱有时像是呻吟、倾诉、挣扎，有时像是彷徨、求索、呐喊。

在步行街头常常可以看到丑角献艺，他们的装束和表演常常让人忘记烦恼，捧腹大笑。

伊迪奥特在想，如果儿子灵灵现在在身边，当他看到塔楼上彩色铜人跳舞场景，看到街头的丑角献艺表演，他会多么开心啊！

晚餐时分，我与伊迪奥特走进市中心的餐饮店豪夫布劳(Hofbräuhaus)，这是一家巴伐利亚风格的大型餐饮店。厅内和花园里的座位足够多，可以接待上千人同时用餐。我们选择了一张长条木桌，在木桌两侧的长条板凳上落座。餐馆招待员恭敬地请我们点餐饮，我点了白香肠、酸菜、一种称作 Brezel 的椭圆形烤焦的面包圈与特色黑啤酒；伊迪奥特点了酸菜、Brezel 面包圈与特色黑啤酒。管弦乐队在厅内即兴演奏民族乐曲，为享用巴伐利亚特色餐饮的人们开胃、助兴。

餐馆招待员送上我们选定的餐饮，他显然注意到，我与伊迪奥特要了大杯啤酒，于是主动提示我们，慕尼黑“十月啤酒节”夏季就要在慕尼黑开始举办了。

十月啤酒节开始那天，会举行慕尼黑全市啤酒节盛装大游行。先导队之后，是代表不同地域或团体的许多方阵。盛装的人们，伴着乐队演奏的乐曲，浩浩荡荡行进；欢乐的农民套上马车，拉着麦穗进城；幸福的对对情侣，向路旁观看游行的人们频频抛飞吻；满载硕大无比啤酒桶的马车也在游行队伍中前行。从 9 月底到 10 月初大约两周时间的啤酒节要喝掉 500 万公升啤酒呢，快乐的巴伐利亚人个个不醉不休。

十月啤酒节期间，除了豪饮啤酒外，人们可在啤酒节上品尝特色小吃、美味佳肴，参加一系列丰富多彩的娱乐活动，譬如游戏、杂技、历险、极限运动、赛马、射击、游艺活动。观赏戏剧演出、音乐演出、三维立体电影等等。那种忘情欢乐的气氛，充分展现出巴伐利亚人的热情、开朗、豪放、充满活力的性情。

“希望十月啤酒节期间再次见到你们，谢谢！”当我们起身离开豪夫布劳餐饮店时，餐馆招待员走过来向我们道别。

离开餐馆后，伊迪奥特深情地对我说："我们会再来豪夫布劳餐饮店的！待我们找到我的儿子，带他一起来参加十月啤酒节的狂欢！"

不一样的审美观

从慕尼黑返回斯图加特，几天来，伊迪奥特依然郁郁寡欢，我想，他还沉浸在对家人，特别是对儿子的牵挂之中。我决定陪同他去参观美术馆，期望能够以此让他的心情好一些。

我陪同伊迪奥特乘坐 S–Bahn 地铁快车，从伊迪奥特住处附近的斯图加特大学地铁站抵达斯图加特市中心地铁站，参观斯图加特国家美术馆艺术展览。

斯图加特国家美术馆由相毗邻的老美术馆和新美术馆组成。老美术馆由 Gottlob G. Barth 设计，建于 1838—1843 年，1884 年在馆前竖起一座威廉斯国王一世骑马青铜雕像。新美术馆是由英国建筑家 James Stirling 设计，于 1979 至 1984 年建成，具有现代建筑艺术风格的美术馆。

斯图加特国家美术馆馆前伫立着一座女性现代雕塑——《着衣的斜卧者》，为英国著名雕塑家亨利·摩尔 (Henry Moore) 所作。亨利·摩尔的雕塑不再是对人的逼真的写生和生动的再现，而是对现实的自然人的抽象的再创造。主题是人，形体似人非人，是超现实主义的人。这种对自然人的抽象的再创造是一个宏大的、永恒的主题，对主题的理解需要观察者的联想思维。《着衣的斜卧者》中的女性，头部高昂，头小得与整体比例不协调；胸腹部肥厚，蕴涵女性的力量；四肢坚实，右臂有力地支撑着身体。

"伊迪奥特先生，你最欣赏雕塑中的什么？"我问。

出乎我的意料，他应声答道："她的'Popo'。"

"先生，这是儿童用语，还是用'臀部'一词取代 Popo 更文雅。"

斯图加特国家美术馆馆中展出的油画《躺在白枕头上的裸体女人》吸引着参观者。油画作者为莫蒂利亚尼 (Amedeo Modigliani)。应该说，这位意大利画家兼雕刻家是善于以简洁的笔法表现女性裸体美的，作者的这幅画作被誉为"世界精品藏画之一"。

"你最欣赏画中的什么？"我又问伊迪奥特。

他应声答道："她的 Popo 曲线。啊，臀部曲线！"

在欣赏了古典和现代绘画之后，我们参观了版画和造型艺术作品，然后我们到设在楼顶大阳台上的咖啡摊位休息。我们坐在蓝白两色的遮阳伞下一边喝咖啡，一边观望眼前的皇宫广场的美丽景色。广场上古典风格多立柱的国王堡是 1856 至 1860 年建造的。相对于国王堡的是 13 世纪始建的老皇宫和 1746 至 1807 年建造的新皇宫。新皇宫前的皇宫广场中央屹立着 1841 年建造的国王威廉一世执政纪念柱，它是斯图加特的城市标志。

我们的话题又回到了绘画，绘画中的审美趣味、审美感受和审美体验。

"人体美学是我的审美趣味之一。欣赏人体美时，我感到精神和情感的愉悦，我的身心获得了美感。路德博士，你可以讲讲你的审美体验是怎样的吗？"伊迪奥特礼貌地问道。

"女性作为审美客体，总体而论是非常美好的。欣赏主体的审美意象是一种精神和情感上的体验；男人作为欣赏主体——有情感的欣赏主体，对于女性客体可以说是欣赏的，对于有激情的男人而言，可以说是倾情的。"

"倾情于女性的臀部曲线？"

"男人是这样的，确切地说，有的男人赞赏她们的臀部曲线。"

"何以会是这样？"

"Popo-Kurve（臀部曲线），一位数学家说过：女人臀部天然曲线较之用数学公式表达的曲线更具美感。"

"自然是这样的！天然造化的物质要比人工制作的更具审美价值。"伊迪奥特说。

"按你的理念，美是主观意识，还是客观存在？"

"Ach, Philosophie!（啊，哲学！）欣赏主体具有不尽相同的审美趣味和审美感受，而且欣赏主体的审美观念还会因时间和空间而变化。只有那些符合欣赏主体审美趣味和审美感受的审美客体才会具有审美价值。欣赏主体和审美客体的结合才会产生美。”伊迪奥特似是胸有成竹地这样说。

“按你的理念，Popo-Kurve 的美是主观意识，还是客观存在？”

“Popo-Kurve 本身是客观存在，然而它的美是主观意识，欣赏主体和审美客体的结合才会产生美，换句话说，欣赏人和 Popo-Kurve 的存在，其作用结果产生美。”

“存在客观美的 Popo-Kurve？”

“Popo 哲学！”

“对于现实中客观存在的同一 Popo-Kurve，会出现截然不同的审美趣味和审美感呢！在这种情况下，客观存在的这一 Popo-Kurve 是美的还是丑的？”

“倘若无欣赏主体存在，还谈什么美？美本身就是欣赏主体的审美趣味和审美感受。”伊迪奥特显然有点激动。

“那如何理解发掘自梅罗岛《梅罗的维纳斯》的美？对其断臂前的完整形象和创作年代的争论至今没有定论，但人们对其艺术评价则趋于一致：梅罗的维纳斯是爱和美的化身，爱和美的女神。在我们地球上，雕塑和绘画被纳入艺术范畴。艺术用形象反映现实，但比现实更具典型性。雕塑和绘画中的女性比现实中的女性更具美感。”

“你是说：你们地球人对《梅罗的维纳斯》的审美趣味和审美感受趋于一致？”

“是的。又譬如，普遍认为英国画家弗雷德里克·莱顿爵士（Lord Frederic Leighton）的油画《洗浴的普赛克》和西班牙画家委拉斯开兹（Diego R.d.S.Valazquez）的油画《镜前的维纳斯》中的女神极具美感。尤其是《镜前的维纳斯》中的女神，你一定会十分欣赏的！”

“你能肯定？”

“绝对肯定！油画《镜前的维纳斯》突出展现了维纳斯女神的背影，特别是你尤其欣赏的 Popo-Kurve，不过那你得去伦敦国家美术馆看原作了！”

“我们应该寻找机会去伦敦国家美术馆去欣赏艺术品，那是相当值得的。”我又补充说道。

“Toll!”（妙极了！）伊迪奥特兴奋之情溢于言表。

关于物质和精神

我陪同伊迪奥特乘火车从斯图加特途经埃尔富特 (Erfurt)，专程去了图林根自由州的文化名城魏玛 (Weimar)，为的是缅怀德国历史上文化繁荣的魏玛共和国时代。

在魏玛的德意志国家大剧院前的歌德与席勒的巨大铜雕像前，我们驻足仰望。

德国大文豪约翰·沃尔夫冈·歌德 (John Wolfgang Goethe 1749—1832) 和约翰·克里斯托弗·弗里德里希·席勒 (Johann Christoph Friedrich Schiller 1759—1805) 并称德国古典文学史上“狂飙突进时期”的代表人物。他们均在魏玛生活过。

我们首先拜谒了歌德的魏玛故居。歌德魏玛故居位于 Frauenplan，是一栋楼房，临街的是一排三层楼房。歌德于 1775 年接受魏玛公爵奥古斯特的邀请，从法兰克福来魏玛辅佐公爵。歌德在这里生活了五十余年，1832 年 3 月 22 日在这里病逝。

然后，我们前往席勒的魏玛故居。席勒魏玛故居位于 Windischengasse 8 号三层，从 1799 年 12 月至 1802 年 4 月居住在这里。席勒故居与歌德故居相距很近，但它显然没有歌德故居豪华。

在参观歌德故居和席勒故居过程中，我向伊迪奥特介绍了歌德写的三步韵体诗《席勒圣体遗骸》(<Schillers Reliquien>)。

“席勒于 1805 年 5 月 9 日在魏玛病逝。1826 年，当席勒的遗骸从雅可布公墓暂时移至公爵图书馆时，歌德写了三步韵体诗《席勒圣体遗骸》，深深悼念他的挚友。”

“你能背下这首诗吗？”伊迪奥特问。

“这首诗的最后四句给我印象极其深刻，它是歌德对席勒最后的或许也是最高的评价，我可以背诵其德文原文和中文译文。不过，你可能不能完全听懂它的中文译文，当然这没有关系的。”

Was kann der Mensch im Leben mehr gewinnen,
Als daß sich Gott-Natur ihm offenbare?
Wie sie das Feste läßt zu Geist verrinnen,
Wie sie das Geisterzeugte fest bewahre.

人在一生中收获得再多，
莫过于得到上天的启示：
它如何使物质化为精神，
它如何呵护精神之创造。

“Ausgezeichnet! Das Feste zu Geist verrrinen; Das Geisterzeugte fest bewahren.（妙极了！物质化精神；呵护精神之创造。）”伊迪奥特很为这四行诗感动。

“人之赖以生存的空间是物质的世界，衣食住行都离不开物质。人不仅需要生存空间中的物质，更渴望享受生存活动中所创造的精神成果。人类之所以区别于动物，或者确切地说高于动物，也正是由于人类既能够创造物质，又能够创造精神。”

“你认为，人类是怎样创造物质的？”

“劳动，全人类的劳动。人类把生存空间中的天然物质通过劳动设法用物理的、化学的、生物的方法转化为生存可用的物质，用于衣食住行。在将天然物质转化为生存物质的过程中劳力者奉献出劳力，劳心者奉献出智慧。”

“你认为，人类又是怎样将物质转化为精神的呢？”

“劳动，劳心者的劳动。人类的生存活动不止于将天然物质转化为生存物质，人类一代接一代的努力使物质转化为精神。精神是人类生存的终极追求，是人类的最高享受。”

我不能确定伊迪奥特是否理解了我的话，就继续解释道：“精神指人的意识、思维活动和心理状态，精神成果指人的意识、思维活动和心理状态的结晶，譬如文化。文化的概念涵盖文学、艺术、科学和教育等，文学包含诗歌、小说、散文、戏剧等；广义的艺术涵盖文学，还包括绘画、雕塑、建筑、音乐、舞蹈、戏剧、影视、曲艺等等。致力于精神成果创造的人是一群所谓劳心者，学者，文人。劳心者的劳动理应受到尊重，精神创造成果理应得到呵护。”

“在你们地球上，不是所有的人都能够在生存活动中呵护精神创造吧？”

“能够呵护精神之创造的人大有人在，但遗憾的是，不能够呵护精神之创造的人也不少！”

“Traurig!（悲哀！）”

“追逐文化人生的人们，是不会用暴力摧毁文化的，他们会用一切力所能及的方式去保护和呵护人类已创造的精神文明成果的。相反，摧残人类文明之人，譬如纳粹希特勒，曾不惜发动世界大战，使用暴力手段，摧毁人类数千年创造的文明。”

“呵，是否可以说：只有当人们懂得了使物质化为精神，懂得了珍视精神创造之成果，人们才算是与人类之理念有了共同之点，才算是对人类之人生有所感悟？”

“我认为，正是这样的！文化人生是人类的终极追求，是人类的最高享受。”

“我认为，”伊迪奥特说，“人的一生不可津津乐道于追求饕餮盛宴，超奢华居所，淫荡腐朽生活，一辈子只是充当了一回垃圾制造机或者充当了一只垃圾桶。人生应因没有创造和享受精神生活而遗憾或悔恨。”

“伊迪奥特先生，你是怎样理解享受人生呢？”

“人生与艺术、文化是紧密联系在一起的；没有艺术和文化的人生是苍白和暗淡的。享受真情，享受文化，享受大自然，就是享受人生。”

此刻，我真的甚感欣慰。我相信，伊迪奥特觉察到了我对其观念流露出的赞赏。

“在我看来，”伊迪奥特继续说道，“大文豪歌德与席勒的人生，既创造了艺术、文化，又享受了人类的精神文明，堪称辉煌的人生，伟大的人生。”

听完这些，我在内心感慨道：伊迪奥特，这位外星人，竟然在物质与精神的观念上与我们地球人的观念如此吻合！

Mr. Idiot
who came in from
Planet Nature

来自天然星的
伊迪奥特

第三记录

阿尔卑斯山脉寻子

THREE

遭遇牧羊犬攻击

伊迪奥特在我的陪同下，从斯图加特乘城市间 IC 快车前往德国首都柏林，踏上寻找失散儿子以及认识地球的环球旅行之路。当然，我与德国航空与航天研究院研究人员同样希望，在此环球旅行中能够从伊迪奥特那里了解外星球上人类生活环境和生存理念。为了这次环球旅行，伊迪奥特还在斯图加特外事局申请并办理了德国临时护照。

考虑到伊迪奥特与儿子乘宇宙飞船是在地球上空跳伞后失散的，而伊迪奥特是在阿尔卑斯山脉地域被发现的，那么，他的儿子是否有可能也降落在阿尔卑斯山地域？于是议定，伊迪奥特的环球旅行首先选择在阿尔卑斯山脉地域的国家德国、法国、意大利、瑞士进行。

如何向一位外星人介绍德国？这样一个命题，我已经考虑许久。柏林，德国首都，德国政治、经济、文化的中心，当之无愧的代表城市；了解柏林可以了解德国，可以知道柏林的历史，可以清楚德国国家的历史。

"我们地球上的人类，历史上经历过两次世界大战。"当我与伊迪奥特还在通往柏林的欧洲快车上时，我对他说，"第二次世界大战从 1939 年 9 月至 1945 年 9 月，历时整整 6 年。"

"地球人之间战争？"

"是的，地球人之间战争！"

"这场残酷的毁灭性的战争，正是以德国纳粹党头目希特勒为首的战争狂人发动的！"

"德国？"伊迪奥特有些震撼。

"德国纳粹党头目希特勒正是在首都柏林谋划与发动了这场惨绝人寰的战争！"

欧洲快车平稳地、迅速地前行，并发出有节奏的"嗒嗒"声响。

"伊迪奥特先生，"我打破沉默继续说，"我认为，地球上的人类自 1939 年

9月以来，不幸经历了一次‘热战’，一次‘冷战’。”

“Und–”（请继续讲）

“‘热战’是指1939年9月至1945年9月，轴心国家与联盟国家之间的第二次世界大战；‘冷战’是指第二次世界大战后，以美国为首的资本主义阵营与以苏联为首的社会主义阵营之间的无硝烟的战争。”

“如何才能了解这段‘热战’与‘冷战’历史？”

“我认为，最好的办法是我们在柏林参观‘欧洲纳粹大屠杀犹太人纪念碑’与‘柏林墙’。”

“那好，在柏林，我们尽快去参观‘欧洲纳粹大屠杀犹太人纪念碑’与‘柏林墙’！”

欧洲快车抵达柏林的动物园车站后，我们在附近的一个3星级旅馆安顿下来，旅馆整洁，价格适中，为一般旅游者所欢迎。

我们乘出租车从旅馆出发，沿着笔直宽阔的“6月17日大道”向柏林标志性建筑勃兰登堡门(Brandenburger Tor)方向驶去。途经位于“6月17日大道”街心的为纪念战胜丹麦、奥地利和法国而于1873年建造的胜利柱，来到勃兰登堡门广场与联邦议会广场。

欧洲纳粹大屠杀犹太人纪念碑坐落于勃兰登堡门和波茨坦广场之间，德国联邦议会和总理府附近。整个纪念碑占地1.9万平方米，由大小不等的2711块长方体石碑组成，最高的4.7米，最低的不到半米。从远处望去，黑灰色的石碑如同一片波涛起伏的石林。在纪念碑下部是一个位于地下的档案展览馆，展示欧洲犹太人当年惨遭纳粹德国迫害和屠杀的历史资料，包括宏观历史情况、家庭悲剧故事、遇难者名单、遇难地点分布。

“这场对犹太人惨绝人寰的屠杀太让人震撼了！无论如何我是不能让儿子灵灵看到这些照片的；这些残酷的场面对于幼小与纯洁的心灵，太过于刺激了。”伊迪奥特无不感慨地说。

“第二次世界大战历时整整6年，残酷的战争席卷欧洲，波及全球。第二次世界大战致使欧洲4000万人死亡，其中德国一方就有300万士兵阵亡，200多万人受伤致残，50多万人死于空袭；在被驱逐出自己家园的1600万难民中有400多万人死亡和失踪，600万犹太人、众多吉卜赛人惨遭杀害。”

“天啊！”伊迪奥特感到震惊，“可是，我不理解，纳粹党头目希特勒怎么掌控德国国家政权的呢？”

“欺骗与蛊惑。宣扬日耳曼民族主义，纳粹主义；鼓吹雅利安人种优越，犹太人种低劣；推行建立日耳曼民族国家，扩大德国‘生存空间’等等，致使德国许多民众受其蛊惑，轻信纳粹主义，心怀幻想，非理性地支持纳粹党。”

“当德国民众看清了希特勒纳粹党的本质，为何不齐心合力推翻希特勒暴政呢？”

“我也曾有过同样的问题，直到有一天，我听到一位德国老律师对我亲自讲过的一段话后，我才恍然大悟。”

“哪段话？”伊迪奥特好奇地追问。

“他说：‘希特勒上台当初，修公路，发展军火工业，改善了德国的经济不良状况，减少了失业；希特勒巩固了统治地位以后，利用了人民的民族情绪，逐渐走向独裁专制。’这位德国老律师还说：‘我的父亲曾经对我说过，在那个时代，他举手行礼向希特勒致敬也是不得已的。’在希特勒取得政权后，逐步实施独裁与暴政，监禁与杀害一切反对者、反抗者。”

“独裁与暴政。”伊迪奥特重复道。

“德国反抗希特勒独裁与暴政的事件出现过多次，”我向伊迪奥特讲述，“譬如，1943 年 2 月 22 日，慕尼黑大学生汉斯·朔尔和索菲·朔尔兄妹因联合志同道合的同学、艺术家和学者成立白玫瑰小组，散发传单要求‘阿道夫·希特勒的国家把它卑鄙地从我们这里骗走的德国人最珍贵的财富，即个人自由还给我们！’而被纳粹政权的‘人民法院’判处死刑后残酷处决。”

第二次世界大战和第一次世界大战一样，是人类的悲剧。残酷的战争席卷欧洲，波及全球。它扼杀人类的自由、平等、博爱精神，摧残人类的爱情、友情、亲情情感，破坏人类赖以生存、活动、繁衍的物质条件。德国军国主义者希冀从两次世界大战中崛起，其结果适得其反，德国在两次世界大战中先是摧毁了欧洲，然后摧毁了德国。

难道这般惨痛的历史还不足以唤醒世人从中吸取足够的历史教训吗？难道它还不足以唤醒世人反对战争、独裁、压迫，争取和平、民主、自由吗？

“伊迪奥特先生，你们星球上的人是如何看待战争的？”

“我想说，我们星球上的人类，并不热衷于战争。人类之间的战争，损害社会秩序和生存环境，改变人类和平相处的心理状态，停滞或者破坏经济、文化、科学和教育的发展，导致人类的存在与进化出现问题或者成了问题。自然，热衷于战争的人类在宇宙各人类中成为进化迟缓的人类；从宇宙视野思考，进化迟缓的人类一旦面对进化的先进类人类或者面对进化的强大生物群体会在生存竞争中处于劣势地位的。”伊迪奥特坦率地阐述了他的看法。

我与伊迪奥特心怀悲痛缓缓离开纳粹大屠杀犹太人纪念碑群，准备走向勃兰登堡门参观柏林墙旧址。途中，遭遇了一件不幸的事件……

当时，我与伊迪奥特并行走在纪念碑附近的一条大街的人行道上。

突然，我听见伊迪奥特“啊”的一声惊叫，看到时已晚，只见一只成年犬，从我们的后方猛然扑来，一口咬住了伊迪奥特的左腿肚！那只犬的颈部拴着一条长长的狗链皮带，后面跟随一位步履维艰的白发老夫人和一位搀扶着她的少女，白发老夫人惊慌失措，无气力地对那只犬喊着：“Theo halt! Theo halt…”（特奥，站住！特奥，站住……），那嘶哑声让人心肠颤抖。

那嘶哑的呼唤声似乎让那只一向对主人唯命是从的特奥心肠颤抖了，它松开了伊迪奥特左腿肚，乖乖地蹲坐在一旁，像是一个知道犯了错误的孩子，等待训斥和处理。此刻，只见鲜红的血液润湿了伊迪奥特的米黄色裤腿。那位美貌少女见此情势，来不及道歉，立即报了警。

白发老夫人的这只犬属于德国牧羊犬品种，百余年前该犬品种已在德国各地繁衍下来，并作为牧羊用犬。德国牧羊犬体型高大，外观威猛，并且具备极强的工作能力，在全世界范围以警犬、搜救犬、导盲犬、牧羊犬、观赏犬以及家养宠物犬等身份著称。

德国牧羊犬对主人非常忠诚，听从主人的所有指令去完成任务。它具有很好的自我防卫能力，很强的平衡神经系统，并具有绝对的奉献精神。德国牧羊犬并不好斗，但它心高气傲。对于它认为不怎么构成威胁的对象，可以只用眼角来扫视；但假如需要的话，它也是一个勇敢的、威猛的攻击者。在与人的关系中，它会与人产生一些感情，同时，它的疑心很强，易于怀疑陌生人；但如果一旦与人建立了友谊，那是终生都不会改变的。

在白发老夫人的牧羊犬特奥伤人、美貌少女报警后，救援系统反应十分迅速，事发地点又处于柏林中心区域，不到 5 分钟，警车与救护车已然准确到达事发地点，并在救护车里对伊迪奥特伤口进行了消毒和包扎。白发老夫人在那位美貌少女搀扶下，连同她的特奥上了警车，交通警察驾驶警车为救护车开道，我陪同伊迪奥特乘坐救护车迅速驶往最近的医院。

途中，随车医生向我们了解了事发情况。我向医生说明了伊迪奥特的外星人背景以及外星人具有的电磁感应特异功能和异乎于地球人的体味；地球上的犬类似乎对于外星人的体味极其不适应，以至于在斯图加特发生过德国黑背警犬冲着伊迪奥特无缘无故狂吠，并试图攻击伊迪奥特的事件。这些信息让随车医生十分惊诧，反复重复一个单词——Unglaublich! Unglaublich!（难以置信！难以置信！）

抵达最近医院，医生们立即会诊，特别讨论了外星人是否可以与地球人一样，同样用药及治疗问题；这个问题比较棘手，因为各位在座医生全然没有治疗外星人的知识和经验。

“路德博士，你怎么看待这个问题？”主治医生问。

“从天体形成和生物进化论的角度看，伊迪奥特先生是从‘类地球’行星天然星来到地球的外星人，天然星与地球的形成过程类似，在天然星与地球上经过漫长进化形成的天然星人和地球人理应是类似的，或许他们具有相似的基因。我不是医生，我是科学家，我的看法只能作为各位医生确定治疗方案的参考。”

事不宜迟，医生们立即为伊迪奥特实施了诸如注射狂犬疫苗、打破伤风针剂之类的紧急治疗措施，并希望伊迪奥特留在医院接受全方位护理和观察。医生征求伊迪奥特的意见，他表示同意。

白发老夫人在美貌少女陪同下来到伊迪奥特面前，表达深深的歉意，并留下联系地址和方式，祝愿伊迪奥特先生早日康复。

当晚，我陪同伊迪奥特留在医院住院观察与治疗。

犹太老人有故事

伊迪奥特住院观察与治疗，他的伤情稳定，伤口并未出现感染迹象。为此，我们很是高兴，医生们倍感欣慰。

早餐之后，我与伊迪奥特取出白发老夫人留下的名片，细心审读。上面写着：莉娜·弗罗伊德 (Lina Freud)，教授，柏林国家音乐与造型艺术学院地址、电话、电子邮件……

早餐之后不久，莉娜·弗罗伊德教授夫人在那位美貌少女陪同下，来到医院病房看望伊迪奥特。

弗罗伊德夫人开口就询问伊迪奥特伤情，听到他伤情稳定，伤口并未感染，弗罗伊德夫人发自内心地高兴。

“啊，太好了，太好了！我对于我的特奥伤害了你，感到深深……”弗罗伊德夫人流下了眼泪。

“奶奶为此深感内疚，彻夜未眠。”美貌少女补充说。

“啊，我还未向你们介绍，她是我的孙女安格莉卡 (Angelika)，目前在巴黎大学攻读人类学学士学位。”

“弗罗伊德夫人，”伊迪奥特说，“你不要感到内疚，这不是你的错，对于我们外星人的体味，你的特奥不能适应，它出于保护主人的意识奋起攻击，我能够理解和原谅它。”

“我和奶奶十分感谢你的宽容和理解！”安格莉卡说。

安格莉卡和奶奶对于外星人话题有着异乎寻常的兴趣，于是我们兴致勃勃地谈起外星人以及星际旅行。

后来，我们的谈话又从外星人转换到纳粹大屠杀犹太人纪念碑。

“昨天我们相遇在波斯坦广场附近，当时你们刚刚参观过纳粹大屠杀犹太人纪念碑吗？”弗罗伊德夫人问。

“是的，夫人。犹太人的悲苦命运太令人震撼了！”我回答。

“先生，我就是犹太人的后代呢！”弗罗伊德夫人口气平和地说。

我与伊迪奥特一时哑然无语，我们都被这一句话震惊了。

“奶奶是德国著名钢琴演奏家约翰·斯特恩 (John Stern) 教授的女儿。”安格莉卡插话。

“弗罗伊德夫人，我与伊迪奥特先生都急切地想听听你的故事呢，你能为我们讲讲吗？”我说。

“是啊，那样我的伤口就会更快地愈合了！”伊迪奥特半开玩笑地说。

“会是这样？那么好。”弗罗伊德夫人开始简要地讲述她的故事。

“我最初的名字叫莉娜·斯特恩，爸爸约翰·斯特恩，母亲海伦·斯特恩。爸爸是慕尼黑音乐学院教授，妈妈是中学音乐教员。爸爸具有犹太家族血统，妈妈在我 3 岁的时候因病早逝。”说到这里，弗罗伊德夫人略停片刻，也许她想起了她亲爱的妈妈。

“1938 年 11 月 9 日晚上，”弗罗伊德夫人继续讲述，“柏林和其他许多地方发生了捣毁、焚烧犹太人商店、住宅、教堂的暴力事件。一些纳粹暴徒，走上街头，挥舞棍棒，疯狂地砸向犹太人商店、住宅、教堂的玻璃门窗，同时抢掠、放火烧毁它们。许多犹太人遭到侮辱、殴打和逮捕。街头到处可见散落的破碎玻璃，空空如也的橱窗，烧毁的残垣断壁，其惨象不堪入目。人们看见，那些被砸、被捣毁了店铺的可怜的犹太老人，在无门无窗的店铺前默默地用扫帚和簸箕清理玻璃碎片。仅此一天，无数犹太商店遭到抢掠，几乎所有的犹太教堂被捣毁，91 名犹太人被杀害，2600 名犹太人被逮捕，并被关进集中营。”

“更加不幸的日子，接踵而来。”弗罗伊德夫人讲下去，“那一天我永远不会忘记——1938 年 11 月 16 日，星期三晚上，我的爸爸——具有犹太血统的斯特恩教授在慕尼黑我们家的住宅里被戴着纳粹臂章的武装人员逮捕，不知去向。当时我只有 5 岁……我家的阿姨将我带到邻居家。据这位邻居讲，那次逮捕只持续了十几分钟时间，人们看见斯特恩教授穿着便服，提着小箱子被推进罩有绿色篷布的卡车，呼啸而去。”

在座的所有人都沉浸在悲痛之中，在旁边的一位护士流下了眼泪，安格莉卡将头埋在奶奶的膝上已经泣不成声了。奶奶抚摩孙女的头发安慰她。

不觉得过了多少时间，在座的人平静下来，弗罗伊德夫人继续讲下去。

“由于妈妈出身并非犹太人，我暂时逃过如同父亲那样的犹太人劫难。在德国居住的姨妈，在适当时机将我秘密地转送到在瑞士圣加仑的小姨家，被迫离开德国家园，避难瑞士长达8年，直至战争结束。感谢瑞士在战争时期保持中立，使得包括我在内的弱势群体，得到它的庇护。”

“后来呢，你父亲的命运是怎样的？”伊迪奥特关切地问。

“在富于理性的人士协助下，爸爸从巴伐利亚犹太人集中居住区成功出逃，经历艰难和危险，途经黑森林、马尔巴赫、艾尔萨斯、巴黎、马赛，流亡到地中海西班牙马略卡岛。”

“堪称‘教授的生死逃亡’啊！”伊迪奥特感叹。

弗罗伊德夫人缓缓地讲述了后续的故事。

“从纽约茱莉亚音乐学院钢琴专业毕业的珍妮女士，怀着对艺术与爱情的憧憬和激情远赴德国，在慕尼黑音乐学院师从我爸爸攻读音乐硕士学位。对勃拉姆斯音乐作品的共同偏爱，促使他们相识、相知与相爱。珍妮女士从慕尼黑独自经巴塞罗那，抵达马略卡岛，与逃亡中的爸爸在马略卡岛相聚。厄运积蓄的痛苦，逃亡沉淀的经历，激情释放的灵感，友情赋予的才智，爱情迸发的活力，让爸爸和珍妮女士这对恋人在马略卡岛以热情、心血和眼泪谱写出不朽的《c小调自由交响曲》(合唱)。”

“多么伟大的爱情啊！”安格莉卡感叹。

“珍珠港事件爆发，美国宣布参战。翌年初，爸爸和珍妮女士搭乘克雷乌斯公司运输油橄榄轮船赴美，商船在大西洋上遭遇德国U–潜艇攻击，爸爸头部受到脑震荡创伤。在美国，爸爸与珍妮女士全心投入到支援反法西斯战争的募捐巡回演出中。多年流亡苦难生涯与募捐巡回演出奔波劳碌致使爸爸在巡演指挥台上突发脑溢血，随后逝世于纽约医院。临终前爸爸未能见上女儿一面……他委托珍妮女士为女儿的监护人，期望培养女儿将来成为一名艺术家。”

“多么凄美的故事啊！”我说，“然而，它又多么像我最近读过的名为《德国之恋》小说讲述的故事啊！”

“路德博士，你的感觉是对的。”弗罗伊德夫人露出了笑容，“据我所知，欧美长篇小说《德国之恋》是以我们家的真实故事为蓝本创作的！”

“原来是这样……”

“弗罗伊德夫人，德国纳粹到底为什么如此残酷地屠杀犹太人呢？”伊迪奥特问。

“在德国发生的逮捕、囚禁、驱除、杀戮犹太人的恐怖事件，是纳粹政府秉承希特勒的意志和种族主义理论实施的一项国策。”弗罗伊德夫人解释说，“希特勒的种族主义理论是一种极端的社会达尔文主义生存竞争理论，它将世界历史的全部过程说成是优等民族与劣等民族的种族生存竞争的过程。只有雅利安种族才是第一人种，才是高尚人性的缔造者，才是人类文化的缔造者。在雅利安种族中，日耳曼人，首先是德意志人，具有特殊的重要地位。希特勒的种族主义理论将犹太人列为雅利安人的最大对立人种，犹太人被认为是一切邪恶事物的根源。希特勒依据这种极端的社会生存竞争和反犹太主义理论，提出了在欧洲建立一个德意志民族的日耳曼国家。”弗罗伊德夫人解释。

“竟然是这样！”伊迪奥特感叹道。

“奶奶，你今天是来为病号讲历史课的吧？！”安格莉卡半开玩笑地说。

“这孩子，怎么能对奶奶这样讲话啊！”弗罗伊德夫人说。

“我与伊迪奥特极其喜欢听你讲述的故事，听你解读纳粹德国迫害犹太人的政治目的。”我说。

“是啊，完全是这样！我在想，如果你明天还能协同安格莉卡一起来看望我们，给我们继续讲你的故事，那我的伤口很有可能明天就痊愈了！”伊迪奥特恳求道。

“对了，你还没有讲，你是怎样由莉娜·斯特恩女士成为莉娜·弗罗伊德夫人的呢！”我说。

“是啊，是啊，这个问题与柏林墙息息相关呢。我想，还是等待几天，待伊迪奥特先生完全康复，我与安格莉卡来接你们，我们一起看柏林墙去！”

“好，好，就这样商定吧！”我与伊迪奥特都表示赞同。

超越柏林墙的爱

伊迪奥特留在医院观察与治疗两天，伤口基本愈合。经医生同意，我陪同伊迪奥特回到我们在柏林动物园附近的旅馆。期间，弗罗伊德夫人多次来电话慰问，并约定在勃兰登堡门会合，一起参观柏林墙遗址。

当日上午 9 时许，我与伊迪奥特乘出租车从旅馆出发，沿着笔直宽阔的“6 月 17 日大道”向柏林标志性建筑勃兰登堡门方向驶去，途经位于“6 月 17 日大道”街心的胜利柱，到达勃兰登堡门广场。远远地就望见坐落于广场中央的德国标志性的建筑——勃兰登堡门。透过勃兰登堡门五个通道极目远望，是与“6 月 17 日大道”一样宽阔、一样笔直的“菩提树下大道”。

勃兰登堡门宏伟瑰丽，可与巴黎凯旋门相媲美。勃兰登堡门门楣处镶嵌有希腊神话浮雕，在勃兰登堡门之上建有雄伟的、栩栩如生的雅典女神驾驭的驷马并驾双轮战车青铜雕塑，这座驷马并驾双轮战车青铜雕塑曾于 1806 年被拿破仑掠至巴黎，8 年后复位于勃兰登堡门。

不久，弗罗伊德夫人偕同孙女安格莉卡也来到勃兰登堡门广场，她们是驾驶自家车来的，奔驰轿车已经停放在广场附近的停车场。

看上去，弗罗伊德夫人精神矍铄，安格莉卡热情洋溢。

“看到伊迪奥特先生完全康复，特别高兴！再次见到你们的感觉，就仿佛又见到老朋友一样！”弗罗伊德夫人高兴地说。

“我们也有同样的感觉！”伊迪奥特回答。

“我的孙女比我还急于见到你们，你们知道其缘由吗？”弗罗伊德夫人问。

我们摇头，安格莉卡暗暗窃喜。

“你们知道，她是学人类学的，她说，多么难得，能够有机会与外星人零距离相处！”

“我们感到十分荣幸！”伊迪奥特回答。

在勃兰登堡门旁，弗罗伊德夫人向伊迪奥特与我介绍勃兰登堡门在第二次大战后所处的政治地位。

“第二次大战后德国作为战败国被划分成 4 个区域，被战胜国美国、英国、法国、苏联分别占领，继而在美国、英国、法国占领区于 1949 年 5 月 8 日成立了德意志联邦共和国（西德），在苏联占领区于 1949 年 10 月 7 日成立了德意志民主共和国（东德），并形成分治的西柏林（西德）和东柏林（东德）。勃兰登堡门就处于西柏林与东柏林的分界处。”

“那么，分割西柏林与东柏林的柏林墙位于何处？”伊迪奥特问。

“柏林墙现已拆除，柏林墙原址就在我们现在所在的地方！”弗罗伊德夫人向伊迪奥特解释，“当时，勃兰登堡门隶属东柏林地区，柏林墙建在勃兰登堡门前。”

弗罗伊德夫人从手提包里拿出两幅原在勃兰登堡门现场拍摄的图片，一幅是勃兰登堡门前的柏林墙，另一幅是东柏林人与西柏林人相会在柏林墙残垣上。结合这两幅图片，她向我们介绍了柏林墙建造和拆除的历史。

东德人在 1961 年掀起了逃往西柏林的浪潮。从 1 月至 8 月初，就有 6 万人逃往西柏林。1961 年 8 月 13 日，星期日，东德昂纳克 (Erich Honecker) 政府在东德一侧的西柏林边界实施戒严。拉起了铁丝网，马队军犬巡逻，堵塞通往西柏林的大街，断绝通往西柏林的地铁和电车交通，坦克镇守重要交通路口，东柏林人和东德人，包括 6 万名在西柏林工作的东德人被禁止踏入西柏林。

在东柏林、东德与西柏林边界线上拉起的铁丝网并未有效地阻止东柏林人逃往西柏林。很多逃亡的人都是以前的“边界跨越者”，其中有许多人在西柏林有工作、朋友和家庭。他们有逃亡的动机，知道自己在西柏林该去哪里。

东德政府于是决定在东柏林、东德与西柏林边界线上建造柏林墙。1961 年 8 月 18 日开始，在武装士兵监视下，东德建筑工人开始将铁丝网改建成恐怖的柏林墙。

“柏林墙的结构是怎样的？看图片它显得阴森、恐怖。”伊迪奥特问。

“是的，阴森恐怖！我现在就开车陪同你们去亲眼看看尚存的一段柏林墙。”安格莉卡说。

我们一行从勃兰登堡门来到贝尔瑙大街 (Bernauer St.)，亲眼目睹了德国联邦政府有意识地保留下来的一段 1.3 公里长的柏林墙，如今它已被一些“涂鸦者”在墙体上涂了许多各式各样的彩画。

柏林墙与通常的墙体截然不同，它是一座墙体式防御工事。

柏林墙主体结构可分为多座瞭望台和多层防线——长度超过 155 公里，高度超过 2.74 米的水泥墙体；两米高的铁丝围栏；音响警报电缆；铁丝网；多座碉堡；多条警犬；6 至 15 米宽的无草皮空地；阻止车辆行进的 3~5 米深的壕沟；5 米高的路灯；局部边界处于施普雷河河道；众多武装警卫巡逻。

东德当局称柏林墙为“反法西斯防卫墙”(Antifaschistischer Schutzwall)，多数西方国家认为建围墙的真正目的是阻止东德人逃入西柏林。

我们一行四人在贝尔瑙大街近旁的一处林荫花园的长椅上坐下来休息。

“弗罗伊德夫人，”我问，“你还没有讲，你是怎样由莉娜·斯特恩女士成为莉娜·弗罗伊德夫人的呢！你上次说过，这个问题与柏林墙息息相关呢！”

“是的，这个问题确实与柏林墙息息相关。”弗罗伊德夫人开始讲述那段难忘的历史。

“东德政府于 1961 年 8 月 18 日在东柏林、东德与西柏林边界线上建造柏林墙时，我正在西柏林的国家音乐与造型艺术学院从事教学工作，而我的男朋友维克托·弗罗伊德 (Viktor Freud) 在东柏林的德意志音乐学院继续其古典歌唱和音乐剧的学业。”

“啊，维克托·弗罗伊德，弗罗伊德先生！”我插话。

“1951 年秋，我在慕尼黑完成中学学业后，慕名选择在著名的东德莱比锡音乐与戏剧学院作曲系深造。在学院排练莫扎特歌剧《魔笛》过程中，我结识了学院古典歌唱和音乐剧系的英俊青年维克托。我们在一起谈论艺术、人生、战争和宗教，对于艺术的共同爱好和追求，对于人生、哲学理念的共同理解，让我们坠入爱河。我们一起到莱比锡托马斯教堂做弥撒，一起到布拉格、维也纳旅行。”

我们没有打断弗罗伊德夫人的讲述，显然她已沉浸在历史的回忆中。

“1953 年 6 月中旬，维克托从东柏林父母家中外出突然失踪……时光流逝，直到有一天，我在我的信箱里偶然发现一封奇异的密码信；破解后得知，密码信来自维克托，从他的密码信中得知，他于 1953 年 6 月 17 日被捕并被关押在牢狱中，缘于他在东柏林大街上，向用武力镇压示威群众的苏联坦克投掷石块。

“我于 1957 年秋季在莱比锡音乐学院以优异成绩取得音乐硕士学位，随后在位于西柏林的国家音乐与造型艺术学院工作，并创作《c 小调大地交响曲》(合唱)。维克托经过 5 年牢狱之苦，于 1958 年夏季获准释放。而后，他选择在东柏林的德意志音乐学院继续其古典歌唱和音乐剧的学业，以便修完因被捕入狱而未完成的学业；准备在学业完成后，来西柏林与我会合，一起自由地生活和工作。

“然而，东德政府于 1961 年 8 月 18 日在东柏林、东德与西柏林边界线上建造起柏林墙，就是这座墙残酷地分裂了一个民族，隔绝了无数的亲人、爱人、朋友的往来……”弗罗伊德夫人用手指了指眼前遗留下来的一处柏林墙。

“弗罗伊德夫人，你被允许从西柏林穿越柏林墙去东柏林看望弗罗伊德先生吗？或者，弗罗伊德先生被允许从东柏林穿越柏林墙去西柏林看望你吗？”伊迪奥特问。

“柏林墙建造起来后，针对外国人、外交官、西德人、西柏林人的过境问题，东德当局在柏林墙最初设有 12 个出入柏林墙的过境检查点；后来东德当局看到西方并没有采取什么相应对抗措施，决定实施更严酷的政策。东德政府宣布，从 8 月 23 日凌晨一点开始，允许出入柏林墙的过境点数量进一步减少，从最初的 12 个减少到 7 个。其中只有弗里德里希大街的查理检查站是面向外国人和外交官的，其他两个过境点面向西德人、四个过境点面向西柏林人。”弗罗伊德夫人说。

“然而，9 月 20 日上午 8 点 30 分，在昂纳克主持下，东德中央政府的成员召开一个特殊会议。昂纳克严肃告知到会的部长和军官们，‘必须阻止一切跨越边界的企图’；会议上颁布了‘向叛徒和跨越边界者开火’的密令，即使只是企图‘叛逃’，而且后来返回，也可能会被处决。

“西柏林处在东德疆域包围之中，像是一个小小的孤岛。它与东柏林和东德的边界有 166 公里长，在其上筑起了 155 公里城墙，其余地段为设施和建筑物。沿着城墙找不到一处可以靠近它的地方。柏林墙是水泥墙，墙的上方加顶，在东德一侧有一道光照明监视区，人民称它为‘死亡区’(Todestreifen)，挖了壕沟，设有瞭望塔、警戒掩体，巡逻队带着警犬昼夜巡逻。若有人胆敢跨越监视区，将在没有警告的情况下被射杀。”弗罗伊德夫人继续说。

“据媒体报道，阴森恐怖的柏林墙下游荡着被射杀的上百冤魂。”安格莉卡补充说。

“罪行！”愤懑的表情写在伊迪奥特的脸上。

“可以说，柏林墙是世界处于冷战时期的产物。冷战虽然并不伴随弥漫的硝烟和炽烈的战火，却同样为人民带来痛苦和死亡。柏林墙既剥夺了德国人民的自由往来，又为德国人民带来了痛苦和死亡。”我对伊迪奥特说。

“难道一堵人为修造的柏林墙就能阻挡和窒息德国人渴求自由、渴求国家与民族统一的强烈欲望吗？”伊迪奥特不解地问道。

“我想，不会的。德国人民渴求自由、渴求国家与民族统一的欲望是强烈的，不可阻挡的。”我对伊迪奥特说，而后我又转向弗罗伊德夫人说，“弗罗伊德夫人，你的莉娜·弗罗伊德夫人故事还没讲完吧？”

于是，弗罗伊德夫人继续讲她的故事。

“柏林墙建起之后，我以合法手续从柏林墙西柏林人过境点进入东柏林，秘密地访问了维克托。维克托经过 5 年牢狱之苦之后，虽然于 1958 年夏季获准释放，但是他仍处在被秘密机关监视之下，我们都必须格外小心。维克托向我表露，他已下定决心，生死逃往西柏林！维克托面对柏林墙、铁丝网、壕沟、开阔地、瞭望塔楼、武装巡逻及部分地区的江河水域，面对逃往西柏林的一些人喋血柏林墙下和江河水域中，他采取了迂回路线逃往西柏林。”

“怎样的一条迂回路线啊？请快告诉我们，敬爱的弗罗伊德夫人！”伊迪奥特等不及了！

“维克托寻找机会以旅游为掩护，独自乘火车从东柏林，经德累斯顿去东德友好国家捷克斯洛伐克首都布拉格，从布拉格寻找机会继续南行，到达捷克斯洛伐克边界小镇策斯克·费伦尼斯。在那里寻找时机，生死偷越捷克斯洛伐克—奥地利边界，逃向与其对应的奥地利城市格明特。我和珍妮阿姨在格明特接应维克托，并陪同他合法进入联邦德国（西德）。”

“后来呢？”显然，伊迪奥特对弗罗伊德夫人的故事很感兴趣。

“后来嘛，故事变得很简单！”安格莉卡替奶奶讲道，“在西柏林，莉娜·斯特恩女士与维克托·弗罗伊德先生共同谱写出大型交响曲《选择》（合唱）；再后来，莉娜·斯特恩女士成为莉娜·弗罗伊德夫人了；再后来，他们有了儿子；再后来，他们有了孙女，他们为她取名……”

“安格莉卡！”伊迪奥特抢答。

“外星人真聪明！”安格莉卡迅速插话。

“唉，这孩子，不过她说得对！”奶奶笑着说，“我还想说，安格莉卡还未来到世界上时，‘柏林墙啄木鸟’先来了！”

“‘柏林墙啄木鸟’是什么鸟？”我们迷惑不解。弗罗伊德夫人为我们耐心地做了解释。

戏剧性的事件出现在 1989 年。由于政治形势的发展，东德统一社会党和首脑昂纳克于 1989 年 10 月 18 日被迫辞去了东德国家和统一社会党的最高职务。随后，部长会议和统一社会党政治局总辞职。11 月 9 日，东柏林当局宣布实施涉及迁徙自由的新旅行法。12 月 22 日，于 1961 年 8 月 13 日关闭的勃兰登堡门重新开启了！

勃兰登堡门的重新开启时刻成为历史性的一幕。来自四面八方的德国人，一起融入勃兰登堡门周围以及六月十七日大道和菩提树下大道上通宵达旦狂欢的人群中。

与此同时，柏林墙啄木鸟们开始行动了！所谓“柏林墙啄木鸟”(Mauersprechte) 不是柏林墙上的“嘴尖而直，能啄开木头，用细长而尖端有钩的舌头捕食树洞里虫子的益鸟”，而是拿着自家的锤子、叮当开凿柏林墙的德国公民，他们自嘲为“柏林墙啄木鸟”。

欢喜雀跃的“柏林墙啄木鸟”们开始用锤子敲打城墙以发泄心中淤积已久的愤怒，也把欢乐融入叮叮当当的交响乐中。最受欢迎的是那种在西柏林一侧柏林墙上涂上了彩画的墙体残片。每人都亲手凿下一块、几块，用以纪念柏林墙倒塌的这一伟大历史时刻，用以见证德意志民族的这段悲惨历史。

1990 年 10 月 3 日，德意志民主共和国加入德意志联邦共和国，两个德国重新统一为德意志联邦共和国。德国和德国人民重新获得统一。

我们一行四人上了奔驰轿车，安格莉卡驾车行驶在返回勃兰登堡门广场的路上。

“你们下一步的环球旅行计划是怎样的？”坐在副驾驶位置上的弗罗伊德夫人问。

“弗罗伊德夫人，”我说，“伊迪奥特先生是与其儿子乘宇宙飞船在地球上空跳伞后失散的，而他自己是在阿尔卑斯山脉地域被发现的。我们在想，他的儿子是否有可能也跳伞降落在阿尔卑斯山地域？于是议定，我们的环球旅行首先选择在阿尔卑斯山脉地域的国家德国、法国、意大利、瑞士进行。我们旅行的下一个国家将是法国。”

“法国？太棒了！”安格莉卡不由自主地喊道。

“什么，什么太棒了？”奶奶似乎没听清，于是问孙女。

“若是在法国能陪同他们旅行，就太棒了！”安格莉卡回答奶奶，同时让我们听到她的殷切愿望。

“安格莉卡，你是怎么想的啊？”奶奶问。

“我是学习人类学的，我不满足于学习和研究日耳曼人、法兰克人、盎格鲁—撒克逊人，凯尔特人，更希望学习和研究外星人！”安格莉卡说。

“啊，天啊！我的安格莉卡！”奶奶感叹不已。

“真的太棒了，太棒了！”伊迪奥特首先回应。

“我有同样感觉，太棒了！”我随后说道。

“安格莉卡，你会给他们增添麻烦的！”奶奶说。

“奶奶，绝对不会！我会成为他们的向导、法语翻译，甚至司机的，是这样吧？”我们感觉到，安格莉卡的问话像是对着我们说的。

“真的太棒了，太棒了！”伊迪奥特重复他刚说过的话。

“是的，安格莉卡小姐！”我回应道。

奔驰轿车抵达勃兰登堡门广场。弗罗伊德夫人与安格莉卡向我们告别，并请我们向医院的医生转告她们诚挚的谢意。

“医生？啊，据我们所知，”我回答说，“医生们很兴奋，他们正在撰写一篇医学论文并准备在医学杂志上发表，论文题目是《试论外星人遭德国牧羊犬咬伤的治疗》。”

“真的太棒了，太棒了！”弗罗伊德夫人和安格莉卡不约而同地说道。

一位美女导游

我与伊迪奥特准备离开柏林去巴黎之前，突然接到弗罗伊德夫人电话，称其孙女安格莉卡愿意陪同我和伊迪奥特在法国自费旅行，并协助寻找伊迪奥特的儿子，安格莉卡的意愿已经得到家庭会议的支持！我与伊迪奥特非常高兴，立即电话邀请安格莉卡与我们商议在巴黎的具体行程。

我们与安格莉卡商定，我们与她分头去巴黎，并择日在巴黎塞纳河边巴黎圣母院前的广场会见。之后，首先参观巴黎圣母院；然后，乘塞纳河上游船，欣赏塞纳河边秀美风光；随后，在塞纳河上法国岛 (Ile de France) 餐馆用餐。

离开德国当日，我陪同伊迪奥特乘欧洲快车从柏林抵达法国首都巴黎并入住巴黎火车总站附近的一处 3 星级旅馆。

当日早 9 时许，巴黎天气晴好，蓝天白云；年轻貌美的安格莉卡按约定准时来到圣母院前广场，优雅地走近我们。时值盛夏，学生尚在暑假期间，看得出来，安格莉卡化了淡妆，金色长发飘逸，头戴天蓝色遮阳帽，身着天蓝色条纹的白色连衣短裙，脚踏一双白色凉鞋，浑身焕发着青春与活力。

“Hallo, Angelika! Wir freuen uns sehr Dich in Paris sehen zu können! ”（哈喽，我们非常高兴能在巴黎见到你！）我对她说。

“Gleichfalls!”（我同样的！）她对着我们微笑，与伊迪奥特和我一一握手。

“你的住所离这里很远吗？”伊迪奥特关切地询问。

“可以说，近在咫尺。”安格莉卡爽朗地回答，“我在巴黎大学读人类学，已经读完 6 个学期了。巴黎大学是欧洲最古老大学之一，前身是建于 1257 年的索邦大学。我读书的大学是巴黎德尼・狄德罗大学，即巴黎第七大学，它位于西岱岛 (Cite Island) 南侧。”

“西岱岛，西岱岛在哪儿？”伊迪奥特问。

“西岱岛，就在我们脚下啊！巴黎圣母院就建在西岱岛上啊！看来，在法国你们还真需要一位导游啊！”安格莉卡笑得十分开心。

“确实需要，确实需要！”我与伊迪奥特不约而同地说。

我与伊迪奥特在安格莉卡陪同下参观了西岱岛上的巴黎圣母院 (Notre-Dame de Paris)。

巴黎圣母院始建于 1163 年，尚处于罗曼建筑艺术时期。初始阶段的建筑，譬如其笨重的粗圆立柱是罗曼式的，但后来受到哥特建筑艺术出现的影响，余下的建筑是以哥特建筑风格为主导的。再譬如它的外正立面、圆彩窗、穹顶、双塔楼都是哥特式建筑风格的。至 1341 年，这座长 130 米，宽 50 米，高 35 米，可容纳 9000 人的哥特式风格大教堂大体上建成了。巴黎圣母院本身就是一件艺术瑰宝，用法国伟大作家雨果的话说，是“一部石头的交响乐”。

从圣母院正门进入主堂，让人感到震撼的首先是它庄严宏伟的建筑风貌。主堂里两排粗壮的圆石柱支撑着数座高大的尖拱，尖拱支撑着哥特式穹顶，穹顶犹如垂落在尖拱上。数扇圆形彩窗上绘有题材源自《圣经》的绘画，从圆形彩窗投射过来幽幽光芒，洒落在主殿供奉的圣母像上。围绕着主堂，建有小教堂和唱诗班堂，它们与主堂呈交叉形态，形成了十字形建筑格局，具有强烈的天主教色彩。殿堂圣坛上供奉着耶稣基督、圣母玛利亚和圣徒的画像或雕像，圣坛上还安放着做弥撒用的金银器皿和弥撒用品，高悬的蜡烛灯和圣像前永不熄灭的微微摇曳的烛光映照，充溢着圣殿的神圣和肃穆气氛。

我们走出巴黎圣母院，在西岱岛塞纳河岸登上塞纳河游船观赏巴黎景色，塞纳河两岸风光与建筑别有一番情调。

塞纳河游船路经岸边许多巴黎著名景点，譬如巴黎圣母院、卢浮宫、奥赛现代艺术博物馆、协和广场、波旁宫、亚历山大桥、荣军大厦、夏洛特宫、埃菲尔铁塔等等。

乘游船观赏的游客来自世界各地，不同的衣着，不同的装扮，讲不同的语言，伊迪奥特与他们一起坐在游船甲板上的长椅上，显得既兴奋又好奇。

我们一行在塞纳河游船的埃菲尔铁塔停靠站点下船，沿塞纳河岸边寻觅到名为法国岛的餐馆。其实它是一艘用缆绳固定在塞纳河岸边的大船。船头悬挂着法国国旗，船体两层，透过船舱大玻璃窗可以观赏往来于塞纳河上的船只和欣赏周边的美丽景色，在船体微微摇摆中享受法式餐饮。

餐馆装潢典雅，古典轻音乐在安静的空间轻声响起。我们入座之后首先映入眼帘的是一份精美的法文菜单。安格莉卡为我们翻译的菜单如下：

古堡波尔多葡萄酒
林木烤牛排
清炖蔬菜泥
干酪拼盘
鸡尾酒浇果汁冰激凌

安格莉卡向我与伊迪奥特详细解释这道菜是些什么餐饮后，伊迪奥特毫不迟疑地拒绝了林木烤牛排。

“请原谅，我在你们星球上是不吃动物肉类的，只食植物和微生物。”伊迪奥特说。

我感到惊讶，同时想到，我们这些天来，都是他自己在选菜，他还真没有选择过肉类呢！

“伊迪奥特先生，你们外星人在你们星球上从不吃动物肉类吗？”安格莉卡问。

“是的，我们从不吃动物肉类。”

“你们外星人都是素食主义者吗？”安格莉卡又问。

“不是的。我们的科学家在工作室里从牛、羊、猪等动物身体中提取了干细胞，并成功地将其转化成相应的肉类，而且成功地研究出大量培育成相应肉类的方法。这种由动物身体中干细胞转化的人造肉类与动物肉类含有相同的组成成分，按精确的比例含有不同种类的脂肪、蛋白质、碳水化合物、维生素、糖类、无机盐、矿物质等等。人造肉营养没有问题，口感也很好。”

“我读到新闻，地球科学家也在尝试将牛的干细胞转化成人造肉，并且从鱿鱼和扇贝中获得的胶质来制作肉条，终于用培育的人造肉制成了一个汉堡包。”我说。

“啊，我还真想品尝人造肉的口感呢！”安格莉卡说。

“科学家们认为，人类可以通过干细胞技术制造出色香味堪比动物肉的人造肉，但带骨头的猪排和牛排的制造还是有相当难度的。”我补充说。

“不说人造带骨头的猪排和牛排啦，就是人造牛肉汉堡包也造价惊人，绝对吃不起啊！”安格莉卡感叹不已。

在我和安格莉卡还在思考点什么菜时，伊迪奥特说话了：“你们可以请厨师将这道菜中的林木烤牛排去掉，外加一份蔬菜沙拉和几片面包；这几天吃的沙拉真好吃，味道好极了！你们看怎么样？”

“我看很好。不过我不明白，你们为何不吃动物肉类呢？”安格莉卡问。

“我们天然星人视星球上的动物为朋友，我们与它们和谐相处。不可想象，我们怎么能杀死它们，吃它们的尸体呢？更难于想象，你们人类不仅吃动物尸体，有甚者，还活剥生吞动物呢！听说，你们人类吃动物，比之动物吃其他动物讲究多了，不仅有许多烹调方法，还加入各式各样你们称为作料的东西呢！是这样吗？”伊迪奥特说这番话时，显然有些激动。

我感到无言以对。安格莉卡转换话题问伊迪奥特：“在你们星球上，动物之间肯定有生存竞争吧？否则它们怎么存活啊？”

“当然，当然！我们星球上生存着不计其数的动物，它们之间自然地形成了一个生物圈。在动物生物圈中从来没有停止过生存竞争，那种生存竞争是弱肉强食、适者生存的竞争，往往是残酷的；然而，生存竞争也促进了物种的进化。”

这时，女服务员送来了沙拉和面包。

“这里的蔬菜沙拉真好吃，尤其沙拉植物油味道好极了！”伊迪奥特低头吃着沙拉，偶尔还撕下点面包，送到嘴里。

当古堡麝香葡萄酒、清炖蔬菜泥、干酪拼盘被送到餐桌时，伊迪奥特食欲大开，津津乐道于法式佳肴，还不时与我们碰杯喝波尔多葡萄酒。

鸡尾酒浇果汁冰激凌被送上餐桌，伊迪奥特看见诱人的冰激凌，立即又触景生情，想起儿子灵灵。“我与灵灵都喜欢餐后甜食，若是灵灵在这里，他一定非常喜欢这款法式冰激凌的！”伊迪奥特无不感慨地说。

在冰激凌融化之前，我们就把它吃光了。

“法国人像多数欧洲人一样，早餐简单，午餐丰盛，晚餐便捷。在欧洲流传一句谚语：‘早餐吃的像乞丐，午餐吃的像皇帝，晚餐吃的像国王。’法国餐和意大利餐被视为西餐的主流。”安格莉卡以导游的口吻说道。

“今日午餐丰盛，按欧洲人的说法，”我对伊迪奥特说，“我们现在已经是皇帝了！”

餐后，我们沿着塞纳河漫步。

不觉间，塞纳河边的埃菲尔铁塔“倩影”再次映入眼帘。埃菲尔铁塔是为1889年巴黎世界博览会，于1887年1月至1889年3月依据工程师埃菲尔(Gustave Eiffel)的设计建造的。塔高300米，总重7500吨。对于在城中心建造这么一个庞然大物，当时有人赞扬，有人诅咒；现代人总算有了一致的看法，巴黎人引以为傲，旅游者慕名而来，这就是艺术的发展史。在游船上眺望埃菲尔铁塔，别有一番感觉；远远地端详它，会感觉到埃菲尔铁塔构架的曲线当真美妙呢！

眺望中，塞纳河上的自由女神雕像映入眼帘。法国曾赠送给美国一座高达46米的自由女神雕像，耸立于纽约自由岛上；法国留给自己的这座自由女神雕像复制品要小得多了，然而，人们可以就近在塞纳河边或河上仔细地欣赏它。若是在纽约曼哈顿岛上眺望自由岛上的自由女神，其大小也就不过如此了。

外星人看巴黎时装秀

新的一天，在巴黎圣母院广场，我和伊迪奥特等待安格莉卡前来与我们会合。

安格莉卡一身休闲旅行装束，白色球帽，白色球鞋，红色短袖T恤上衣，白色短裤，腰间一条白色带子摆来摆去。

在巴黎圣母院广场上，我们看到一位风笛手。他穿着裙子在广场上边吹风笛边舞蹈。

“看哪，那位穿裙子的风笛手，她穿戴的是巴黎时装吗？”伊迪奥特贸然发问。

安格莉卡笑了，笑得很可爱，她说："他是苏格兰风笛手，穿苏格兰裙装。看起来，很美啊！"

"我还以为'她'是吉卜赛姑娘爱斯梅拉达呢！细看才察觉，裙子上还挂着一个特有的皮袋呢，他的风笛吹得真是好！"伊迪奥特说。

巴黎是地球上的时装之都，我想，应该让伊迪奥特尽快去看巴黎时装表演。在巴黎时装T型台表演厅，我们首先欣赏了时装表演，随后参观了时装展览馆。

安格莉卡结合T型台上模特表演的最近时期的时装以及时装展览馆展出的前期的典型时装，向我与伊迪奥特介绍了世界上女性时装的特点，特别讲述了欧洲女性时装的特点，以及被视为欧洲时装潮流引导者的巴黎时装。

时装是一种艺术。自从时装有了模特作为载体，时装艺术便被赋予了动感、变幻、灵魂和情感。人类需要衣服遮体，但不满足于仅仅用衣服遮体，期望它还同时能展现人的美丽、潇洒、浪漫、性感和个性。服装设计师通过对衣服的样式、风格、颜色、图案、服饰的设计，面料的选择和剪裁，结合模特的形象、气质和表演，完成艺术作品的再创作。

时装应体现时代的艺术价值，艺术价值的终极标准就是美。人们发掘的是艺术作品中的美，并从艺术作品的美中感受美。时装之所以能出现、存在、盛行和变幻，就在于它以其变化来迎合人们的审美观。人们的审美观随着时间的流逝在不断地变化着，就像人类对绘画的欣赏从一个流派到另一个流派，对建筑的认同从一种风格到另一种风格一样，对时装的追逐也是从一种潮流到另一种潮流，每种潮流各领风骚几年、几十年。

离开时装T型台表演厅，我们又漫步到香榭丽舍大街，欣赏人们的衣着和装饰，尤其是女士们的衣着和装饰。

"在我们走过的城市里，似乎见不到巴黎T型台上展示的时装，哪里的女士们穿着T型台上展示的时装啊？"伊迪奥特问。

"时装不是用来照样子模仿穿用的，它仅仅表现了一个时期服装的一种流行风范，显示人们对时装的一种审美观念，时装是一种艺术。"安格莉卡为我们做解释。

在巴黎，人们的衣着与T型台上模特的服装显然不同；就是模特们，走下T型台，换下时装，也是穿上那些平时的衣服去旅馆或回家的。在巴黎看到的人们平时的衣着，与在其他欧洲城市看到的人们平时的衣着并无特别明显的差别。

在香榭丽舍大街一家温馨的咖啡馆，我们坐了下来。

“伊迪奥特先生，请谈谈你们星球上的女性衣着吧！”安格莉卡说。

“在我们的星球上人们的穿着是各式各样和不断变化着的，全然由个人的审美观和群体的审美观决定。当然也会随季节变化而改变流行款式。”

“也有人穿紧身装，轻柔飘逸装，甚至透视装吗？”安格莉卡问。

“自然，只要能显现女性身体的整体线条美，展现女性的胸、腰、臀三围美，自然会有人设计、选择各式各样装束的。目的在于展现女性的温柔、妩媚和性感。”

“衣着审美观念是由其本人还是由潮流决定的呢？”安格莉卡问。

“个体的美感起决定作用，潮流影响个人审美观念。审美观念的主体是个体，审美观念是个体自由意志的张扬。只有人们充分享有张扬个体自由意志的环境，才有可能形成百花争艳的人文环境。一种衣着潮流的形成，首先始于极少数的‘先行者’。”

“你可以讲得具体些吗？”我问。

“譬如，在我们那里女性穿紧身装，轻柔飘逸装，透视装始于极少数女性，甚至在初始阶段被视为风骚，极少数模特或者演员受个体美感表现欲望驱使，逆潮流而上，大胆展现女性的三围美，逐渐地形成了新的展现女性身体曲线美的衣着潮流。”

“在你们那里，开放式的衣着，我是指衣着的开放程度，譬如，袒胸露臂到何种程度为舆论所承受？”安格莉卡问。

“请不要忽略人们的文化和教育程度，对于普遍享有相对高的文化熏陶和高等教育的人群，认为着装比之裸露更具有美感。请相信，社会中的人群是有能力掌控其度的。”

伊迪奥特的讲述引人思考，也让并不完全了解其生存环境和生存理念的人半信半疑。

“你们那里的人的衣着到底是怎样的呢？你能概括描述吗？”我问。

“自由，开放，有限度，而这一切全然由人们自身的审美观念掌控的。”伊迪奥特简洁地回答了我的问题。

离开咖啡馆，我们继续在香榭丽舍大街上漫步。安格莉卡开始从女性的视角向我们讲述欧洲女性的衣着特点。

欧洲女人与男人衣着的最大差别要算是女人穿裙子，男人穿裤子了。注意到标识男女厕所的标示牌形象已不再是头发长短的差异，而是穿裙子和穿裤子的差异了吗？女人穿裙子可以把该遮盖的部位遮盖起来，还可以显现女人小腿的美。欧洲女人喜欢穿裙子，而且是春夏秋冬四季穿裙子。夏天穿薄裙子，短裙子，配开口皮鞋，裙子松紧度以显现出臀部线条为佳。冬天穿厚裙子，长裙子，高筒靴子，披冬大衣。

欧洲女性衣着注重显现身体的整体线条美。上衣穿质地轻而柔的衣料的不同式样女衣，颈，肩，胸，腿部裸露到合宜程度。

欧洲女性，尤其年轻女性喜欢穿紧身牛仔裤。牛仔裤使女性显得有点阳刚气质，因为其紧身，又不失其人体线条美；而作为与之相称的，是配一件颜色鲜艳的女性化的上衣，显现出她是一个有个性的，但不失女性味的温柔的一面。

业余时间，欧洲年轻女性喜欢穿休闲装。这种休闲装多为线织的或毛织的，质地柔软，款式宽松。譬如套头上装，随时可穿，随时可脱，随地可放，甚至可围在腰间。穿这种休闲装可以逛街，看电影，看球赛，进舞厅等等，方便、舒适、实用。

上班族的女性要求穿职业装。西服上衣和裙子，同一颜色，整整齐齐，干干净净。她们并不甘心于这种“淡雅”，常常配以鲜艳的或者明亮的胸饰、首饰，甚至在手表、眼镜上做文章，以表现她们的女性美。服饰和首饰不一定要24 K纯金的，青年女性受到经济状况限制，常常会买含金量低的，镀金的，甚至非黄金的，这样也便于经常更新。

欧洲女性着装十分个性化。她们不喜欢穿别的女性同样的或者类似的服装，挖空心思弄点特色，因而她们买一件衣服要跑许多商店，或者索性自己设计和订制。她们的T恤衫上的图案也是力求表现个性的，譬如图案的主题、形象、颜色以及文字都是她们喜欢的和能表现她们自己个性的。

单身大龄女并不等于剩女

按约定，我与伊迪奥特来到位于塞纳河上西岱岛南侧的巴黎德尼·狄德罗大学，即巴黎第七大学，与安格莉卡会合。

这一天，安格莉卡的装束以米黄色为主体颜色。女式遮阳帽、连衣裙、凉鞋皆为米黄色，但是颜色深浅程度不同，并衬以不同的条纹或图案。

在古典建筑楼群旁，安格莉卡向我们介绍巴黎大学。

“巴黎大学是欧洲最古老大学之一。在 1968 年法国学生运动之后，巴黎大学被拆分成 13 座独立的大学。我在巴黎第七大学——德尼·狄德罗大学学习人类学。”她说。

“什么是人类学？人类学是研究人类的吗？”伊迪奥特问。

“是的。人类学以人作为直接研究对象，以人为基础，对其进行综合研究的学科；人类学以综合研究人体和文化，阐明人体和文化的关联为目的。”安格莉卡解释说。

“那么，你的学习和研究重点是什么呢？”我问。

“体质人类学，它是从生物的角度对人类进行研究的学科，它包括人类的起源、发展、种族差异、人体与生态的关系及现存灵长类动物的身体和行为等内容。”安格莉卡说。

“这样，这样我们就能理解你在柏林说过的一句话了！”我说。

“哪句话？我很想知道呢。”

“我是学习人类学的，我不满足于学习和研究日耳曼人、法兰克人、盎格鲁—撒克逊人，凯尔特人，更希望学习和研究外星人！”

我们都笑起来，笑得很开心。从旁走过的几位学子，皱起眉头注视我们，不停地摇头。

我们一行从巴黎大学漫步走向罗莎公园。在罗莎公园的泉水边，在林荫大路浓密的绿树下，有许许多多的大理石人物石雕，神话、童话、传说中的人物在这里汇聚。我们倚在位于雕塑群正对面的靠椅上，安静地欣赏着精美的石雕，恍惚间分不清是在现实中抑或在梦幻中。

伊迪奥特对于妩媚的美女雕塑似乎饶有兴致，他问的问题也多了起来，由传说中的美女洛雷莱，联想到现实中的美女，地球上的美女。

“博士先生，为什么步行区，商场里，咖啡屋里……到处有那么多美女在单独活动？”伊迪奥特问道。

我与安格莉卡没能完全理解他提出的问题，没有立即说什么。

“我想问的是，”伊迪奥特接着说，“许多美女都没有男性陪同，她们都是单身女性吗？”

“这个问题应当请安格莉卡回答，她是学习和研究人类学的女性啊！”我说。

安格莉卡盯着我看了一眼，然后转向伊迪奥特说：“不，不，绝对不是。不过，她们之中许多人肯定是单身女性！”

“这，这从何谈起？”伊迪奥特问。

“在我们地球上，特别是在西方，称呼‘处于适婚年龄而未婚的男女’为 single，也许是由于英文 single 词意是‘独身的’‘单一的’‘孤独的’的原因，许多处于适婚年龄而未婚的人认为用 single 称呼‘她们/他们’并不十分贴切，或者说是难以接受的。社会上这些 single，即使没有固定的男/女朋友，他/她们也不必处于独身和孤单状态。真正意义上的 single，是指处于适婚年龄而未婚，而且相当长一段时期没有固定的男/女朋友的人，称谓‘单身者’，对于女性称之为‘单身女士’，对于男性称之为‘单身男士’。”安格莉卡为伊迪奥特解释。

“在你们地球上存在许多单身女士？”

“在我们地球上，相当多的人处于单身状态，尤其是许多女性。据报道，德国巴—符州首府斯图加特 58 万人口中，有四分之一是单身者，单身族中有近一半是女性。可见单身者已成为现代社会的一个庞大群体，而且这个群体还在扩大。”我说。

“何以会是这样的呢？”伊迪奥特问。

“在我看来，每个单身女士有其个体原因，但有的个体原因具有代表性。”安格莉卡说。

“请继续讲。”

“有的单身女士，在孤寂中等待着她的伟大爱情，她相信，会有一天，她的他会出现。当她眼睛一亮或者心头一颤，深切地意识到，就像一位单身女士说的：‘他应该是那样一个男人，让她的心灵深切地感觉到：是他，就是他！’他—— 一个可以让她把一生托付的人！在她的‘白马王子’尚未出现的时候，她宁愿在孤寂中等待，而不愿轻易地披上婚纱，过上一种平静或者平庸的生活。其中不乏单身女士，圆了她们的‘灰姑娘’童话般的梦想，更多的依然像‘海的女儿’一样，望着海上茫茫的白色浪花，痴情地等待着她的王子的到来。”安格莉卡讲述。

片刻后，我们起身走出罗莎公园，向协和广场走去。

古朴的埃及方尖碑和喷泉雕塑坐落在协和广场中央，方尖碑是从埃及卢克索神庙弄来的，碑上布满歌颂埃及法老的象形文字。

巴黎协和广场旁的先贤祠的法文名称为 Panthéon，它有万神庙，兼有先贤祠之意。这座万神庙教堂整体建筑呈拉丁十字形，拉丁十字交叉点位建有高度为 117 米的穹顶，正前方为 22 根圆柱支撑的门廊，门廊之上建有精美的山花。万神庙教堂后来演变为安葬伟人的圣地，即先贤祠。哲学家和作家伏尔泰 (F.A.Voltaire)、诗人和哲学家卢梭 (J.–J.Rousseau)、作家佐拉 (E.Zola) 和雨果 (V.M.Hugo) 等名人都葬在这里。

我察觉到，似乎伊迪奥特依然兴致盎然地听安格莉卡关于单身女性的长篇叙述，于是请安格莉卡继续讲下去。

“一位单身女士坦言：‘我喜欢男人，没有男人的生活是无聊和烦闷的。’但她要维护她个人的独立和自由，不愿意让男人控制和限制她，不愿意按着某个男人的意志生活或者依赖于任何一个男人去生活。她期望在事业上有所成就，对于这样的单身女士，事业上有所成就无疑是重要的；但这并不意味着，她们视事业比婚姻更为重要。在事业和婚姻不能兼得的情形下，这位女士更钟情于婚姻。即便是事业心很强的女士，在痛哭一场之后，竟然也会一反常态，主动地向她的意中人求婚。”

“有趣，有趣，还有其他的原因吗？”伊迪奥特问。

“有的单身女士经历过爱情和婚姻，在心灵上留下了创伤，伤痛的愈合需要时间。一位与她的男友已分手的单身女士愤愤地说：‘男人？我了解他们！’她认为他们自我，只顾自己，伤透了她的心。她认为，除了和男人亲密接触，上帝保佑，还存在另外许许多多可爱的事情。她们一般地会从灰色的记忆中逐步走出来，这种经历并不妨碍她们结交许多男女朋友，和他们一起参加他们认为有趣的活动，自然会有欢乐的鸡尾酒会什么的，只是她们对爱情和婚姻变得相对谨慎起来。”

“Und-”伊迪奥特请安格莉卡继续讲下去。

“有的单身女士欣赏单身状态。她们认为，与众多的契约和封闭的婚姻相比，单身状态生活多了几分独立和自由。一位女士心目中曾有过一位意中人，然而他离开了她，她成为单身女性族的一员已经好几年了。她也不是完全不渴望他们，尤其是在医院病床上的那段时间，但她能够承受这一切。有时感到单身状态真是不错，晚上独自在温暖的卧室里，在穿衣镜前看来看去，‘啊，太好了！又增加了两公斤！不必为了别人舍命地改变自己！’”

我们一行在协和广场上边走边谈，不觉间，已经来到巴黎凯旋门。

巴黎凯旋门 (Arc de Triomphe) 是按着拿破仑·波拿巴的指令，于 1806 年为纪念他征战的胜利和他光荣的军队由建筑师查尔格林 (Jean-Francios Chalgrin) 设计，参照罗马的康士坦丁凯旋门建造的，它比康士坦丁凯旋门更胜一筹，高 50 米，宽 45 米。它宏伟、壮观、敦实、坚固，是典型的罗马艺术风格建筑，象征着法兰西帝国的威严和永恒。

巴黎凯旋门上有数幅高浮雕，其中最著名的是法国雕塑家弗朗索瓦·吕德 (Francois Rude) 的《马赛曲》浮雕。“祖国处在危急中”，飞翔中的胜利女神鼓舞法国人民向巴黎进军，誓死保卫法兰西共和国。这幅高浮雕不仅让人想到 1792 年 7 月 30 日马赛革命者高唱《马赛曲》向巴黎浩浩荡荡进发，也让人联想到拿破仑 1796 年受命于巴拉斯督政府任南路军指挥攻打奥地利，1799 年 10 月拿破仑从埃及战场返回巴黎，11 月 9 日发动雾月政变，颁布宪法，确立法兰西为共和国。

伊迪奥特赞赏巴黎凯旋门雄伟、壮观，对其上的数幅高浮雕赞不绝口。随后，我们向巴黎大拱门方向走去，远远地就望见这座形似大门框的宏伟建筑，它高于巴黎凯旋门两倍，有人戏称它为“新凯旋门”。其实，它是一座现代建筑艺术风格的写字楼，写字楼旁有一朵永远飘浮着、不散去的“人造云”。

伊迪奥特将我们的谈话话题又拉回到“单身女性”上。

“在你们地球上，单身女性的生活定然是孤独和寂寞的吧？”伊迪奥特示意安格莉卡继续讲下去。

“不完全是这样的。单身女士的存在，可以诡辩地解释为单身男士的存在，反之亦然，意在强调她们或他们的生存环境。且不说社会为全体公民提供的各种文化、体育、娱乐、交流场所和俱乐部，同时也为单身族提供了广阔的生活空间。就单身族自身而言，在社会中存在其独有的生活空间，譬如，单身沙龙 、单身艺术沙龙、单身餐桌会、单身旅行俱乐部、单身业余俱乐部等等单身族专属活动。自然，单身女士不仅同样享有这种独有的生活空间，而且在其中扮演着绝对主角的角色。参加俱乐部的人都是自由人，在这里她们有广阔的生活空间，能很好地享受她们的身心自由。单身族俱乐部，它本身就是一种现代社会的生活方式。”

“太好了，太好了！‘它本身就是一种现代社会的生活方式！’”伊迪奥特重复了这句话，显得相当兴奋。

“与众多的契约和封闭的婚姻相比，单身状态生活多了几分独立和自由。单身族立足于社会，自由着，带着几分渴望；独立着，带着几分孤独；欢乐着，带着几分苦闷；忙碌着，带着几分凄凉；寻觅着，带着几分迷茫。上帝并不偏爱她 / 他们，但它是爱她 / 他们的。”此刻，安格莉卡宛若一位诗人在自言自语。稍停片刻，她突然想起来什么，急忙向伊迪奥特提问。

“伊迪奥特先生，刚才我絮絮叨叨地讲了许多我们地球这里的单身女性问题，你们天然星星球那里也不乏单身女性吧？”

“自然，自然！就像你刚刚说过的——‘它本身就是一种现代社会的生活方式！’”伊迪奥特说。

婚姻只是一种生活方式

我们一行三人——安格莉卡、伊迪奥特和我，乘火车从巴黎到达法国南部地中海蓝色海岸。

蓝色海岸 (Cote d' Azur)，一般意义上是指法国的土伦 (Toulon)、戛纳 (Cannes)、尼斯 (Nice) 和摩纳哥公国一带的地中海沿岸。土伦西边的利翁湾地中海沿岸坐落着马赛(Marseille)、蒙彼利埃(Montpellier)，海岸风光也是很美的。

蓝色海岸以风光著称，蓝色海岸那里的大海、沙滩、阳光，可与欧洲著名的阳光海岸相媲美，譬如意大利阳光海岸，瑞士日内瓦湖畔，西班牙马略卡岛地中海海岸等等。文学家、哲学家来这里写作、寻找灵感，画家来这里作画，旅游者来这里观光，王公贵族、天之骄子来这里享受自然、享受人生，鸟儿也喜欢在这里栖息。

“在我们地球上，人和鸟儿都喜欢来蓝色海岸享受自然、享受生活，在你们的星球上，人们是如何选择生活方式，譬如，如何选择婚姻关系的？”安格莉卡问伊迪奥特。

“生活方式？”伊迪奥特的语气相当轻松，“在我们的星球，生活方式的选择是完全自由的，在宽松的社会环境中，人们依据自己的喜好，选择自己的生活方式。”

“夫妻婚姻方式是人们的主流选择吗？”安格莉卡问。

“夫妻婚姻只是多种生活方式中的一种，不再是主流或者唯一的选择。”伊迪奥特继续说，“社会结构，社会风气并不会使人们对于婚姻的向往成为主流或者唯一的选择。单身女性不是在孤寂中等待着她们的伟大爱情，也不会让经历过的爱情和婚姻在她们心灵上留下永久的创伤；单身女性的主流群体欣赏单身状态，欣赏单身状态生活中蕴涵的独立和自由。”

伊迪奥特望着蔚蓝的海水，欣赏海面上泛起的粼粼波浪。片刻，他继续说道：“婚姻不是唯一的选择，也不是生命延续的必由之路。”

“这又从何谈起呢？”我问。

“在物质已足够丰裕的我们的星球，人们热衷于追求精神生活，享受人间真情，享受人文文化，享受奇妙大自然。物质生产主要由男性承担，抚养孩子主要由女性承担。结婚生子与未婚生子均是合乎法律规范的。单身女性并非只是喜欢男性朋友，出于天性，她们由衷地喜爱孩子；有的单身女性不想生育子女，她们多选择适合女性的社会工作，不必从事繁重体力劳动。”

“伊迪奥特先生，你是说，在你们那里，人们的性关系是完全出于自己的理智和情感选择的？”安格莉卡问。

“是这样的。人们的身心得到了解放和升华，变得更为自由和高尚了；人们出于理性和喜爱选择朋友，选择是否结婚，是否生育，养育几个孩子；或者选择一段单身生活，甚至终生单身生活。你们这里，不是也有许多女性选择单身生活了吗？”

“可也是。”我在想，确实存在这种情况。

在尼斯海滨大道上让人深切地感受到它的休闲气氛。道路的一旁是蓝色的地中海和沙滩，另一旁是精美的住宅和豪华旅馆。人们在浅海处游泳，在深海领域驾艇游弋，空中飘浮着载人气球。在整洁、松软的沙滩上，男人通常只穿游泳裤，女人穿女式泳装。人们完全放松肢体，在阳光下小憩。

尼斯海滨大道是步行区，能见到的是悠闲散步的人，在海滨步行区和海滩上的所有人像是都不用工作，似乎这个世界不需要工作，只有那些服务于这些不工作的人，譬如饭店员工、商店服务人员才需要工作。来这里的人是在世界的其他地方以不同方式积蓄了钱财来消费的。

位于尼斯海滨大道的精美住宅和豪华旅馆，外表装潢讲究，让人想起意大利文艺复兴风格建筑，用精美的大理石雕塑，特别是用表现人文主义的人体立体雕塑和浮雕装饰立柱和墙体，用表现人文主义的人体绘画装饰建筑外墙面。建筑物前，雕塑喷泉水花飞扬。喷泉雕塑犹如盛开的鲜花，美化了环境，改善了空气，同时显示了别墅主人的不凡身价和艺术品位。

这个世界存在着许多种不同的生活方式，其中的两种是截然相反的：有的人一生都在工作，有的人一生都在享受。一生都在工作的人有欢乐，也会有悲哀；一生都在享受的人同样是如此的。

“自然状态原本是人类的本原状态，”伊迪奥特似乎触景生情，开口说道，

"只有人们的身心受到各种制约，才不得已改变了自然状态，恢复自然本原状态乃是人类的天性。在我们的星球，在人与人的关系上，不能说人们已经处于自然状态，但是在相当程度上，他们正在向自然状态靠近。他们身心在遵从人之间共同约法的前提下，享受身心自由。享受身心自由，表现在选择生活方式方面，人们是自由与开放的，婚姻不再是主流或者唯一的选择，人们出于自由状态下的愿望，选择婚姻或者单身状态等等；在表现形式上也是不拘一格的，不是一成不变的。"

"你说，'只有人们的身心受到各种制约，才不得已改变了自然状态，恢复自然本原状态乃是人类的天性。'你能解释其含义吗？"安格莉卡问。

"我想，你们更了解自己所处的主流环境及与之适应的某个历史阶段的政策和规定。"对此，我没有表示肯定或者否定。

伊迪奥特若有所思，然后以平静的口吻说道："当然，相当不少的人选择了夫妻婚姻，并且过着幸福、稳定、持久的夫妻家庭生活。"片刻停顿，他补充说道，"不过，也许我应强调说明，这种幸福、稳定、持久的夫妻家庭生活方式和状态，同样是在身处的环境中，在自愿原则下自然形成的。这种夫妻婚姻形式既不是主导的婚姻方式，也不受其他生存与生活方式的歧视与排斥。生存与生活方式的选择是充分自由和广受尊重的。譬如单身女性或者单身男性选择的单身生存与生活方式，又譬如同性婚姻关系。"

"同性婚姻关系？"我问。

"男性与男性，女性与女性之间的恋情与婚姻关系。"伊迪奥特平静地说，"在某些异性恋人或者异性婚姻夫妇看来，同性恋或者同性婚姻似乎是异常的；其实，同性恋感情，对于那些同性恋者而言，完全出于其正常的身体与心理状态，或者说出于其自然与本能状态，是不容遭受社会歧视与排斥的。一个文明的社会应该有此认识与宽容。"

"在你们的星球上，同性婚姻是被允许的？"安格莉卡问。

"不仅仅是被允许或者被认可的问题，它完全如同异性婚姻一样，是人们的一种婚姻方式，一种生活方式。"

我与安格莉卡没有对此再讲什么，伊迪奥特似乎也无意继续谈论这一话题，我们的话题，又回到我们眼前的蓝色海岸。

"对许多人而言，没有名气的时候渴望出名，当小有名气或者成名之后，往往又想隐姓埋名，隐姓埋名的一个办法就是隐居在不知名或者不甚知名的地方。”我面对蓝色海岸自言自语。

“你是触景生情吗？”安格莉卡问。

“正是这样，”我点头，并回答说，“法国一些画家，成名之后来到了蓝色海岸居住，但他们没有定居在土伦、戛纳、尼斯，而是久居在一些不知名或者不甚知名的地方。譬如，出生在西班牙的法国立体画派代表人物毕加索 (Pablo Picasso)，法国画家，野兽画派代表人物马蒂斯 (Henri Mattisse)，法国画家，印象画派创始人之一莫奈 (Claude Monet)，法国女画家，画风细腻鲜活的写实女画家博纳尔 (Rosa Bonheur) 就是这样。”

居住在蓝色海岸的画家，不能不说他们的绘画作品或多或少地受到了蓝色海岸风光的影响，其中尤以印象派绘画作品最为显著。譬如莫奈的绘画作品，显现了海岸风光对它的影响。对于印象派画家，光线的变换对其作品起着至关重要的作用，在艳阳天，海面波浪反射的光线变幻莫测，沙滩上的景物在大海折射光的映照下也是变幻无穷，这都是印象派画家感兴趣的。莫奈的成名绘画作品《日出·印象》并不是作于蓝色海岸，但却让人总是想起蓝色海岸的日出、波浪和游船。在蓝色海岸漫游，恍惚间感到，似置身于印象派绘画作品之中。

蓝色海岸令人陶醉，事实上我们已然陶醉其中。

外星人感应到能量

我与伊迪奥特、安格莉卡，从蓝色海岸乘火车北上，去白色的阿尔卑斯山区游览。法国山城格勒诺布尔 (Grenoble) 三面环山，距阿尔卑斯山最高峰勃朗峰

(Mont Blanc) 仅百余公里之遥，从城区向东北方向眺望，终年为皑皑白雪覆盖的高达 4807 米的勃朗峰高耸入云。

格勒诺布尔是一座阿尔卑斯山下不大的城市，市区人口 16 万人。一般旅游者不会对其格外注意，我之所以对格勒诺布尔山城青睐，缘于它位于阿尔卑斯山麓，而伊迪奥特就是在阿尔卑斯山麓被发现的。我盼望在这里有机会找到伊迪奥特失散的儿子，不过，在我建议伊迪奥特来格勒诺布尔山城游览时，并未特别向他说明这一点，为的是不使他对此抱有过高的希望。

我之所以对格勒诺布尔青睐，还缘于它是一座科学城、大学城，一座大学院校、研究机构、产业界三者密切合作的现代化城市。格勒诺布尔有 4 所大学，7 所工程专科学校，近 5 万名大学生；拥有欧洲同步辐射加速器研究中心，法国毫米波无线电天文学研究所等国际研究机构及法国原子能署与法国国家太阳能研究所。

另外，还因为我从事科学研究工作的研究所——位于德国斯图加特的马克斯·普朗克协会固体研究所在格勒诺布尔建有一处高强磁场实验室 (HML)。

在格勒诺布尔高强磁场实验室不远处，我与伊迪奥特、安格莉卡在环境安宁幽雅的国际连锁旅馆银河旅馆安顿下来，我与伊迪奥特住一个房间，安格莉卡单独住另外一个房间。

一天下午，我们一行访问了马克斯·普朗克协会固体研究所高强磁场实验室。虽然安格莉卡不熟悉科学技术学科，可她依然欣然同行。

实验室 W 教授热情地接待了我们，他向我们概括地介绍了实验室的工作，并展示了庞大的高强磁场实验设备。我们注意到当时高强磁场实验设备并未开动，W 教授告诉我们，午夜时分，尤其是凌晨才是开动高强磁场实验设备的最佳时刻，因为那时，许多其他设备都停止工作了，而且环境干扰也降到最低点，高强磁场可获得十分高的磁通密度，譬如 25 泰斯拉磁通密度。

W 教授谈到，1985 年 10 月 16 日，瑞典皇家科学院用传真通知在斯图加特马克斯·普朗克固体研究所的克劳斯·冯·克利青 (Klaus von Klitzing) 教授：我们荣幸地通知你，瑞典皇家科学院决定将 1985 年度诺贝尔奖物理奖授予你。

“路德博士，你当时正在马克斯·普朗克协会固体研究所从事科学研究工作，是吧？” W 教授问。

“是的，W 教授。当时我作为访问学者在马克斯·普朗克协会固体研究所从事科学研究工作，研究所全体人员有幸共同见证了这动人的历史时刻。研究所同事们用一个大沙发改装成了一个‘轿子’，4 位金工车间的壮汉抬着始终微笑着的冯·克利青教授，在研究所大花园里举行了火炬庆祝游行。”我回答。

“冯·克利青获得诺贝尔奖物理奖的实验，就是在这个实验室的这台高强磁场实验设备上完成的！”W 教授以无不自豪的口吻说道。

“啊，了不起，真了不起！”伊迪奥特感叹不已。

W 教授向我们详细地讲解了冯·克利青教授发现冯·克利青效应的著名实验。

1979 年 8 月，冯·克利青博士作为马克斯·普朗克协会固体研究所的客座科学家，在该研究所设在格雷诺贝尔的高强磁场实验室工作。他的博士论文导师 G.L.Landwehr 教授当时已接任了这个实验室的领导职务。冯·克利青博士在该实验室工作时，原来所要寻找的是不同条件下制备的半导体样品如何影响着它们的不同的电学性质，然而他却发现了另外的什么。

在冯·克利青发现量子霍尔效应的100年前，即1879年，霍普金斯(John Hopkings) 大学的学生霍耳 (Edwin Hall) 发现了霍尔效应。霍耳进行实验时用的是一块导体。磁场下，在导体的一个方向上通以电流，这时载流子在洛仑兹力的作用下产生与电流方向垂直的运动，在与电流方向垂直的方向出现霍尔电压。冯·克利青博士的实验样品是 MOSFET 晶体管（金属—氧化物—半导体场效应晶体管）。用于实验的 MOSFET 晶体管是他从西门子公司工作的朋友那里要来的。

冯·克利青的实验是在 1980 年 2 月 5 日凌晨两点钟进行的，因为只有在深夜里其他磁体不工作时，他的磁体才能达到更高的磁场强度。在实验过程中，冯·克利青惊喜地发现：在高强磁场（例如 13.9T, 18.9T，T—泰斯拉，磁通密度）和低温（例如 1.8K, 1.3K, K— 绝对温度）下，在 MOSFET 晶体管的霍耳电阻和栅压之间的关系曲线上出现一个霍耳电阻“平台”，即出现一个栅压区间，其中霍耳电阻为恒定值。霍耳电阻恒定值是可以用数学公式表达的。

1980 年 8 月，以冯·克利青、G. Dorda 和 M. Pepper 署名的《基于量子化霍尔效应精确确定精细结构常数的新方法》一文在《物理评论通讯》上发表，立即引起了物理学界的很大兴趣。量子霍尔效应的发现，使人们得以精确地测量霍耳电阻恒定值，从而得以精确地确定十分重要的索末菲精细结构常数。

这篇论文使从事计量工作的单位受到了很大的鼓舞，特别是在冯·克利青学生时代实习过的联邦德国物理技术研究所，人们想利用量子化霍尔效应建立电阻的自然基准。这篇篇幅不满 4 页的历史性论文发表后不久，37 岁的冯·克利青博士被聘任为慕尼黑技术大学教授。1985 年 1 月应聘赴斯图加特任马克斯·普朗克协会固体研究所所长。

我们向 W 教授表达了深切的感谢后，离开了高强磁场实验室。

我们在格勒诺布尔城区漫游。夕阳西下，远处起伏的山顶上方变幻着红、黄不同的颜色，颇为美妙。我们沿着罗纳河支流的河边大路散步，路边的商店小巧玲珑，商品精美雅致，富有情趣。在一家小型餐馆里，我们按着菜谱点了主菜、主食和果汁饮料，完全谈不上典型的法国风格菜肴和饮料，用于制作这道主餐的原料无非是面粉、鸡蛋和青菜，但法国厨师却用最普通的原料制作出一道味香色美的西餐。

我们走回银河旅馆时已是万家灯火的时刻，安格莉卡回到自己房间休息，我与伊迪奥特在旅馆房间里又谈起今天下午访问高强磁场实验室的事。我向他谈起冯·克利青教授于 1985 年 10 月 16 日得知获得 1985 年度诺贝尔奖物理奖后，我与马克斯·普朗克协会固体研究所同事们所经历的动人时刻。

当天，冯·克利青教授喜出望外，他领导的固体物理研究室以及整个固体研究所顿时欢腾雀跃。记者们闻风而至，在研究所举行了记者招待会。这位 42 岁的诺贝尔物理奖获得者神采奕奕，颇为深情地说："对于一个科学家来说，诺贝尔奖是他事业的顶峰。"在固体研究所举行了庆祝会，马克斯·普朗克协会知名人士和一些大学的知名学者光临，巴登—符腾堡州的州长和科研部部长也到会祝贺。

第二天《斯图加特人报》以"诺贝尔奖获奖人告诫：更多的经费用于科学研究"为题作了报道。固体研究所所处的大街是以 1932 年因创立量子力学理论获得诺贝尔物理奖的德国科学家海森堡 (Heisenberg) 命名的，海森堡大街通往研究所正门的路被命名为"冯·克利青路"(Von Klitzing Weg)。

1985 年 12 月 10 日，在瑞典斯德哥尔摩音乐厅举行了隆重的诺贝尔奖颁奖仪式。向冯·克利青教授和其他分获化学奖、生理或医学奖、文学奖和经济学奖的获奖人颁发了诺贝尔金质奖章和诺贝尔奖证书。

量子化霍尔效应堪称“今日物理学的一个激动人心的发现”。德国物理学家们为 22 年后重与诺贝尔物理奖结缘而激动不已。

我与伊迪奥特就这样聊着天，一直聊到这一天即将过去的午夜时分。

突然，伊迪奥特将左手放在了左胸上，目光凝视着窗外方向，静静地在听着什么。

“你没事吧？”我问伊迪奥特。

“我感觉到了传来的能量！”伊迪奥特明确地回答，仍然专注地看着窗外。

高强磁场的干扰

“啊，能量？”

“是的，能量，尽管它十分微弱，而且时有时无！”

伊迪奥特迅速走出银河旅馆，他加快了脚步向前方走去，我在三步之外跟随其后。伊迪奥特不断地稍许更改他前行的方向，似乎在根据能量强度寻觅能量来源的方位。

走过大约 1 公里路程之后，伊迪奥特突然高声喊道：“啊，能量在逐步加强！”

伊迪奥特情绪高昂，像是在向我报告好消息，又像是在自言自语；然而，我却依然没有感到任何传来的能量！

在我看来，此时的伊迪奥特就像是一位手持无线电收发报机的运动员，正在丛林中搜索发出无线电信号的信号源。可是，他的“无线电信号源”在哪里呢?

当伊迪奥特停下脚步的时候，我发现我们正站在格勒诺布尔马克斯·普朗克协会固体研究所高强磁场实验室门前!

“就在这里!我想，我的儿子就在这里!”伊迪奥特精神亢奋，自言自语;我倍感惊奇，却茫然不解。

高强磁场实验室里灯光明亮。从实验室窗口望去，只见W教授与一位助手在观看磁场设备上的仪表。我请门卫通报W教授，告知我们的到来。

“发生了什么事情，你们这么晚到来?”W教授惊异我们的来访。

“伊迪奥特先生感觉到了从你的实验室传来的能量!”我向W教授说明情况。

“路德博士，你说什么?你说，伊迪奥特先生感觉到了从我们实验室传出的能量?”

“是的，教授先生。”

W教授皱起眉头，一脸疑惑和茫然，我还从来没有见过他如此的表情!

此时此刻，我必须向教授说明有关伊迪奥特的来历了。

“教授先生，你有时间听我讲伊迪奥特先生的故事吗?”

“磁场开动不久，磁场强度需要时间才能稳定下来，我有时间并且很想知道伊迪奥特先生的非同寻常的经历。”

W教授陪同我们来到办公楼，我们在办公室的沙发上坐下来。

“我与我的儿子因一次偶然事件，从遥远的行星天然星乘坐宇宙飞船并搭乘一颗未知星球来到地球上空，但在跳伞降落地球过程中我们父子失散了。我在路德博士陪同下环游地球，以外星人之间的电磁感应特异功能寻找我失散的儿子。”伊迪奥特讲述他的故事。

W教授紧锁眉宇，露出同情的表情;我们都静默下来。

“后来呢?”教授问。

“后来我才知道，是一位德国猎人，他在阿尔卑斯山麓的多瑙河旁发现了的我。他还以为我是一只大熊猫呢!”

“难怪，难怪，他穿着的航天‘羽翼飞行服’太像我们地球上的大熊猫了!”我的插话让W教授和伊迪奥特都笑了，谈话的气氛变得略微轻松起来。

“伊迪奥特先生，你与你儿子在高空中高速飞行，你们之间是怎样保持联系与保持距离的？”片刻之后，W 教授问。

“我们凭借彼此之间相互感应，或者说，凭借我们彼此之间相互传送的能量，感知我们彼此之间的状态、距离，乃至情绪。”

“太奇妙了，太奇妙了！”教授连连称叹。

W 教授没有立即提出问题，他的神情显示，他正在思考着什么。

“伊迪奥特先生，你说，你在银河旅馆时感觉到了传来的能量！尽管它十分微弱，而且时有时无？”教授说。

“是的，十分肯定！教授先生。”

“在你沿途追踪能量的来源过程中，你接受的能量在加强，直到你搜索到并来到我们的高强磁场实验室，接受的能量强度达到最高值，是这样吗？”

“是的，教授先生。”

“你接受的能量，或者说，你感应到的能量，它与你儿子传送给你的能量，或者说，你从你儿子那里感应到的能量，两者之间有相似之处吗？”

“十分相似！教授先生。正因为这样，我以为，我发现了我的儿子灵灵就在你们这里！”

“伊迪奥特先生，”教授慢声慢语地说，“我感到很遗憾，我现在不能对你说：你的儿子灵灵在我们这里！很遗憾，这是一场误会；我多么希望你的儿子灵灵就在我的实验室啊！如果当真这样，或许他还能在这里帮助我测定高磁场、超低温下的半导体芯片样品上的二维电子结构呢！”

我们知道，教授在试图缓和我们之间的谈话所陷入的尴尬气氛。

“现在看来，你与你儿子彼此之间能够相互感应，或者说，你们彼此之间能够相互传送能量；我们地球人之间是难于感受到这种能量的，我们地球人与外星人之间也是如此的。”教授说，“你们外星人能够感受到我们地球上巨大的磁场能量，或许还能感受到别的什么巨大能量，这倒是事实。”

“教授先生，如果你能为我们解释发生在伊迪奥特先生身上的感应现象，我们将非常高兴。”我说。

“好的。我愿意尝试从物理学角度解释这些现象。”

虽然当时已是凌晨，我与伊迪奥特全然没有丝毫疲惫的感觉，反而迫不及待聆听教授给予的解释。

教授说：“外星人伊迪奥特先生体内携带生物电流，除产生自身电场外，还在他周围空间里产生磁场。当伊迪奥特先生接近另外磁场时，譬如，接近我们实验室中的高强磁场，高强磁场的作用力对伊迪奥特先生做功，这表示高强磁场具有能量，它改变伊迪奥特先生体内的生物电流。伊迪奥特先生体内的生物电流的变化会被其自身的脑神经细胞擒获，这意味伊迪奥特先生会感知接受了能量，或者说感应到能量强度的变化。伊迪奥特先生体内磁感应强度的通量发生变化时，其体内回路中就产生感应电流。发生在伊迪奥特儿子体内的情况与此相同。"

"谢谢教授的教导！我听了你的关于磁场、电场、能量、感应、传导的理论阐述，受到了莫大的启发！"伊迪奥特诚挚地表达对 W 教授的感激之情。

"我相信，"教授讲道，"伊迪奥特先生，你与你的儿子体内都蕴涵特定强度的感应生物电流，从理论上讲，你们具备形成可观强度生物电场、生物磁场的条件。我相信，在地球上某个地方，当你与你的儿子体内的生物电场、生物磁场产生相互作用的时刻，那便是你与你的儿子在地球上相会的时刻！"

伊迪奥特激动不已，起立拥抱 W 教授。我站在一旁，凝神观望，心中也不由得为伊迪奥特高兴起来。

我与伊迪奥特向 W 教授告别。

格勒诺布尔小城已然安睡，蓝天上星光闪烁。在返回银河旅馆的路上，我们不时地回头向高强磁场实验室方向眺望，高强磁场实验室窗口灯光里，W 教授与助手的身影依稀可辨。

翌日早晨，我与伊迪奥特向安格莉卡详细地讲述了午夜时分伊迪奥特感应能量以及我们追踪能量来源而重返研究所高强磁场实验室的奇异经历。

"我感觉自己似乎还没有从梦中醒来，难以置信！那么，究竟是哪里传来的能量？"安格莉卡问。

"我清楚地感应到传来的能量，原以为是我的儿子灵灵传来的呢！十分遗憾，灵灵不在附近区域……那是实验室高强磁场发射的能量。"伊迪奥特感到十分沮丧。

安格莉卡深表同情，她不知该如何安慰伊迪奥特；在巴黎大学的人类学课程里，没有讲授过外星人之间具有电磁感应特异功能以及如何安慰一位感到沮丧的外星人。

"我们从高强磁场实验室 W 教授那里学习到了关于磁场、电场、能量、感应、传导的理论，这对于寻找你的儿子的行动肯定会有帮助的。”我安慰伊迪奥特说。

“唯愿如此了。”伊迪奥特以平静的语气说。

遇到卡斯罗犬发威

我与伊迪奥特、安格莉卡同乘欧洲快车从法国格勒诺布尔来到意大利首都罗马。在罗马逗留期间刚好遇上梵蒂冈城国圣彼得大教堂广场上举行的弥撒。

梵蒂冈位于意大利首都罗马城西北角高地上，是全世界天主教会的中心，是政、教合一的独立主权国家，全名为梵蒂冈城国(The Vatican City State)。罗马教皇是梵蒂冈城国的首脑、天主教会的最高统辖者，享有最高立法、司法和行政权；梵蒂冈城国向全世界天主教区派遣主教，向承认其主权地位的国家派遣大使。梵蒂冈城国的面积只有40公顷，人口约一千人，其中85%是意大利人，15%来自瑞士等国。梵蒂冈城国是现今世界上最小的独立主权国家；它的力量和影响不在于疆土，而在于精神，它是世界上10亿天主教徒身心向往的圣地。

当日天气晴朗，略有微风。圣彼得大教堂正门前沿台阶上布置了一座庄严的讲坛，圣彼得广场上为前来参加弥撒的人们整齐地摆满了椅子。安全检查人员已各就各位，对每一位进入广场参加弥撒的人进行安全检查。进入广场的人来自世界各地，绝大多数是虔诚的天主教徒，少数是旅游者。所有参加弥撒的人都提早到达，安静地等待弥撒的开始。

当我与伊迪奥特、安格莉卡进入安全检查站时，意外发生了。

安全检查人员携带的一只护卫犬冲着伊迪奥特狂吠，企图奋力挣脱束缚，它的主人喝令其停止狂叫；然而，护卫犬并没有听从主人的指令，依然狂吠不止。护卫犬的疯狂举止，令依次入场参加弥撒的人们震惊，顿时秩序紊乱。看到此种情景，我急忙挡在伊迪奥特身前，安格莉卡立刻拉着伊迪奥特向后边退去。

这只狂吠不止的犬属于意大利古老的卡斯罗犬。卡斯罗犬是有着两千多年历史的意大利獒犬的改良种。这种改良的大型猛犬最初在西西里岛繁育下来，过去它们用于驱赶牛群进入屠宰场，也用于狩猎大型野生动物，如野猪等。

卡斯罗犬性情勇猛，韧性十足，一旦打斗，往往血战到底，直到彻底胜利或者重伤甚至战死。卡斯罗犬有极好的敏捷度和反应能力；在偏远乡村，有人让卡斯罗犬接、送他的孩子上下学，它每天都会准时地护送孩子往返于学校与家之间。

卡斯罗犬对于陌生人很戒备，也可以表现出适度友好，可是不会热情，也不会无端攻击；但是对于可能带来威胁或者可能侵犯主人的人或者动物，它会立即发起无情攻击。卡斯罗犬是一种非常优秀的护卫犬。

正是在我与伊迪奥特、安格莉卡进入安全检查站的那一时刻，卡斯罗犬嗅到了伊迪奥特身体散发出的它从未嗅过的特异体味，瞬间，它感觉到伊迪奥特可能侵犯它的主人或者可能对他人带来威胁，于是不顾主人喝令，而立即发起无情攻击。

值得庆幸，卡斯罗犬的主人立即用力拉紧了它颈项上的链条。一位貌似队长的安检人员走向我们，向我们鞠躬致歉；得知伊迪奥特来自外星球，而我与安格莉卡来自德国后，他用流利的德语说道："今天那只卡斯罗犬疯了，数年来还从没有发生过卡斯罗犬不服从命令而造成的这等出格的事件！"

伊迪奥特表现出相当镇静与从容，他对这位安检队长说："我能够理解这只卡斯罗犬的反应，它从来没有遇到过从外星球来的人，对于外星人身体散发出的特殊体味极不适应，从而它坚定地认为，我是有别于地球人的'异类'，必须阻止其入场！我能够原谅那只警犬的行为，不要责备它的行动，它是一只十分敬业的护卫犬！"

"就让这件不愉快的事件过去吧！我们决定不参加广场上这次弥撒仪式了，以免影响弥撒仪式的正常进行。"我对伊迪奥特和安格莉卡说。

“上帝保佑！感谢你们宽容大度！”安检队长再次深深鞠躬。他同时没有忘记告诉我们：“明日，在梵蒂冈圣彼得大教堂里举行弥撒，欢迎你们前来参加。”

我与伊迪奥特、安格莉卡漫步离开圣彼得广场，当我们驻足回头仰望圣彼得广场时，只见天主教罗马教皇身着圣事服装，在众红衣主教等神职人员的簇拥下终于出现在广场上的弥撒仪式上；全场起立，掌声雷动，教皇边挥手边缓缓向讲坛走去。宗教仪式是神圣的，也是烦琐的。虔诚的信徒极严肃地随诵经文，唱起圣歌，极认真地聆听天主教罗马教皇的演讲和传递的上帝福音。弥撒仪式充溢着庄严、神圣的气氛。

梵蒂冈城国的领土包括圣彼得广场、圣彼得大教堂、梵蒂冈宫和梵蒂冈博物馆。翌日，我与伊迪奥特、安格莉卡到圣彼得大教堂参加弥撒仪式。

圣彼得大教堂傲然屹立在梵蒂冈城国的圣彼得广场上。圣彼得大教堂的建造可以追溯到罗马皇帝君士坦丁时代。一代又一代建筑大师们参与了圣彼得大教堂的设计和建造，主导过大教堂设计和建造的著名建筑家和艺术家就有布拉曼特、拉斐尔、米开朗基罗、贝尔尼尼。它的整体结构设计几经改变，最后仍建为拉丁十字形。主教堂大穹顶为米开朗基罗设计，大穹顶位于拉丁十字的中心，由巨型大理石圆柱擎起。大穹顶上镶着闪光的圣十字架。大教堂正面上方屹立着圣耶稣及其 12 圣徒的巨型石雕。大穹顶四周对应地坐落着四个小穹顶建筑。圣彼得大教堂两翼呈弧形排列着 284 根圆石柱。柱廊之上依次排列着 88 座人物雕像。圣彼得大教堂是文艺复兴艺术建筑和巴洛克艺术建筑的代表作品。圣彼得广场呈椭圆形，长轴 240 米，广场中央耸立着一座埃及方尖碑。方尖碑两侧对称地坐落着两座喷水池，整体建筑雄伟、壮观。

梵蒂冈圣彼得大教堂内举行的弥撒自然是最神圣、最庄严、最圣洁的。在庄严的圣乐声中，红衣主教用面饼和葡萄酒象征耶稣基督的圣体和血液祭祀上帝，面对圣彼得大教堂圣坛上供奉的圣婴金像顶礼膜拜，献上一份对救世主的忠心和虔诚。教堂中的主教、神父、牧师都是神职人员，教徒中尚有不计其数的志愿者、义务布道者，他们都是极富献身精神的人，甘为上帝的奴仆，引以无上荣光。

自愿来参加弥撒的有各种各样的人：男人、女人、老人、青年、孩子、富人、穷人、达官、百姓、贵人、庶民……他们衣着整齐，举止检点，轻轻地踏进供奉上帝神灵的殿堂，再轻轻地蘸点圣水，在胸前画个十字，面对主圣坛上的圣灵体或圣灵像，寻觅一块椅子旁的踏板，跪在踏板上。在上帝神灵的面前，虔诚地颂扬至上至尊的上帝，检讨自身，乞求上帝的宽恕和指点；或者聆听上帝使者——教士的布道，领悟上帝的旨意，以为准则激励自己，度过上帝赐予的每一天。

信徒们将对上帝的信仰视为精神的寄托，在人生旅途每每感到迷茫、困惑，每每遇到挫折、不幸，每每萌生了邪念，做错了事，犯了罪过，就会去教堂祈祷，向上帝忏悔和求助。他们认为虔诚才能感知上帝，与上帝沟通。

老人们，特别是老年妇女是热衷于宗教的社会人群。他们笃信宗教，笃信天主和基督会保佑他们，免除灾难和疾病，带给他们健康，帮助他们实现愿望；他们行善、节欲，期盼死后升入天堂。他们的祈祷是虔诚的、持久的。我们看见，一位老妇人身披黑纱，缓缓走进教堂，她的双脚刚刚踏入她的主的圣殿，尚未来得及寻觅一块椅子旁踏板，就已经在石柱旁跪下开始默默祈祷。这怎么能不感动上帝怜悯她呢？

我与伊迪奥特、安格莉卡身临其境，对于弥撒之神圣、庄严、圣洁，对于信徒们表现出的忠心、虔诚与献身精神极其感动与感慨。

在圣彼得大教堂内举行弥撒之后，我与伊迪奥特、安格莉卡向梵蒂冈博物馆走去。

“信徒们表现出的忠心、虔诚与献身精神让我极其感动。”伊迪奥特表情庄重地说道，“天主教创立以来已经千余年，何以还会是这样？”

一如前述，安格莉卡是学人类学的，研究人类学必须了解人类的信仰；不了解天主教、基督教，没有熟读圣经的人，是绝对不能理解的。安格莉卡热衷并且熟知天主教、基督教的教义和历史。

“是的，自纪元初年，天主教使者将信奉上帝的天主教义传入罗马，至今已千余年。”安格莉卡解释说，“天主教倡导人之间彼此相爱，彼此宽恕，善度人生，善待生命，因此赢得了人心。公元 380 年罗马皇帝狄奥多西发布敕令，承认天主教为罗马帝国宗教之一。公元 393 年狄奥多西皇帝立天主教为国教，取缔其他异教，他本人也在临终前皈依了天主教。”

“令人感叹！”伊迪奥特显现感动之情。

“天主教在罗马帝国版图自此迅速发展起来，始于公元 3 世纪的天主教文化也由秘密形式走向公开，并迅速发展起来。”安格莉卡继续为我们讲述，

“公元 476 年西罗马帝国灭亡后，天主教文化不仅没有随之衰败，反而因教皇势力的发展而得到巩固和强化，这其中就包括教堂的建造和与天主教相关的绘画、雕塑、宗教音乐的出现和发展。正是在这种历史背景下，公元 756 年形成了梵蒂冈教会中心。”

“Und-”（后来呢）显然伊迪奥特愿意听安格莉卡继续讲下去。

“然而，在中世纪时期，即公元 476 年西罗马帝国灭亡至公元 1453 年文艺复兴时期，由于天主教教会的意志与权力膨胀，致使欧洲处于黑暗时期。一切逾越教皇旨意的言论和行为，一切不符合教会教义的言论和行为都被视为歪理学说和大逆不道，都将被残酷地镇压和惩治。教皇的旨意就是上帝的意志，教会的教义就是‘法律’。宗教裁判所就是立法和执法的机关。教皇和教廷掌握着所有的人——教徒、异教徒、无信仰者的生死大权，文化伟人也莫能例外。”

“Oh, Gott!”（啊，上帝！）伊迪奥特感叹。

“科学的发展，教会的迫害，让人民，也让教会的信徒，甚至神甫觉醒。最富代表性的是德国宗教改革家马丁·路德。”安格莉卡说。

“一位德国人！”我插话。

“路德博士，你熟悉他？”安格莉卡问。

“我只是在运用因特网阅读书刊时，读过他的生平事迹。”我回答，“马丁·路德的信仰为：灵魂得到拯救的人不在于本人自己善行所积下的功德，而在于上帝的恩典和人对上帝的笃诚信仰。路德学说抨击天主教会对人思想的束缚，宣扬对上帝的虔诚与尊崇个人信仰独立。在路德学说影响下，创立基督新教，推动了民众的觉醒，沉重打击了天主教会和封建势力。”

“现时，你们星球上是天主教与基督教并存，是这样吗？”伊迪奥特问道。

“是的。在我们地球上多种宗教并存。”我回答，“譬如，在宗教改革家马丁·路德的家乡德国，信奉基督教的人，大体占总人口的三分之二；其中信罗马天主教和信基督新教的人各占一半。尚有小部分人信奉其他宗教，譬如东正教，福音新教自由教。”

“上述教派自成系统？”伊迪奥特问。

“是的。上述教派自成系统，并有各自的教堂。教堂中的主教、神父、牧师都是神职人员，职业性传教士。除此之外，教徒中尚有不计其数的志愿者，义务布道者。后者是一批极富献身精神的基督教徒，可谓之‘上帝的仆人’；但是，有些现代青年人厌倦了教堂烦琐的、冗长的、重复的教会仪式，对教义不再热衷，甚至远离宗教。然而，所有的人对多得不得了的宗教节假日都不反感，包括那些疏远宗教的年轻人。”安格莉卡回答。

“在地球上还存在许多产生巨大影响的其他宗教吧？”伊迪奥特问。

“自然，譬如佛教、伊斯兰教、犹太教等等。我们生活在一个多元文化世界里。宗教本身是一种文化现象。世界上不同种族、不同文化、不同信仰的人群之间越来越需要相互往来、交流和认同，而不是相反的，导致误解、对立和敌视。”安格莉卡回答。

讲到这里，伊迪奥特点头称是。待他尚未继续向我提问时，我突然问道：“伊迪奥特先生，我很想知道，在你们星球那里，人们的宗教模式是怎样的呢？”

“这个问题，一言难尽啊！不过，在这儿我可以告诉你们，我们星球上人们的信仰是自由的，多种多样的，不拘一格的。有的人信奉上帝，有的人视上帝为表象，有的信奉其他的客体，有的人信仰某种概念，有的人是无神论者，我自己信仰自己的理念。”

外星人也踢足球

我与伊迪奥特、安格莉卡驾驶出租公司汽车从罗马向意大利北方进发，抵达位于阿尔卑斯山南麓的意大利第二大城市米兰。

如果按着意大利亚平宁半岛疆土形状将它视为一只足球靴子，按着意大利西西里岛疆土形状将它视为一只足球，那并不过分。意大利因足球蜚声全球。

我与伊迪奥特、安格莉卡来到米兰，迫不及待地去看足球比赛，想借此机会让伊迪奥特见识地球人广泛喜爱的足球运动，并以此舒缓紧张的心情。这是一场在意大利圣西罗球场举行的米兰德比，国际米兰对阵 AC 米兰。

圣西罗球场坐落于米兰的圣西罗区，距离米兰市中心仅 6 公里。圣西罗球场是意大利甲级足球队 AC 米兰和国际米兰的主场，球场长度 105 米，宽度 68 米，观众容量高达 85398 人。

米兰圣西罗球场座无虚席，足球迷们将自己打扮得足以引人注目，并标示出他们支持哪一方球队。

伊迪奥特坐在球场观众席上沉默不语，目光在观众席四周的人群中搜寻。安格莉卡问："伊迪奥特先生，你还好吧？"

"我还好。我想到了我的儿子灵灵……如果他在 8 万余观众席上的人群中，我会依靠我们外星人之间特有的特异感应功能感知他的存在的！"伊迪奥特发自内心深处的心声，让我们恍然大悟；是啊，我们来圣西罗球场看足球比赛，其意义何止舒缓紧张的心情啊！

球场上，球员们迅速奔跑，不时地拔脚劲射。场上的裁判，像是那只比赛所用球的影子跟随足球满场飞奔，不时地吹哨、做手势，有时还从口袋里掏出黄牌或红牌警告或者惩罚队员。

"Ach（啊呀）！球员们怎么只向球门外踢球？球员们知道要将球踢到球门里边才得分吗？"伊迪奥特发出感叹。

"据我所知，教练从来没有向球员们讲过这一点，教练原以为球员们都知道这一点呢！看来，教练有必要再强调一下这一点。"我玩笑着对伊迪奥特解释说。

"球员们怎么只用脚踢和头顶球啊？可以用手接触球吗？"

"不可以的。这是比赛规则。我们人类在日常生活中用手的时间非常多，导致手比脚进化得快，足球为人类的生活方式带来一种变换。"

"地球人类的球迷很有激情！可我总觉得多数球迷的样子那么不自然啊？"

"哦，不自然？"

"不自然，夸张的激情……"

"伊迪奥特先生，人生，对我们人类来说是艰难的，疯狂足球折射了人生的艰难和人类渴求欢乐的心境。人生需要快乐，人生需要用疯狂来释放烦恼，足球可以满足人们的疯狂、欢乐的愿望。人类属于群生动物。人们集聚到球场去看球，没有入场券者则集聚到广场大屏幕旁看转播，或者拥挤在咖啡屋、啤酒馆看电视。他们一同呐喊，一同欢歌，声情并茂，偶尔歇斯底里大发作。人生难得疯狂，足球是人类的愉悦项目，确切地说是男人的愉悦项目。"

伊迪奥特先生依然关注绿茵场上的比赛，但也不忘向观众席上张望。

"Außergewöhnlich!（奇怪！），观众席上有那么多女士，女士也爱足球？"

"多数来看比赛的女性都装扮得很好，陪伴亲人和朋友留在看台上，表现出良好的兴致，甚至还不时站起来扭动和呐喊。这些女性十分可爱和善良，虽然心底里并不十分喜欢看那只被 22 个健壮的小伙子狠命地踢来踢去的倒霉的皮球，但只要她们陪伴的亲人和朋友喜欢，看见他们孩子般的兴高采烈，她们从心底里感到满足、快乐和兴奋。当然，有的女士是单独与女友结伴来看比赛的，确切地说，她们是来看她们喜爱的球员的。女性之伟大在足球场上再一次表露出来——她们是为她们所爱或所喜爱的人生活的！"

"怎么球员们跑来跑去一个小时了，一个球也踢不进球门啊？往自家球门乌龙一个也开心啊！郁闷，郁闷！"

"伊迪奥特先生，球赛，包括足球大赛，赛得沉闷是常有的情况，这让观球者因盼着进球赢球而长时间绷紧的神经松弛下来，让观球者感到沮丧，但他们多数人依然表现出很来劲的样子。"

"看呐，国际米兰进球了！"伊迪奥特突然高声喊叫，"你看，那位教练高兴得像一匹踢着后蹄跳跃着的小马！人类在乐极忘我时，那样子也会像动物一样。"

"球员们怎么净往门柱上踢啊？射到球门柱上可以加倍得分吗？"

"射到球门柱上而没踢进球门时，不得分。问题是，球员们在起脚射门的一刹那眼睛盯着球门框，于是往往射中了球门柱，尤其是技术高超，射得特准的球员。"

"这一点倒是提醒了我，何不利用现有的球门设计一种 Fiktives Tor 呢——"恰当此时，AC 米兰进球了！

"Pravo（妙极了）!"轮到我喊叫了，"AC 米兰与国际米兰，1 比 1 扳平！"

坐在我们旁边的一位球迷和他的女友都穿着印有国际米兰标志的球衣，显然他们都是国际米兰的球迷。他们见到我与伊迪奥特为 AC 米兰进球欢呼，显露出十分不悦的神情，并朝向我们问道："怎么，你们是 AC 米兰的球迷吗？"

"啊，不。我来自斯图加特，他来自遥远、遥远的地方，我们为两队加油！"我回答。

自此之后，虽然两队球员拼尽全力，双方教练不断换球员，但是，及至终场谁也没能改变比分。米兰德比大战 1 ∶ 1 战平。双方教练、球员乃至球迷和他们的朋友们都能勉强接受这一比赛结果，没有发生明显的歇斯底里或者暴力行为；但也可以说，他们所有人都不满意这一结果，原因很简单，他们统统认为自己的球队或者自己支持的球队更应该赢得这场比赛，只是运气不太好，或者裁判判错了，糟蹋了这场精彩的比赛。

意大利米兰德比大战结束，观众有序地缓缓退场，那两位国际米兰球迷刚好跟随我们走出球场。

"先生，"那两位国际米兰球迷跨前一步，开口说道，"在球场上，我们听见你们用德语交谈，你们谈到 Fiktives Tor，请问：虚拟足球门是怎样的球门？"那位男球迷问。

"啊，这位……"我向这两位国际米兰球迷介绍安格莉卡和伊迪奥特。当他们得知伊迪奥特从外星来时，两位球迷睁大了眼睛，说不出话来，只是呆呆地驻足望着伊迪奥特。

"认识你们很高兴！是的，我是外星人，我来自天然星。"伊迪奥特礼貌地与他们俩一一握手。

我们一行停留在球场外的广场上，聊了起来。

"伊迪奥特先生，请你为我们说说你们天然星的虚拟足球门概念吧！我们已经等不及了！"那位女球迷恳切地说。

"好的。Fiktives Tor！ 这是我们星球使用的一种幻象足球门，可称之为'虚拟足球门'。"伊迪奥特说，然后突然问道，"Ach! 你们现行的足球门尺寸是怎样的？"

"8 码长，8 英尺高；或者说，7.32 米长，2.44 米高。白色圆柱门框的直径为 5 英寸，即 12 公分。"那位男球迷回答。

"OK。设想在白色圆柱门框的 2 个立柱和 1 个横梁上，在各自的 3 等份位置上各镶嵌上一个隐蔽的射线灯；立柱上的射线灯可发射平行于地面的射线，横梁上的射线灯可发射垂直于地面的射线。当然，这种射线是极其微弱的，无公害的。”

“Und–（请继续讲）”

“设想平行或者垂直的射线，将整个足球门分割成 9 个 2.44 米 x 0.81 米的虚拟足球门。人们可以将中心的虚拟足球门命名为虚拟足球门 1 门，然后以逆时针螺旋方向为其他 8 个虚拟足球门编号命名，即虚拟足球门 1 门至虚拟足球门 9 门，或者简称虚拟 1 门至虚拟 9 门。”

“我还是弄不懂那 9 个虚拟门是怎样排列的。”

伊迪奥特在一张空白纸上为我们画了一张足球虚拟门排列的草图，看到草图，我一目了然了。排在足球门最上一排的虚拟门，由左至右顺序编号为 7，6，5；第二排为 8，1，4；第三排为 9，2，3。

“每个虚拟门我们都以著名的球星的名字命名，当然，这些著名的球星你们是不知晓的。”伊迪奥特说。

“当然，”那位男球迷说，“但是，我们可以以我们地球上著名的球星的名字命名啊！”

“好！请讲讲看。”

“从虚拟门 1 至虚拟门 9，依次为 1 门 Charlton（查尔顿），2 门 Milla（米拉），3 门 Platini（普拉蒂尼），4 门 Rossi（罗西），5 门 Beckenbauer（贝克汉姆），6 门 Puskas（普斯卡斯），7 门 Pele（贝利），8 门 Cruyff（克鲁伊夫），9 门 Maradona（马拉多纳）。”

“那么，如何能看见虚拟门呢？”我问。

“球员和裁判戴上专门眼镜，就可以清楚见到从球门门框三等分区射出的射线；它们将球门分成了相同面积的编号为 1 至 9 的 9 个虚拟门。注意！球员射入不同的虚拟门，得分数是不同的。射入 7，5，3，9 号虚拟门得 3 分；射入 6，8，2，4 号虚拟门得 2 分；射入 1 号虚拟门得 1 分。罚点球得分也是如此计分。”

“这么说，场上球员和裁判必须戴专门眼镜了？”那位男球迷问。

“不是的。球门不远处设有显示屏，类似你们网球赛的鹰眼吧？当足球被射入门后，显示屏立即显示被射入哪个虚拟门。此外，球员是自愿的，可戴专门眼镜，也可以不戴；裁判应该戴专门眼镜，以便及时判定足球入门、出线，球员越位、犯规等情况。”

“这样一来，球员必须练就高超技能，不仅能将球射进球门，更要求射入得分多的虚拟门内，譬如，射入7，5，3，9号虚拟门，以便能得3分。”我说。

“正是，在我看来这场米兰德比并非平局！”伊迪奥特断然讲道。

“明明是1：1平局嘛！”两位球皆感迷惑不解。

“在我看来，国际米兰那个进球，射中了球门左上角的虚拟门7门贝利，应该得3分；而AC米兰那个进球，射中了球门右边中部的虚拟门4门罗西，应该得2分。米兰德比——国际米兰对AC米兰的比分为3：2！国际米兰获胜。”伊迪奥特向我们解释。

“虚拟球门的优点，”伊迪奥特顺手拿起那张画有虚拟球门的图纸，并继续说道，“我想，1. 球员在射门时选定某一虚拟门为射门目标；2. 由于增强了射球入虚拟门意识，减少了直接射上门框的可能性；3. 创造了射门计分的更为精确的方法；4. 引入虚拟足球门概念，便于足球教练和球员探讨足球比赛战略战术，便于球迷评论足球比赛。”

“无论怎么说，这是你们外星人的玩法，我们的球员和球迷已经习惯了我们自己的玩法。”那位男球迷说。

“No! No!”那位女球迷大声喊叫，“还是外星人的虚拟足球门好！今天的米兰德比比分是3：2，我们国际米兰赢了！”

“Yes! Yes!”那位男球迷也大声喊叫起来，“还是我的女友聪明！我们国际米兰赢了！”

“你的女友既聪明又漂亮！”安格莉卡一旁赞美道。

“谢谢！你也很漂亮啊！”男球迷对安格莉卡说。

“谈及我们外星人的玩法，何止于此呢！你刚才谈到，你们现行的足球门尺寸是8码长，8英尺高；或者说，7.32米长，2.44米高，是吗？”伊迪奥特问那位男球迷。

“是的，这是我们的标准球门尺寸。”那位男球迷说。

“球门尺寸太小了！这相当于我们外星人少年组足球比赛球门尺寸。我们外星人成年组足球比赛球门尺寸的长度和高度比少年组用的大得多，而且还按球门尺寸和踢球场地尺寸，分成不同级别的成年组比赛，譬如，成年组A，成年组B，成年组C。不同级别的比赛，积分方法是不同的。连看球入场券价格也是不一样的。”

“哦，怎么会是这样？”那位女球迷感叹。

“请你们不要忘记，我们外星人普遍的比你们地球人长得高大，奔跑、跳跃、爆发力、持久力略胜一筹呢！”

“我们地球人可能会比你们外星人更灵活，更敏捷，更富于技巧，更会运用战略战术。这样说来，我还真切地期待看一场地球人对外星人的足球大赛呢！”两位球迷殷切地表达了同样的愿望。

“啊，我同样期待！”伊迪奥特说。

外星人也知道爱因斯坦

我们三人乘坐城市间快车从米兰向瑞士首都伯尔尼进发。一路上，我们透过快车车窗欣赏瑞士自然风光。

瑞士的自然风光十分迷人。我们穿行于险峻的阿尔卑斯山间，山岭巍峨，湖泊绮丽。水上波光粼粼，山峰积雪皑皑，山麓绿草如茵，谷地农舍星罗棋布，形成了一幅幅人间的美妙画卷。

阿尔卑斯山东西横亘瑞士全部国土，起伏的群山为茫茫白雪覆盖，淡淡的雾霭笼罩着雄伟绮丽的阿尔卑斯山顶，犹如头罩薄纱的少女，似露真容，不见真容；山麓道道深壑深藏着冬日积雪，夏天来临，积雪融化，形成涓涓水流，汇聚成河，归入湖泊。

抵达伯尔尼火车站，安格莉卡持德国护照，伊迪奥特持德国临时护照，我持中国护照，按规定，我们需要从特定出口出站，以便核验护照和签证。

在伯尔尼查验护照与签证过程中，安格莉卡与我皆没有遇到麻烦，由于安格莉卡与我早期曾经在瑞士驻德国使馆办理过瑞士签证，现在尚在有效期中。然而，伊迪奥特却遇到了麻烦。

“伊迪奥特先生，很抱歉，你不具备允许进入瑞士的条件！”瑞士核查护照和签证的官员说。

伊迪奥特耸了耸肩，现出疑惑不解的表情。

“你持有德国临时护照，而且没有办理进入瑞士的合法签证。”这位瑞士官员进一步解释说。

安格莉卡首先醒悟，伊迪奥特在从德国出发，进行环球旅行之前，并未在德国申请并办理在欧洲非“申根协定”缔约国家旅行的有效签证。

安格莉卡立即向伊迪奥特解释：“欧洲 15 个国家——比利时、联邦德国、法国、卢森堡、荷兰、意大利、葡萄牙、西班牙、希腊、奥地利、丹麦、芬兰、冰岛、挪威、瑞典曾就开放国界和共同安全问题在卢森堡小镇申根 (Schengen) 签署‘申根协定’。瑞士不是‘申根协定’缔约国。”

伊迪奥特持有德国斯图加特移民局签发的“在德国合法停留许可”证件和斯图加特外事局签发的了德国临时护照，可以在“申根协定”各缔约国免签证旅行，然而，进入瑞士，却必须办理合法停留许可证件。

我们来到伯尔尼火车站出入境管理处，一位公务员和蔼地向伊迪奥特提问：“伊迪奥特先生，你从哪里来？你到哪里去？”

“我从外星来；我在地球上寻找我失散的儿子，然后同儿子一起返回我们的星球，与我的妻子和女儿团聚。”伊迪奥特回答，并出示了斯图加特移民局签发的在德国合法停留许可证件和德国临时护照。

当瑞士公务员听到“从外星来”时，脸上浮现出惊愕的神情。

“你到瑞士来做什么？探亲？旅游？”公务员问。

“寻找我失散的儿子。”伊迪奥特从容答道。

瑞士公务员仔细查验了伊迪奥特持有的德国临时护照及在德国合法停留许可证件。

“伊迪奥特先生，我遗憾地告知你，你不能进入瑞士，除非你能够在瑞士找到一位瑞士国籍居民，他 / 她能无条件地为你在瑞士停留的短时期内的一切生活和行为担保！”公务员认真地对伊迪奥特说道。

伊迪奥特无奈地望着我与安格莉卡，似乎在等待我们的回答。

从瑞士公务员的话语中，联想到瑞士人一贯的严谨作风，我感到了问题的严重性。在脑海里，我仔细搜寻我熟悉的瑞士人。

我想到了数年前，在德国马克斯·普朗克协会固体研究所从事半导体晶体多层薄膜的离心式外延生长专题研究时，曾经与苏黎世联邦理工学院的施魏茨教授(Prof. Schweitzer)及其研究组有过长达一年的合作研究。我记得清楚，在我因研究工作在苏黎世访问施魏茨教授时，他与他的夫人还请我到他们位于苏黎世湖畔的家里做客，当时他们的儿子和女儿也在家。

我立即打电话给施魏茨教授，向他讲述了我与安格莉卡陪同外星人伊迪奥特在伯尔尼所遇到的签证问题。施魏茨教授学识精深，待人热情真诚，他说：“我立即乘火车从苏黎世去伯尔尼。两个小时后在伯尔尼火车站出入境管理处见面。”苏黎世是瑞士第一大城，瑞士工商业中心，瑞士讲德语民族的文化教育和科学文化中心，它距首都伯尔尼不足200公里。

两个小时后，施魏茨教授到达伯尔尼火车站出入境管理处，我介绍伊迪奥特、安格莉卡与施魏茨教授相识。

“我非常高兴，与你们两位相识！”施魏茨教授分别与安格莉卡、伊迪奥特亲切握手。

难得有机会，与一位外星人相识，这让施魏茨教授异常兴奋，更让施魏茨教授惊讶的是，这位外星人的德语居然讲得这样好！

“伊迪奥特先生，你到瑞士来旅游吗？”施魏茨教授问。

“寻找我失散的儿子，同时渴望在伯尔尼访问爱因斯坦故居。”伊迪奥特从容答道。

“爱因斯坦故居？你们外星人知道地球上的爱因斯坦？”施魏茨教授惊讶地问，“爱因斯坦原是在苏黎世联邦理工学院学习数学和物理，并于1900年从联邦理工学院毕业。”

“是啊，爱因斯坦求学并毕业于施魏茨教授授课的苏黎世联邦理工学院！”我说。

“伊迪奥特先生，你作为外星人，关于爱因斯坦，你知道哪些？你知道爱因斯坦的全名和出生年月日吗？”施魏茨教授问。

“从地球的因特网上我读到他的全名为：Albert Einstein（阿尔培特·爱因斯坦），1879 年 3 月 14 日出生于德国 Ulm（乌尔姆）。”

“很好！或许你还知道爱因斯坦在伯尔尼期间的重要科学发现吧？”施魏茨教授继续问道。

“1902 至 1909 年期间，诚如爱因斯坦自己所说的，‘那是一段愉快和富于成果的时期’；爱因斯坦发表了不少于 32 篇科学论文，而其中 6 项基础性的理论工作——关于光的产生和传播、关于静液体中悬浮粒子的运动、关于运动物体的电动力学、关于物体的惯性同它所含有的能量的关系、关于布朗运动、关于分子大小的新测定方法，都是他在 1905 年——爱因斯坦称其为 Sternjahr（恒星年），26 岁时完成的。”伊迪奥特在天然星是位物理学家，他来到地球后，在因特网上十分关注爱因斯坦的学术成就。

“原来，你知道爱因斯坦在瑞士期间那 6 项基础性理论工作！”

“是的，教授先生。”伊迪奥特开始清晰地、详细地讲述爱因斯坦在瑞士期间发表的基础性理论论文。

在 6 项基础性理论工作中的《关于光的产生和传播的一个启迪学观点》论文中，爱因斯坦将普朗克提出的量子假说推广到光在空间中的传播情况，提出“光量子”概念。他用光量子概念解释了经典物理学无法解释的光电效应，推导出光电子的最大能量同入射光的频率之间的关系。爱因斯坦因其“在理论物理学中的贡献，特别是发现光电效应定律的功绩”而获得了 1921 年的诺贝尔物理奖。

在《论运动物体的电动力学》论文中，爱因斯坦阐明了狭义相对论的基本思想和基本内容，在物理学发展史中该论文具有革命性的意义。

在《物体的惯性同它所含有的能量有关吗？》论文中，爱因斯坦在时空观的彻底变革的基础上建立了相对论力学，指出质量随着速度的增加而增加，当速度接近光速时，质量趋于无穷大。质量和能量是同一物质的不同形式。爱因斯坦从他的狭义相对论推导出著名的质能关系式：$E=mc^2$。质能关系式成为后来发展起来的原子核物理学的理论基础。

施魏茨教授与伊迪奥特关于爱因斯坦的科学对话激发了那位瑞士公务员的兴致，他主动走过来加入了我们的谈话。片刻之后，由于瑞士公务员尚有其他公务在身，他主动停止了与我们的交谈，只见他伏案默默地为伊迪奥特签发了一份“在瑞士合法停留许可”证件，递给伊迪奥特，并说：“伊迪奥特先生，祝你在瑞士过得愉快！”

“谢谢！我可以在瑞士合法停留了？”伊迪奥特问。

“是的，伊迪奥特先生！你不仅可以在瑞士合法停留，按我个人的看法，你完全有能力与我们的科学家和大学生们谈论‘爱因斯坦在瑞士’这一有趣的论题！”瑞士公务员说。

我与伊迪奥特以及施魏茨教授向这位可爱的公务员告别，走出伯尔尼车站，踏入伯尔尼市区。

施魏茨教授陪同我、伊迪奥特与安格莉卡径直来到伯尔尼市区的克拉姆街 49 号 (Kramgasse 49)，访问爱因斯坦伯尔尼故居。

克拉姆街是伯尔尼一条十分著名的街道，街道两侧住宅的基层有廊道，外立面装潢典雅，街道尽头是古风犹存的“报时钟楼”。街心建有一座古朴的喷泉，喷泉旁的一座四层多户住宅楼的第三层的一套房子就是爱因斯坦夫妇 1903 至 1905 年居住的地方。

爱因斯坦于 1903 年 1 月 6 日，与大学同学米勒娃・马利奇 (Mileva Maric) 结婚。爱因斯坦夫妇的儿子汉斯・阿尔培特于 1904 年诞生。爱因斯坦伯尔尼故居 (Einsteinhaus Bern) 是一套玲珑、雅致的套房，有客厅、卧室、婴儿室。厨房、浴室设在走廊，在那个时代，这种结构并不稀奇。房间里尽可能保留了原来的风格和原有的家具，譬如壁炉、壁炉上的镜子、壁柜、木质方桌、三把椅子、老式地毯等等。2005 年，世界物理年，爱因斯坦伯尔尼故居经过整修，将位于其上方的第四层的那套房子辟为展示馆，介绍爱因斯坦生平和事迹，介绍他对科学的伟大贡献，并不定期更新。

爱因斯坦伯尔尼故居的的确确不是一套普通的房子，现代物理学奠基性理论诞生在这里！

施魏茨教授向我们介绍，爱因斯坦在瑞士的生涯是从他 20 岁时，即 1895 年开始的。当时他独自从德国来到瑞士，准备报考在苏黎世的著名学府联邦理工学院。院方建议爱因斯坦先到瑞士阿劳 (Aarau) 州立中学短期学习，以便取得在瑞士进入大学的瑞士高级中学毕业资格。翌年爱因斯坦进入苏黎世联邦理工学院学习数学和物理。1900 年，爱因斯坦从联邦理工学院毕业。

爱因斯坦大学毕业后先在温特图尔技术学校任助教，后经好友格罗斯曼

(Macel Grossmann) 介绍，于 1902 年在伯尔尼联邦专利局任三等技术专家，从事发明专利申请的技术鉴定工作。同年，迁居伯尔尼。正是在伯尔尼，爱因斯坦创造了奇迹。

爱因斯坦于 1908 年在伯尔尼大学取得授课资格；1909 年任苏黎世大学理论物理学副教授，同年辞去伯尔尼联邦专利局工作；1911 年任布拉格德语大学教授；1912 年任苏黎世大学教授；1913 年任德国威廉皇家物理研究所所长、柏林大学教授，当选为普鲁士科学院院士。同年迁居德国首都柏林。至此，爱因斯坦从 1895 年开始的在瑞士的生活结束了。

访问爱因斯坦伯尔尼故居之后，我们在克拉姆街散步，当街道尽头的古风犹存的报时钟楼报时的时候，我们都不约而同地停下脚步，驻足观望。

"现代物理学的开创者和奠基人阿尔培特·爱因斯坦被公认为地球上最伟大的科学家，被推崇为'世纪伟人'。由于心怀崇敬，我曾经两次访问过爱因斯坦伯尔尼故居。"施魏茨教授说。

"科学研究，特别是现代物理学的研究，会使我们外星人与你们地球人对于宇宙的认知逐步趋向一致；科学引导我们逐渐走近彼此。"伊迪奥特颇为感慨地说。

"伊迪奥特先生，我相信，你说的是对的。"施魏茨教授说。

"你们的科学家信奉科学抑或信奉宗教？他们是有神论者抑或是无神论者？"伊迪奥特的问题，让在场的地球人——施魏茨教授、安格莉卡与我一时陷入踌躇中，在我们看来这个问题不是一两句话可以简单说明的。

"你们地球上也有人不信奉宗教吗？"伊迪奥特见我们未立即回答，于是继续追问。

"世界上既存在着有神论者，也存在无神论者。"我回答，"在伯尔尼居所里爱因斯坦完成了狭义相对论，同时探讨广义相对论。正是爱因斯坦相对论让科学家得以认识宇宙天体和世界物质的本原和运动，同时让科学家得以思考宗教的本原和存在的问题。"

"那么，爱因斯坦属于哪种呢？"

"一言难尽。"略作停顿，我说，"有机会时，我们一同去美国东海岸新泽西州普林斯顿高等研究院访问，它在世界范围内聘请优秀科学家从事纯科学的尖端研究。1933 年起，爱因斯坦在那里从事现代物理学理论研究工作，直至

1955 年 4 月 18 日因病逝世。我们可以请教那里的大师，回答你的‘爱因斯坦是有神论者抑或是无神论者？’问题。”

伊迪奥特欣然同意。

走出克拉姆街，施魏茨教授陪同我们在伯尔尼市区游览。

从伯尔尼阿勒河畔玫瑰园高处远眺伯尔尼市区，视野越过阿勒河与河畔的建筑，伯尔尼圣文岑茨大教堂笔直、高耸的尖顶闯入视线。它是瑞士最美的后哥特式建筑。1596 年时大教堂的大部分工程竣工，1891—1893 年加建了顶部的尖塔。大教堂西侧大门上的浮雕《最后的审判》，大教堂内堂的唱诗班古老的彩色玻璃窗，管风琴和纪念保卫城池与法国侵略军作战牺牲的伯尔尼人纪念碑都令人赞赏。

法兰西大教堂最早建于 1270 年，教堂内保存有 13、15 和 16 世纪的壁画。其建筑以垂直线条为主线条，采用了细长的立柱代替墙体支撑体系，因而可在立柱之间的空间镶嵌巨大的彩色玻璃窗。这些建筑特征表明法兰西大教堂外表总体结构和教堂内部结构均具有典型的哥特式风格。

伯尔尼瑞士联邦议会大厦中央建有绿色大穹顶，阳光下十分醒目。南侧正前方镶嵌着瑞士 22 个州的州徽和 6 座人物雕像，它们是：农民、商人、学者、士兵、手工业者和艺术家。看来，这六类人代表了大厦建造时代的不同阶层。联邦议会大厦是 1894 至 1902 年建造的，具有佛罗伦萨文艺复兴建筑风格。建筑物中央绿色穹顶之下是议会所在地，西翼是内务部、司法部和国家图书馆，东翼是国防部、工业部和农业部。联邦议会大厦在休会期间允许游人参观，并有向导导游。从内部仰望穹顶十分壮丽，满布彩色穹顶油画，穹顶周边镶嵌的玻璃窗用于采光。文艺复兴风格建筑用精美的大理石雕塑，特别是用表现人文主义的人体立体雕塑和浮雕装饰立柱和墙体，用表现人文主义的人体绘画装饰穹顶和墙面。

离开瑞士联邦议会大厦，我们向市场街的熊广场 (Bärenplatz) 走去。施魏茨教授想让伊迪奥特看看，地球人是如何在城市中心的街头圈养动物的。

在熊广场中央，人们挖了一个圆形的、大大的深坑，将几只黑熊圈养在坑底，称其为 Bärengraben（地下熊圈）；深坑周边筑起围墙，人们可以伫立围墙周边观望黑熊的活动。

在地下熊圈的围墙边，伊迪奥特触景生情，想起他的儿子灵灵。

“尚不知灵灵是否会在伯尔尼？若是他来地下熊圈这里看熊，他可要当心啊，不能太靠近围墙，更不能趴伏在墙头上观望！主管当局应该考虑到为了孩子们的安全，在围墙之上加建安全护栏啊！”伊迪奥特对我们说，更像是在自言自语。

“若是灵灵在伯尔尼，一定会有好心瑞士人陪他同来这里看熊的！”安格莉卡安慰道。

那些黑熊们，只顾低头吞食饲养员用绳子系下的新鲜而卫生的美食，对围观者不屑一顾。对它们来讲，虽然享有食水无缺的待遇，但其失去自由的处境也是让人同情的。

伊迪奥特、安格莉卡与我邀请施魏茨教授在熊广场附近的一家温馨餐馆共进晚餐，答谢他在我们处于尴尬境地时给予的及时援助。席间，我谈到一次访问苏黎世联邦理工学院时，施魏茨教授的年轻同事在一家著名餐馆请我吃过一道著名菜肴，那是一道用特别的作料拌制的生猪肉末，口味挺特别的。施魏茨教授也表示，苏黎世餐馆确实供应这样一道菜肴。伊迪奥特对此没有说什么，只是不住地摇头。

第四记录

大西洋彼岸寻子

FOUR

外星人质疑人类起源学说

伊迪奥特在法国山城格勒诺布尔寻找儿子遭遇挫折，在阿尔卑斯山脉地域国家德国、法国、意大利、瑞士旅行中寻找儿子无果；然而，伊迪奥特与我都没有气馁，环球旅行将继续进行下去，我们将从瑞士去大西洋岛国英国旅行。

“伊迪奥特先生与我决定从瑞士去英国旅行，继续寻找他的儿子。”在伯尔尼，我对安格莉卡这样说。

“是这样？我愿意陪同你们从瑞士去英国旅行！”安格莉卡似乎对伊迪奥特与我的决定早有预感，并未感到突然，她淡定地回答。

安格莉卡的决定让我们兴奋不已，伊迪奥特的眼睛流露出快乐的光芒。

“我尚在暑假假期，我想趁此机会访问剑桥大学达尔文学院考古与人类系的 D 教授。”安格莉卡继续说道，“D 教授是人类学专家，一年前，我聆听过他作为客座教授在巴黎大学讲授的人类学专题讲座。我当时就有了计划，在我从巴黎大学毕业并取得学士学位后，去剑桥大学达尔文学院从师 D 教授攻读人类学硕士学位。”

“太棒了！”听了安格莉卡的这段话，伊迪奥特显得十分高兴，“路德博士，你听见了吗？我们不是也计划在英国深入了解达尔文进化论学说吗？”

“是啊，安格莉卡和我们想到一起了！”我说。

“我想提醒你们，别忘了在瑞士伯尔尼的德国驻瑞士使馆为伊迪奥特先生办理进入英国的签证，英国并非‘申根协定’签约国！”安格莉卡提醒我们。

“对啊，安格莉卡真是我们旅行的好向导！”我说。

在伯尔尼办理了去英国的签证等必备手续，并略略休整后，我们三人乘欧洲城市快车从伯尔尼前往英国。这一天，安格莉卡化了淡妆，头戴白色遮阳帽，一身白色休闲服，背粉色双肩包，神情愉悦，洋溢着一位旅行家的风韵。

从伯尔尼乘火车抵达加来（Calais），故意不穿行地下通道，而选择乘坐轮船横渡多佛尔（Dover）海峡，前往英国伦敦。从伦敦转乘火车，我们径直去了剑桥，并在剑桥安顿下来。

剑桥 (Cambridge) 位于剑河河畔。在我看来，这座小城是由古老的教堂和美丽的校园构成的。剑桥的主体是剑桥大学，它是一座大学城。

剑桥大学首创于 1209 年。剑桥大学对人类文化的贡献远不止于现代物理学中的电子和原子结构方面，它的非凡贡献涉猎到数学、物理学、化学、生物学、生理学、医学、生命科学、天文学等众多基础科学领域，还涉及经济学、社会学、文学等人文科学领域。剑桥大学的贡献不是一般的贡献，它的发现不是寻常的发现，它的发现影响深远，为世人肯定和赞扬。自 1901 年开始颁发诺贝尔奖以来，它的许多发现印上了诺贝尔奖的标记。

随着科学的逐渐普及，剑桥大师们已为越来越多的人所熟知。譬如哈维、牛顿、达尔文、麦克斯威尔、汤姆逊、卢瑟福、罗素、布拉格、狄拉克、桑格、霍金……

剑桥大学有 35 个学院，3 个女子学院，两所研究生院。达尔文学院（Darwin College）是剑桥大学只招收研究生的两所研究生院之一，另一所研究生院为卡莱尔学堂。达尔文学院的名字取自于达尔文家族，学院拥有 600 名学员，大多数是念一年课程的硕士和三年课程的博士，其中约一半的学生是来自其他国家。学院每年举行讲座、一系列的座谈会，由专业领域知名的学者来演讲。许多讲座都被编辑出版成书籍。

安格莉卡为我们与 D 教授联系访问事宜，当 D 教授得知，同行的伊迪奥特来自外星球时，立即安排时间，接见我们。

D 教授在他的办公室接待我们。当安格莉卡介绍伊迪奥特与 D 教授相识时，这位银发老人的眼睛里闪烁光芒。

“我很高兴，在我的办公室里同时接待来自德国、中国和外星的客人！对于我的人生，显然是一次极不寻常的经历！”随后，D 教授面向伊迪奥特问，“伊迪奥特先生，你有什么感兴趣的问题愿意与我讨论？”

伊迪奥特的英语不如德语好，特别是人类学专业术语，于是安格莉卡担当起英语翻译来。

“我想知道，查理・达尔文勋爵（Charles Robert Darwin 1809—1882）是怎样的一位科学家？他是怎样论述生物进化与人类起源的？”伊迪奥特问。

“关于达尔文勋爵，你们知道哪些？”D 教授反问。

“达尔文年轻时，遵从父命最初在医学院学医，后来在剑桥大学改学神学，直至毕业；然而，他没有成为牧师，他的志趣既不在医学也不在神学，唯对研究自然科学情有独钟。”我回答。

“有趣，有趣。一个人难得有自己的志向！”伊迪奥特插话。

“1831 年，青年达尔文随‘贝格尔号’舰环球旅行，考察地球上的动物、植物、矿物及生物化石长达 5 年；回国后潜心从事生物进化论科学研究 20 年，于 1859 年 11 月出版科学巨著《物种起源》，阐述他的生物进化论。”我继续说。

伊迪奥特神情专注，但是没有说什么，D 教授开始回答伊迪奥特的问题。

“达尔文生物进化论认为，地球上无数的生物在自然选择过程中，由简单到复杂，由低级到高级，在遗传、变异、生存竞争中成长进化，即物竞天择、适者生存。物种不是一成不变的，物种随着客观生长环境与条件，而相应变化，向着相对高级形式变异。这一过程就是自然选择的过程，也是物种得以存在、遗传、进化的过程。”

伊迪奥特全神贯注，显然他还想继续听听关于达尔文生物进化论，D 教授还会讲些什么。

“达尔文主义强调了物种竞争，适者生存；物种变异，适应环境，即不同的环境造就不同的物种。这就是为什么，宇宙中不同的星球上存在着不同，甚至完全异样的物种的原因；当然，其中必然会存在许多物种，它们是地球上的人类完全无法想象的。”

“D 教授，你刚才谈到，‘物种随着客观生长环境与条件，而相应变化，向着相对高级形式变异’，”伊迪奥特像是在认真思考，他问，“那么，按照达尔文的观点，地球上的人类这一高级物种是如何进化来的呢？《物种起源》书中是怎样论述人类起源的？”

“达尔文在其著作《物种起源》中，明确提出‘人是由猿猴进化来的’；1871 年，达尔文出版著作《人类起源与性的选择》，提出‘人猿同祖论’。全面阐述其生物进化论观念。”D 教授回答。

“‘人是由猿猴进化来的’，这怎么可能呢？”伊迪奥特疑惑地说。我知道，他一直在思考这个问题。他继续问：“D 教授，照这样说，那么地球上的人类到底是如何从某种低级生物一步一步地进化到猴子或者猿猴，而后又怎样从猴子或者猿猴进化到高级人类的呢？”

“关于这一点，我想起有位学者写过的一篇文章。这位达尔文主义的信仰者曾经图文并茂地描述过，那是一条很长的生物进化链啊，你想了解这条生物进化链吗？”D 教授问。

“好啊，请讲，我会耐心听你讲的。”伊迪奥特说。

“一种单细胞生物（如阿米巴虫），进化成海绵生物（如毛壶虫），再进化成腔肠动物（如水螅虫），再进化到扁形动物（如涡虫），再进化到线形动物（如蛔虫），再进化到环节动物（如蚯蚓），再进化到软体动物（如蜗牛），再进化到节肢动物（如蜘蛛或蜈蚣），再进化到棘皮动物（如海参或海星），再进化到脊索动物的软骨鱼类→硬骨鱼类→两栖类→爬行类（一支进化成恐龙、一支进化成鸟类）→哺乳类（一支进化成大象、一支进化成猿猴），再由猿猴进化成人类。”

“啊，不可思议，不可思议！”伊迪奥特摇头，“按此逻辑，生物进化链中的从阿米巴虫到猿猴都是地球人类的祖先喽？”

D 教授没有立即说什么，他似乎在等待伊迪奥特对此还会说什么。

“我想，”伊迪奥特继续说，“达尔文的物种进化学说是有道理的。这意味着，人类是在适应地球上的自然环境出现、存活、繁衍、进化、竞争而来的，并且地球上的物种的出现、存活、繁衍、进化、竞争从来就没有停止过，即便地球本身及其环境也处在不停地改变之中，也在经历存在—变迁—消亡的自然过程。然而……”

“然而？请继续讲。”D 教授知道，伊迪奥特现在准备讲出他的论点。

“然而，人类怎么可能是从猿猴进化来的呢？人类已经存在近万年。请问，是否有人发现过从猿猴进化到人的实体证据？达尔文生物进化论也认为，生物的进化是个渐进和漫长的过程。就算按此认识，从猿猴进化到人是个渐进和漫长的过程，那么在此过程中，竟然也没有遗留下些许从猿猴进化到人的实体证据？譬如，正在进化中的猿猴，或者接近进化成人的猿猴的实体证据。如若没有掌握从猿猴进化到人的实体证据而断然认为人类是从猿猴进化来的，那么这只能是一种假设或者推论，而非科学结论。”

伊迪奥特讲这段话时显然有些激动。D 教授是位科学家，对于科学上的不同认识与见解，总是表现出宽容与大度，对于一些新的认识与见解总是会慎重思考、求证。在 D 教授还在思考，尚未对伊迪奥特的见解说什么的时候，我觉得应该缓和一下谈话的气氛，于是我发表了一下自己的看法。

“我想，这当然是伊迪奥特个人的看法，”我说，“从人类目前的知识水准，还真没有能力判别他的见解是对或非。既然如此，伊迪奥特的认识与看法理应受到尊重，等待进一步的科学证据被发现与被论证。”

“好的，”D 教授说，“当更有力的实体证据被发现后，我们再一次聚会，一起讨论人类起源的问题吧！”

“这样最好！我赞同教授的 Idea（想法）。”伊迪奥特说。

“伊迪奥特先生，看来你在我们星球上读过不少有关‘物种起源’的书啊？”D 教授说。

“是的，路德博士教会了我在因特网上读书，因特网上有许多资料谈到‘物种起源’。”

“伊迪奥特先生，你不妨谈谈因特网上是如何阐述‘物种起源’的啊。”安格莉卡说，她显然更喜欢在活跃和快乐的气氛中谈话。

“你们地球上，我们星球上，存在无数的物种，”伊迪奥特谈起物种起源话题，“它们之所以能够出现和存在，按古埃及传说，人是由大神哈奴姆在陶器作坊里用泥塑造的；按犹太人所言，人是上帝耶和华用泥土按照自己的形象创造出第一个男人亚当来，而后又趁亚当熟睡之际取出他的一根肋骨，创造出第一个女人夏娃来，亚当和夏娃婚配后，地球上才有了人类。”

“那你们外星人认为人类是如何起源的呢？”安格莉卡问。

“我们星球那里？我只能说，关于人类起源的传说，比之地球上的传说离奇得有过之而无不及！”

在座的人都“呵呵”笑起来。

我们向 D 教授致谢并告别。伊迪奥特在向 D 教授致谢、告别时，表现得格外热情和亲切，似乎为他在质疑人类起源于猿猴的观点时表现出的激动表达歉意。

随后，安格莉卡引导我与伊迪奥特访问了剑桥大学图书馆，那里悬挂着曾在剑桥大学留下足迹的伟人的肖像。伊迪奥特久久伫立在达尔文勋爵的肖像前，默默地注视着，我们完全不知道他在想什么。安格莉卡久久流连在图书馆里，她在默默地想什么？她也许正在想象，她在巴黎大学毕业后，来剑桥大学深造，在这个静谧的图书馆里专心读书的情景。

在剑桥大学一片草坪旁的一座雅致的咖啡屋里，我们在靠近窗子的一张桌子旁坐下来，边饮咖啡，边谈起来。这座雅致的咖啡屋让我们不约而同地想起巴黎香榭丽舍大街温馨的咖啡屋，在那里我们从生物的角度议论人类的爱情、婚姻生活。

我们一行离开咖啡屋，在美丽的剑河畔剑桥大学校园里散步。剑河畔空气清新，校园里到处可见学子们的身影；他们在这里读书、散步和晒太阳，洋溢着生机与活力。

伊迪奥特欣赏座座古朴的校园建筑和剑河旁美丽风光，眺望在剑河上荡舟的青年学子向剑河木桥上走过的姑娘们招手微笑。

从地球观测类地球

我与伊迪奥特同安格莉卡从剑桥来到伦敦东南郊区的格林威治村，访问英国皇家格林威治 (Greenwich) 天文台，企望在地球上观看地球之外的星际空间，并在地球的本初子午线及其两侧感知地球本身的存在与结构。

格林威治村由格林威治公园、皇家天文台、海事博物馆、皇家海军学院组成。

格林威治天文台始建于 1675 年，收藏了格鲁伯在 1893 年制作的 28 吋折射望远镜，这是当时在英国最大的此种望远镜。由于它的空间可见度太小，于是我们走进格林威治天文台的彼得·哈里逊天象馆。

彼得·哈里逊天象馆是 2007 年 5 月建成的现代天象馆；天象馆外观为一古铜色的锥体，重达 45 吨，耸立在本初子午线上，与地平面倾斜 51.5° ，此倾斜度刚好为格林威治天文台所在的纬度。在彼得·哈里逊天象馆，我们看见了太阳系、银河系中的许多星球以及其星际空间的景观，它让我们从天文学角度考虑地球、太阳系、银河系与宇宙。遗憾的是，我们没能看见类地球天然星。

伊迪奥特迫不及待地走向彼得·哈里逊天象馆的一位科学家，安格莉卡与我紧随其后，尤其是安格莉卡，随时准备为伊迪奥特做好英语翻译。

“先生，请问在格林威治天文台可以观测到类地球行星吗？”伊迪奥特问。

“对不起，先生，现时还不可能。”天象馆科学家回答。

“你知道，到哪里去可以观测到类地球行星？”伊迪奥特继续问。

“最近，日内瓦天文台的科学家 X·杜穆斯克 (Xavier Dumusque) 在位于德国加兴 (Garching) 的欧洲南方天文台召开的新闻发布会上公布了他们发现的一颗质量类似地球行星的信息。”天象馆科学家说。

“真的吗？”伊迪奥特问。

“你若有兴趣，可以阅读杜穆斯克在《Nature》(《自然》) 杂志发表的科学论文。”随后，天象馆科学家详尽地讲解了这颗“类地球”行星是如何被发现的以及它在宇宙中的运行轨迹。

距太阳系最近的三合星系统名为半人马座阿尔法星系 (Alpha Centauri)，科学家在该星系中发现了一颗与地球有着相同质量的“类地球”行星，它距离地球仅 4.4 光年。

半人马座阿尔法星系中有 3 颗恒星——半人马座 α（阿尔法）星 A、半人马座 α（阿尔法）星 B、比邻星 (Proxima Centauri)。半人马座 α 星 A，体积比太阳稍大、亮度也更高，半人马座 α 星 B，比太阳稍小些；半人马座 α 星 A 与半人马座 α 星 B 是伴星，围绕彼此运转，每 80 年会在一个最近距离约 14 亿公里的位置相会。比邻星环绕着半人马座 α 星 A 与半人马座 α 星 B 这两颗恒星运转。比邻星与地球近若比邻，它是除恒星太阳之外距离地球最近的恒星。

新发现的这颗“类地球”行星与地球有着近似相同的质量，很可能像地球一样，是个岩石球体，但是不适宜人类居住。这颗“类地球”行星绕着呈微红色、亮度为太阳一半的半人马座 α 星 B 运转，每 3 天运转一圈，其轨道离半人马座 α 星 B 的距离仅有 600 万公里，这导致它的表面温度极高，达 1200

摄氏度。这一点就不与地球相类似了。

杜穆斯克和他的同事用“多普勒方法”发现了这颗“类地球”行星。他们用名为高精度径向速度行星搜索器 (HARPS) 的特殊光谱仪，来探测恒星受其行星引力影响而产生的微小速度变化。HARPS 光谱仪安装在位于智利的拉西拉 (La Silla) 欧洲南方天文台的一台直径为 3.6 米的望远镜上。他们在 4 年的时间里进行了 450 次观测，发现半人马座 α 星 B 受“类地球”行星引力影响而产生的速度摆动约为每秒 0.5 米，相当于缓慢的步行速度。这是该瑞士团队观测到的最小的速度摆动。

所谓“类地球”行星宜居带，也就是气温适中、可以有液态水、适合地球的生物生存的区域，距半人马座 α 星 B 恒星约 1 亿公里远。如果在这里有颗行星运转，其一年约有 200 天左右，与太阳系里的行星金星的轨道周期大致相同。

“先生，你是说，我们若是想亲眼看到这颗‘类地球’行星，就得到智利的拉西拉欧洲南方天文台去看了？”伊迪奥特急迫地追问。

“是的，先生，是这样的。请你与瑞士日内瓦天文台的科学家 X · 杜穆斯克直接联系。”天象馆科学家平静地回答。

伊迪奥特向天象馆科学家表达谢意，我们离开了彼得 · 哈里逊天象馆，向格林威治天文台原址的本初子午线走去。

“伊迪奥特先生，你认为在太阳系之外存在类似太阳系的星系，在那个星系中存在类似地球的‘类地球’行星吗？”我问。

“这是可以肯定的。在浩瀚宇宙中，太阳系之外存在类似太阳系的‘类太阳系’星系，在那个星系中存在类似地球的‘类地球’行星！”伊迪奥特爽快而肯定地回答。他继续说，“我自己就是从‘类地球’行星——天然星上来到地球的。”

“我有同感，我也相信太阳系之外存在有‘类地球’行星。”我说，“杜穆斯克和他的同事发现的‘类地球’行星，由于它的轨道离半人马座 α 星 B 的距离过近，导致它的表面温度极高，不适于人类的生存，此外尚不知新发现的‘类地球’行星是否有水的存在，水是生物形成、成长、进化的必要条件。”

“我认为，”伊迪奥特说，“若某行星与它环绕运行的恒星发光体的轨道距离合宜，而且行星上有水的存在，该行星就具备了生物体存在的条件。”

“如果宇宙大爆炸形成理论是正确的，宇宙大爆炸是在均匀介质中同向爆炸的话，我推断，浩瀚宇宙间存在不止一个‘类地球’行星。”我说。

伊迪奥特接着说：“或许在现时的宇宙中，已经有数个‘类地球’行星，它们与地球在宇宙中按不同轨道同时运行着，只是由于文明与技术的局限，彼此间未能取得联系！”

“好啊，让我们将希望寄托于未来吧！”安格莉卡说。

“但愿如此，那时我就可以驾驶高科技宇宙飞船返回我的‘类地球’行星——天然星了！”伊迪奥特风趣地说。

我们来到格林威治天文台原址的本初子午线旁。国际天文学会议于1884年做出决定，以伦敦格林威治天文台所处经线为本初子午线，即经线零度；以格林威治时间为计算世界时间起点，即格林威治时间。

格林威治天文台原址现为国家航海博物馆的一部分，收藏着早年的天文观测仪器、天文时钟、天象图、航海图等。最吸引参观者的是镶嵌在子午馆地面上的本初子午线。在子午馆的地面上铺设了镶嵌在大理石条带中间的一条笔直的铜带，它就是国际天文学会议定义的本初子午线。

我们脚踏格林威治天文台本初子午线两侧，心中深切感受到时空的变换。

有一种家庭叫单身母亲家庭

伊迪奥特与我决意继续环球之旅，从英国去美国寻找他的儿子；安格莉卡表示愿意陪同我们继续前往美国旅行，我们非常高兴。

乘飞机从伦敦抵达纽约，我们入住国际连锁旅馆纽约银河旅馆。我们留宿的纽约银河旅馆位于纽约曼哈顿岛南部百老汇街终端，距离纽约繁华商业区及纽约港自由女神雕像并不远。

我们乘坐游览船从纽约市区哈德逊河口驶入纽约港，首先映入眼帘的是面向大西洋的自由女神雕像，她高耸在自由岛上。她头上戴着星形额箍，右手高举火炬，左手持美国独立宣言；她美丽的面庞，飘逸的秀发，丰满的体态，端庄的仪表勾画出女神的崇高形象。自由女神雕像是自由美国的象征！

仰望自由女神雕像，想到法国塞纳河上那尊自由女神雕像，怀念它的雕塑者——出生于法国科尔马的雕塑家巴托迪 (Huguste Bartholdi)。在美国人于 1876 年 7 月 4 日庆祝建国 100 周年的时候，法国人，确切地说是法国的法美联盟，为向美国人表示祝贺，赠送了自 1886 年 10 月 28 日揭幕，屹立在纽约岛上的这座 46 米高的自由女神石雕。半个多世纪以来，自由女神高举火炬，向来自全球各地的所有经过纽约的船只致意。自由女神像原本的旨意是“来自巴黎的美国女人”。由于多种原因，直至 1885 年 5 月才把这位高大的“来自巴黎的美国女人”分装入 200 个包装箱，用了 70 节火车皮运往巴黎，并在巴黎组装，再运往纽约。

纽约人认为自由女神雕像是自由美国的象征，法国人认为它是法国大革命“自由、平等、博爱”精神的象征。自由、平等、博爱是人文思想的精华，构建人文社会的基石。

自由女神美丽婀娜，圣洁博爱；她头戴金冠，光芒普照；她一身金色长裙，温暖人间；她明眸炯炯，洞察一切；她声音高亢，召唤理性回归；她臂腕柔韧，挽留百家；她肩膀宽阔，庇护众生；她形态优雅，象征自由与生命。她是自由的化身，她是生命的化身。

“美极了！”仰望自由女神雕像，伊迪奥特诗兴大发，他竟然即兴吟咏一首自由女神颂歌：

我愿意伫立自由女神足下，
天天虔诚地向她祈祷，
天天虔诚地为她颂歌；
祈祷她庇护众生免受伤害，
颂扬她呵护生命不再孤独恐惧，

呵护生命不再流浪逃亡。
让我们为艺术，为爱情，
营造人间欢乐天堂。

“亲爱的伊迪奥特先生，”我感到震惊，我第一次如此称呼他，“我真不知道，你还是一位多情的诗人哪！”

“过奖，过奖！何以称为我为多情的诗人啊？”

“当你仰望自由女神雕像那一刻，我从你吟咏诗歌所表达的情感中感觉到你对于自由、对于女神的情怀。”

“路德博士，你的感觉相当准确！我对于自由怀有崇敬之情，对于女神怀有爱慕之情，对于美若自由女神的女性怀有崇敬与爱慕之情。”

“伊迪奥特先生，我想对你说，你不仅是位高智商的人，更是一位高情商的人！”

“或许吧，是有人，其中不乏女性，也对我这样说过！”伊迪奥特不无得意地说。

从纽约港返回位于曼哈顿岛南部的纽约银河旅馆途中，安格莉卡对我们说，她在巴黎大学的女同学凯蒂 (Katie) 因暑假期间在法国实习，不能回纽约家里度假，委托她在纽约看望她独身的母亲和在中学读书的弟弟。我与伊迪奥特表示，我们愿意陪同她看望这位母亲。

翌日下午，按着事先的约定，我与伊迪奥特陪同安格莉卡拜访凯蒂的母亲。我们从曼哈顿岛南部乘坐地铁，抵达位于曼哈顿北部的第 11 大道与第 53 街交叉口附近的一个住宅区。

在一座塔楼里，我们找到了房门卡上标有“T.Widman”的一个单元住宅，凯蒂的母亲独自在家，弟弟里克 (Rick) 尚在学校。凯蒂的母亲热情地接待我们，招待我们喝绿茶。安格莉卡为凯蒂的母亲从法国带来欧莱雅香水和护肤品。安格莉卡详细地讲述了凯蒂和她在巴黎大学的学习、生活。

安格莉卡的到来为凯蒂的母亲带来许多快乐。谈话中，凯蒂的母亲也谈到了她自己。

凯蒂的母亲姓名为特丽·威德曼（Terry Widman）。她承继了她父亲的姓氏，由于从来没有结婚，就没有结婚后从夫姓氏的问题，自然一直延续使用姓氏威德曼。她的女儿和儿子自然都承继他们母亲的姓氏威德曼。凯蒂·威德曼和里克·威德曼都不知晓他们各自的父亲为何许人，更不必说他们的姓氏了。凯蒂和里克的母亲从未向他们说起他们的父亲；尽管如此，凯蒂和里克觉得母亲给予了他们胜过一切的伟大母爱，他们爱母亲胜过一切。

特丽·威德曼是一位颇有成就的自由画家，这种自由职业给予她创作中的心灵自由以及培养孩子们拥有自由空间。她极力推荐我们三人安排时间到纽约大都会艺术博物馆去欣赏绘画艺术，博物馆就位于她的住宅区附近，那是她经常去的地方，在那里她获得许多快乐和创作灵感。

向特丽·威德曼女士告别，我们随后乘坐地铁按原路返回曼哈顿岛南部。

在哈德逊河口，纽约港上的自由女神雕像再次映入眼帘，我们的谈话重新回到自由女神上。

“伊迪奥特先生，你在我们访问特丽·威德曼女士之前在这里说过，你对于美若自由女神的女性怀有崇敬与爱慕之情，何以如此呢？”我确实不清楚伊迪奥特这句话的确切含义，静待他解释。

“路德博士，你在有意引导我谈论女人，是吗？”伊迪奥特反问。安格莉卡嫣然一笑，但没有插话。

“呃……可以这样说。”我坦诚地承认这一点。

“人类的繁衍过程中，男性与女性的作用皆是不可缺少的啊！没有男人，何谈女人生育孩子啊？男人的存在与女人的存在是人类繁衍后代的必要条件，也是充分条件；然而，孕育孩子，生育孩子却全是由女人完成的！”伊迪奥特开始论述他的观点。

我想说，他是对的，不过，我没有随口讲出来，我关注他讲出新奇的观点。

“不仅如此，孩子是在母亲身边成长起来的，在相当程度上，教育孩子成长也是由女人完成的！”

“你们那里的社会结构形式会是怎样的呢？”安格莉卡饶有兴趣地发问。

“我们星球上，女性在人类的繁衍、进化过程中，起着主导性的作用；社会结构形式是女性受宠的社会。”

“类似于人类早期氏族社会的母系社会吗？”安格莉卡问。

“不，它不同于你们人类历史上的母系社会。”伊迪奥特说，“母系社会中，女性掌握氏族的领导权、世袭权、继承权，子孙归属于母亲。当初，人们缺乏生理知识，错误地以为，只有女人能够繁衍后代，并且人类的存在和繁衍完全依靠女性。”

“那又是怎样的呢？”安格莉卡问，她显然对于人类学问题别有兴趣。

“后来，当人类明了男人的存在与女人的存在是人类繁衍后代的必要条件，也是充分条件；当人类明了社会经济发展，男人对生产资料的占有与生活资料的再生产变得对人类生存与延续越来越重要时，男人在社会中的作用和地位相应地上升了。”

伊迪奥特兴致勃勃地论述他的观点，我与安格莉卡专注地听着，他继续论述他的观点：“相对于地球，我们星球的经济高度发展，衣食住行不再是问题，男人在社会中也不再因其在生产力中占有主导地位而在家庭生活中居于主导地位；对艺术、文化、精神生活的需求与渴望越来越迫切，促使人类对女性分外关爱与宠爱，社会中女性的地位逐步上升，逐渐地发展成为女性受宠的社会。”

“你认为，家庭也会逐渐地发展为以女性为主导的家庭吗？”安格莉卡问。

“不能这样说。在我们那里，家庭与婚姻关系与你们这里的情况已经有所差异。”伊迪奥特稍许停顿，也许他在选择词语，但愿不损伤我们地球人早已习以为常的习俗。他继续说道，“家庭形式是多种的，婚姻选择是自由的。夫妇与孩子组成了一种传统家庭形式，此外，与这种家庭关系同样重要的家庭形式是由母亲与孩子组成的家庭形式，我们称其为单身母亲家庭。这两种家庭模式组成了社会的主体家庭形式，此外，当然也有人选择单身生活状态。”

“这样说来，女性在传统家庭中备受宠爱，女性在单身母亲家庭中处于主导地位，是这样的吗？”安格莉卡问。

“是这样的。单身母亲家庭是由母亲和孩子组成的；婚姻家庭是由单身男人和单身女人联姻组成的。婚姻家庭可能养育孩子，也可能不养育孩子，成为丁克族家庭。这两种婚姻家庭形式的选择以及养育孩子与否，养育几个孩子的选择，当然，完全是自愿的，人们享有充分自由，全然自主地选择。”

“伊迪奥特先生，你认为特丽·威德曼女士与其两个孩子组成的家庭属于单身母亲家庭吗？”我问。

“典型的单身母亲家庭！这种家庭形式在我们天然星习以为常。”伊迪奥特平静地答道。安格莉卡微微点头，显现赞许之意。

人类因女性优生更进化

我与安格莉卡陪同伊迪奥特乘火车从纽约到达美国首都华盛顿。

在白宫旁，我们与许多参观者一起排队等候，按顺序进入白宫参观，那是令人激动的时刻。

白宫，美国的总统府，美国的政治中枢。它通体洁白，坐落在绿色园林之中。主楼两层，门廊为 6 只白色圆柱支撑，美国星条国旗在门廊顶部飘扬。主楼外草坪常常用于总统的新闻发布会。

等候进入白宫的参观人群一字排列，从主楼门廊一侧进入白宫内廷，秩序井然。结伴而来的人们在低声谈话。

“自富兰克林·罗斯福于 1933 年就任美国第 32 届总统至今的 80 年间，美国历任与在任总统共有 13 位。伊迪奥特先生，你能列举出其中几位总统名字吗？”我问。

“肯尼迪、W·布什、克林顿、里根、尼克松、约翰逊、杜鲁门、罗斯福总统，当然，还有现任总统奥巴马。”

“佩服，佩服！伊迪奥特先生，你知道的事可真不少啊！那其他总统的名字，你一时想不起来了？”安格莉卡问。

“不是。他们是 H·布什、卡特、福特、艾森豪威尔总统啊！”

“伊迪奥特先生，你怎么会首先就想到了肯尼迪总统呢？”我问。

“我读过那段令人悲痛的历史，1963 年 11 月 22 日，肯尼迪总统在德克萨斯州达拉斯的迪里利广场惨遭暗杀，当时他的夫人杰奎琳·肯尼迪正陪伴在他身边…… ”

“是啊，十分惨痛！”我说。伊迪奥特不语，我想，他一时还沉浸在对这次不幸事件的回忆中。

“谈到肯尼迪总统，让我想起奶奶讲给我听的另外一段历史。”安格莉卡回忆，“奶奶讲，1963 年 6 月 26 日肯尼迪总统曾在柏林向德国群众发表著名演说，奶奶和爷爷都在现场聆听了肯尼迪总统的著名演说。当时，奶奶在西柏林的国家音乐与造型艺术学院工作；而原在东柏林生活的爷爷，刚刚于十个月前冒着死亡危险从东柏林经捷克斯洛伐克、奥地利逃亡至西柏林与奶奶会合。”

1963 年 6 月 26 日，美国第 35 届总统约翰·肯尼迪访问德国柏林，在西柏林市政厅广场 (Schöneberg Rathaus Platz)，即后来被命名的肯尼迪广场 (John F. Kennedy Platz)，向德国群众发表了著名演说“我是柏林人”。当时肯尼迪总统讲道：“All—All free men, wherever they may live, are citizens of Berlin. And therefore, as a free man, I take pride in the words ‘Ich bin ein Berliner.’”（所有自由的人们，无论他们居住在哪里，都是柏林的公民。因此，作为自由人，我以“我是柏林人”感到骄傲。）“我是柏林人”这句话，总统是特意用德语说的。

“无论处于何时、何地，无论面对何人、何事，人们之间的相互关爱总是弥足珍贵的。”伊迪奥特自言自语。

终于轮到我们被准许进入白宫了。我们被编入十几个人组成的一个小组，在引导员带领下有序进入白宫，讲解员为我们介绍了白宫总统椭圆形办公室和富丽堂皇的会客室。

总统办公室自然是极其重要、极其机密的地方，然而看到那张照片，那张白宫摄影师拍摄的奥巴马总统的大女儿不声不响地趴在总统办公室的一个桌角旁，偷偷地看着她爸爸办公的照片，就会让人联想到，白宫既作为总统办公的地方，又作为总统家庭生活的地方是个既庄重又不乏温情的选择。

离开白宫，我们向华盛顿纪念碑和林肯纪念堂走去。

我们谈话的话题仍然没有离开美国总统们。

“还是在我与路德博士出发环球旅行之前，在斯图加特期间，我在因特网上阅读过许多信息资料；在阅读有关美国总统的家庭资料时，我确实注意到一种情况……”伊迪奥特慢条斯理地说，安格莉卡却有点等不及了。“自1933年以来的80年间的那13位美国总统中的9位总统和夫人的第一个孩子均为女孩，是这样吧？”

我确实没有想到，伊迪奥特作为一位外星人，如此细心地关注我们地球上的事情，这是我意想不到的；而且，他关注问题的角度，与我们地球人迥然不同。

伊迪奥特的论题引起我深切的回忆与思考，我心中默默地细数总统夫妇的子女状况。伊迪奥特走在我的一旁，不时地望望我与安格莉卡，安静地等待我们的反应。

“呃，我想，是这样的。”我开始说我刚刚思考的事情，“在上述13位总统中，有12位总统是全体选民直选的总统，而第38届总统杰拉尔德·福特由于1974年在任总统里查德·尼克松遭弹劾，是由副总统继任为总统的。第36届总统林登·约翰逊先是由于当时的总统约翰·肯尼迪于1963年11月22日遭暗杀后，由副总统继任为总统；随后在总统大选中为全体选民直选成为总统的。”

“呃，是这样的。”这次，轮到伊迪奥特这样说了。

“我想，这13位美国总统中的那9位总统和夫人，他们会由于生育的第一个孩子是女儿而快乐和自豪！”随后我问，“伊迪奥特先生，你也像我们地球上许多人认为的那样，觉得这种情形的出现完全是巧合吧？”。

“我……”伊迪奥特像是略作思考，然后说道，“我不这样认为。在我们的星球上，情形也是这样的！”

华盛顿纪念碑位于苍翠葱郁的摩尔草坪中心地带，远远望去，尽显庄严、肃穆。这座纪念碑通体用花岗岩砌筑，碑身镶嵌马里兰大理石，纪念碑高169.3米，是华盛顿最高的建筑。在纪念碑基座周围簇拥着美利坚合众国50个州的50面州旗。我们同参观者一起乘电梯登上纪念碑顶的瞭望台，在瞭望台上一览华盛顿美丽景色。

离开华盛顿纪念碑，我们沿着清澈的水池漫步走向林肯纪念堂。林肯纪念堂坐落于摩尔草坪西侧的波托马克公园，是一座仿古希腊巴特农神庙的白色建筑。整座建筑呈长方形，长 58 米，宽 36 米，高约 25 米。纪念堂四周树立 36 根白色大理石廊柱，代表林肯总统逝世时美国 36 个州。纪念堂中央坐落着林肯大理石坐像，他双手放在大理石座椅扶手上，双眼深邃，凝神颔首，神情庄重，坚毅沉稳。纪念堂墙壁上镌刻着林肯名言：民有、民治、民享。

参观华盛顿纪念碑和林肯纪念堂之后，我们的谈话又回归到关于夫妇生孩子的性别取向的话题。

"伊迪奥特先生，你怎么看待夫妇生孩子的性别取向问题？" 安格莉卡问。

伊迪奥特思考片刻，然后以平静的口吻讲道："我在因特网上看到一篇报道。"

"Und–"（请讲）

伊迪奥特没有立刻继续讲下去；他从手机存储档中找出一篇文章，递给我们看。那是一篇来源于德国柏林的电视新闻因特网 n–tv.de 用德文写的报道，时间为 2006 年 7 月 30 日，星期日。原文如下：

Fortpflanzung schöner Menschen Meistens wird's ein Mädchen

Das erste Kind eines schönen Paares wird nach einer neuen britischen Studie eher ein Mädchen als ein Junge. Demnach ist die Wahrscheinlichkeit, dass attraktive Eltern als erstes eine Tochter bekommen, um 26 Prozent höher als die Geburt eines Sohnes, wie die britische Sonntagszeitung "Sunday Times" berichtete. Begründet wurde die Theorie mit den unterschiedlichen "Evolutionsstrategien", die die Geschlechter im Laufe der Menschheitsgeschichte zum Überleben entwickelt hätten.

"Schöne Eltern bekommen mehr Töchter als hässliche Eltern, weil physische Attraktivität vererbbar ist, und weil Töchter davon mehr profitieren als Söhne", sagte der Leiter der Studie, Dr.Satoshi Kanazawa von der London School of Economics. Bei männlichem Nachwuchs komme es eher auf den sozialen Status des Vaters an, bei Töchtern dagegen auf das gute Aussehen. Als Beispiel für die Richtigkeit der Theorie wurden von der "Sunday Times" die kleine Tochter des Hollywood-Paares Angelina Jolie und Brad Pitt genannt, Shiloh Nouvel.

Die Erhebung stützt sich auf die Daten von mehr als 20 000 Menschen aus den USA. Als "Maßstab" für Schönheit galten Kriterien wie Größe, Gewicht und mutmaßliches Alter. Dabei wurden nur erstgeborene Kinder berücksichtigt.

Quelle: n-tv.de
Sonntag, 30. Juli 2006

上述报道的中文译文：

漂亮的人们倾向生女孩

依据英国的一项新近研究，漂亮的父母生的第一个孩子是女孩的可能性高于男孩。一如英国“星期日泰晤士报”所报道的，有魅力的父母生的第一个孩子是女孩的概率比是男孩的概率高百分之二十六。理论的创立基于人类不同的“进化策略”，不同性别者在人类生存过程中选择了不同的“进化策略”。

该项研究的领导者，伦敦经济学院的 Satoshi Kanazawa 博士说：“漂亮的父母生的女儿比难看的父母生的女儿多；人体的魅力是可以遗传的，而女儿从中获得的好处比儿子多。”

男性继承人常常是依靠其父亲的社会状况，然而，女儿得以依靠的却是自身的美貌。

“星期日泰晤士报”举出好莱坞夫妇 Angelina Jolie（安吉丽娜·朱莉）和 Brad Pitt（布拉德·皮特）亲生的（第一个孩子）女儿希洛（Shiloh）为例，说明该理论的正确性。

该项调查研究依据超过 20000 美国人的数据，将诸如身高、体重、推测的年龄作为判断漂亮的“标准”。该项调查研究只涉及第一胎生的孩子。

来源：n-tv.de
星期日，2006 年 7 月 30 日

“佩服，佩服！伊迪奥特先生，我们地球人类中的许多人尚未注意到我们的科学家的这项研究以及研究成果的意义！”我感慨不已，随后对安格莉卡说：“安格莉卡，你是否注意到这篇 n-tv.de 的报道？你对‘漂亮的人们倾向生女孩’命题想说些什么？”

“这篇报道中提到了好莱坞夫妇安吉丽娜·朱莉和布拉德·皮特夫妇及其女儿希洛，对此我想做一点补充说明。”安格莉卡说，“据2012年有关报道，这两位巨星拥有6个孩子，除了收养来自柬埔寨的麦多克斯 (Maddox)、越南的帕克斯 (Pax)、埃塞俄比亚的扎哈拉 (Zahara)；还有3个亲生子女——依次为6岁的希洛 (Shiloh)，4岁的诺克斯 (Knox) 和薇薇安 (Vivienne)。女儿希洛是这对漂亮、有魅力的好莱坞巨星夫妇亲生的第一个孩子。”对此，伊迪奥特没有讲什么，神情略显得意。

“伊迪奥特先生，你也认为漂亮的父母倾向生女孩？有魅力的父母生的第一个孩子是女孩的概率比是男孩的概率高？”我问。

“是的，我相信伦敦经济学院研究人员的这项研究成果，以及依据科学研究和调查研究所得出的结论。”伊迪奥特清晰地表明了他对该项研究的观点。

“我得承认，我还没有读到伦敦经济学院研究人员发表的原始文章，我会找出来细心研读它们的。”安格莉卡有点遗憾地说。

“这一项研究成果让我感到特别兴奋！女性的优生与进化，对于人类的进化与繁衍变得越来越重要了。”伊迪奥特继续说道。

对伦敦经济学院研究人员以及伊迪奥特的观点，我既未表示赞赏也未表示异议。我认为，无论如何不应当曲解他们的观点，他们的观点并不意味，生女儿的夫妻都是漂亮、富有魅力的夫妻，反之亦然。从物种进化学说而言，大自然或者说上天，倾向于选择人类或者外星人类，乃至宇宙星球上所有生物，都能遵循物种进化途径繁衍后代的。

谈话陷入了沉默，我们彼此都在思考这个问题；片刻后，我对伊迪奥特说：“从情感上讲，伦敦经济学院研究人员以及你的这种观点，地球人类中的一半人或许会喜欢，另外一半人或许会持反对意见的！”

“为什么会是这样？不应产生误会。”伊迪奥特迷惑不解，“研究报道中所言：‘有魅力的父母生的第一个孩子是女孩的概率比是男孩的概率高百分之二十六。’这里说的是‘概率’——可能性‘高百分之二十六’，因而绝对不应简单地曲解为‘漂亮的父母注定生女孩，难看的父母注定生男孩。’”

“啊，是这样。”安格莉卡似乎赞赏这一观点。

“此外，”伊迪奥特继续说道，“研究报道中所言：‘该项调查研究只涉及第一胎生的孩子。’这是指在自然状态下受孕、孕育、分娩的孩子，而由于某种原因怀孕母亲堕胎之后再次受孕、孕育、分娩的孩子，是不能作为上述研究提到的‘第一胎生的孩子’而遵循上述研究结论的。我想，伦敦经济学院研究人员的研究结论不是某个人臆造的，它出于物种进化的需要，它出于人类进化的自然选择。”

“这里的出于‘优生与进化的需要’意味什么？”安格莉卡问。

“‘优生’意味改进物种的遗传；‘进化’意味物种逐渐变得更加完美。人类会由于女性的优生与进化，也即，由于女性变得越来越漂亮、有魅力、聪明、优雅、温柔、善良，男性将变得越来越英俊、有魅力、聪明、刚强、真诚、高尚。这是很好的事情啊！”伊迪奥特答道。

“如此说来，漂亮的女人会越来越多起来，男、女比例会失调吗？”安格莉卡问。

“当然不会。‘第一胎生女孩的概率’概念与男女比例总体统计概率完全是两种不同的概念。可以放心的！”伊迪奥特说。

我们一边谈话一边在苍翠葱郁的摩尔草坪地带漫步，这里清香怡人，风光绮丽，让人流连。我们都静默下来，像是都在思考什么。

“我在想……”安格莉卡似乎想说什么。

“Und-（请继续）”我说。

“我在考虑，是否应该将‘人类因女性优生更进化’作为我在剑桥大学攻读硕士乃至博士学位的研究课题。”安格莉卡若有所思。

“那你将不虚此次美国之行了！”我说。伊迪奥特连连点头，表示赞许。

被警犬追踪

我与安格莉卡陪同伊迪奥特乘火车从华盛顿去东海岸新泽西州普林斯顿高等研究院访问，向那里的物理学大师请教地球或者类地球上的能源问题，我们知道，能源问题关系到星球上生物的生存。

我们一行刚刚走进华盛顿火车总站大厅，就觉察到一位胖子警察携带一只警犬跟随我们，那只警犬更是寸步不离地尾随伊迪奥特。开始，我与安格莉卡并未注意到这一点，然而伊迪奥特已然十分警觉。

这只警犬与我们在斯图加特、柏林、梵蒂冈见到的卷毛比熊犬、德国黑贝犬、德国牧羊犬、意大利卡斯罗犬，不仅形态不同，其表现也不一样。它尾随伊迪奥特，但并不狂吠。伊迪奥特走动，它也走动；伊迪奥特停步，它也止步，用其后腿蹲坐一旁，偶尔用一只前爪摸摸鼻子。

这是一只英国品种的史宾格猎犬。史宾格猎犬体态匀称，各部位都显得精细而和谐。它站姿挺立，身躯修长，腿结实而肌肉发达，有足够的力量轻松地支撑身躯。从整体来看，它具有力量、耐力、敏捷的特征。它最初的用途为狩猎犬，现常见于家庭伴侣犬、缉毒犬、搜爆犬、海关检疫与缉私犬、安检犬、狩猎犬、搜寻犬等，是警方、海关、机场、机关、港口等重要部门的用犬犬种。

在从华盛顿开往新泽西州普林斯顿火车的进站月台上，那位携带史宾格警犬的警察走向我们，向我们致以敬礼，在核验了我们的车票、护照后，请我们一行跟随他去 R.S. 警署接受询问。尽管我们有些不情愿，但只能跟随警察走，一路上那只史宾格警犬依然默默地尾随伊迪奥特。

在警署，一位戴眼镜的瘦子警长面无表情地请我们在他的办公桌对面坐下，然后聚精会神地开始审视我们的护照。

“啊，一位德国人，一位中国人，一位无国籍人士！”警长像是在自言自语，然后他接着说，“请问，你们来美国做什么？”

伊迪奥特的护照上注明了他的无国籍身份，并未涉及外星人背景问题。此刻，我们无意向这位警长说明伊迪奥特的外星人身份。

“我们一行慕名去普林斯顿高等研究院访问，为向那里的物理学大师请教地球或者类地球上的能源问题。”我回答。

“伊迪奥特先生，你在美国有亲属或者朋友吗？”警长问。

“No, sir.”伊迪奥特用英语回答。安格莉卡对于警长的问题感到疑惑，他为什么唯独向伊迪奥特提出这样一个问题呢？

警长吩咐一位警员扫描复制了我们的护照，然后归还了我们的护照和车票，并说：“各位可以走了，祝你们在美国有一段快乐的时光！”那位携带史宾格警犬的胖子警察再一次向我们致以敬礼，送我们出门。

这段在华盛顿的短暂经历让我们感到莫名其妙。我们及时登上一列开往新泽西州普林斯顿的火车。途中，我们谈到了普林斯顿高等研究院和能量源泉问题。

普林斯顿高等研究院，在成功商界人士班伯格家族资助下，于 1930 年创建于美国新泽西州。普林斯顿高等研究院是世界闻名的高等研究机构，它在世界范围内聘请优秀科学家从事纯科学的尖端研究；它的科学研究极其自由，不受任何教学任务、科研资金或者赞助商压力的制约和影响。现今，普林斯顿高等研究院下设自然科学学院、数学学院、社会科学学院、历史研究学院。

许多世界著名的物理学、数学大师集聚在普林斯顿高等研究院；在普林斯顿高等研究院从事过科学研究工作的著名学者中，就有 14 名诺贝尔奖获得者，譬如，爱因斯坦、尼尔斯、玻尔、狄拉克、泡利、拉比、盖尔曼、杨振宁、李政道；此外，还应提到天才数学家哥德尔，现代计算机鼻祖冯·诺伊曼，原子弹之父奥本海默等卓越科学家。普林斯顿高等研究院的科学家在物理学上做出革命性的贡献，他们的贡献使得人类逐渐接近终极的自然理论。

“普林斯顿高等研究院的科学家们，在能量源泉问题上也一定做出了突出贡献吧？”安格莉卡问。

“目前，地球上应用的能源主要来自煤、石油、天然气等矿物质。”我解释说，“然而，它们在地球上的存在都是极其有限的，而且对人类生存环境造成的污染也是严重的。”

“人类正在研究哪些新能源？”伊迪奥特问。

“太阳能，风能，生物质能，地热能，水能，海洋能，还有科学家正在研究的核聚变能。”我答。

“核聚变能？”伊迪奥特问。

“是的。核聚变能，即原子中原子核的分裂或聚合释放出的原子核结合能。爱因斯坦的理论研究阐明了物质与能量的转化关系。”我解释说。

我开始向伊迪奥特和安格莉卡讲解世界的物质性及物质与能量的转换关系。

世界是物质性的。从极大的物质到极小的物质都是由原子构成的。原子小到其直径只有几个埃（Å）大小，而且它自身是由更微小的粒子组成的。简而言之，原子是由原子核和按特定轨道围绕其旋转的电子组成的。这意味着，小到几个埃（Å）的原子，大到现今人类能观测到的100亿光年以上的总星系，都是物质性的。

物质和能量是可以转化的。爱因斯坦著名的物质质量和能量转换公式：$E=mc^2$，阐明了物质质量和能量的转换关系。原子中原子核的分裂或聚合可以释放原子核的结合能，即原子能。人类因掌握了科学知识而能逐步地认识人类赖以生存的自然界和外围空间。人类因掌握了科学而变得有力量，恰如哲学家培根的名言——知识即是力量。

“从原子中原子核的分裂或聚合释放出的原子核结合能，确实是一种巨大的能量来源。”伊迪奥特说。

交谈中，我们不知不觉中已经抵达新泽西州普林斯顿。

在麦克斯威尔路(Max Well Lane)上，我们看到一块草绿色的木牌子，上面写着“高等研究院(Institute for Advanced Study)，私家路，限速每小时15英里”，这便是高等研究院的门匾了。

高等研究院的主楼富尔德堂(Fuld Hall)位于爱因斯坦路(Einstein Drive)上；它有绛红色墙，蓝绿色的瓦顶及一座白身绿顶的钟楼。富尔德堂前面，是树木繁茂的大片草地；春日里，樱树上的樱花绽放，香气迷人。

高等研究院的其他堂舍沿富尔德堂两侧延伸，堂舍之间有大片草地。草地的尽头，有一泓湖水，湖滨有几棵霜红的大枫树，落叶缤纷，撩人遐思。草地边缘有大片树林，教授学者们喜欢在这片树林中散步，陶醉于泥土气息和树叶芬芳中。爱因斯坦小道，就分布在树林当中，小道时分时合，将树林变成一座迷宫。

在普林斯顿高等研究院，M教授友善地接待了我们，我向M教授介绍了自己，也说明了伊迪奥特的外星人身份；M教授表露出极大的兴趣，耐心地回答了我们提出的问题。

“尊敬的教授先生，从控制原子核聚变和裂变取得巨大能量外，科学家们还在何种新的科学领域探讨获取巨大能量？”我问。

“地球上的科学家发现，地球上存在的物质中，大量的物质属于正物质，此外还存在少量的反物质；当正物质与反物质发生碰撞时，正物质与反物质湮灭，同时产生异常巨大的能量。这种正、反物质之间碰撞产生的巨大能量的利用仍处于理论与实验研究之中。”M 教授解释说。

伊迪奥特对于人类从外星球获取能量十分关注，他向 M 教授陆续提出好几个有关问题，M 教授都做了认真的回答。

“教授先生，你们的科学家考虑过从天体，我是说从其他星球获取能量吗？”伊迪奥特问。

“我们地球上的科学家观察到一个重要现象，在我们地球的唯一卫星月亮上存在一种叫做氦–3 的同位素物质，利用它进行受控核聚变反应时，可以减少核聚变反应中产生的中子数量，以便保护核聚变反应的容器不受损伤，有利于受控核聚变反应的进行和持续。”

“教授先生，地球上存在氦–3 同位素物质吗？”

“存在，但为数极其有限。然而，科学家已经查明，月球表面的尘埃中存在多达百万吨以上的氦–3 同位素物质！”

“如何将月球上的氦–3 同位素物质取回地球呢？”

“地球科学家已计划发射特别的载人月球登陆器，收集月球表面的尘埃，就地分离出氦–3 同位素，并及时将其转化为液体后，携带回地球。”

“了不起的科学计划！”伊迪奥特赞扬道。

我们真诚地向 M 教授致谢，并顺便告知，按着事先商定的访问计划，我们今天将留在普林斯顿，明天我们将访问普林斯顿高等研究院物理学家 R 教授。

离开 M 教授，我与伊迪奥特和安格莉卡漫步在美丽的普林斯顿大学园区，继续谈论能源问题。

“你们的星球也在使用原子核聚变和裂变产生的能量吗？”我问。

“是的，不过我们使用的能量源自我们居住的行星天然星所属星系中的恒星——姑且称它为类太阳，它与太阳系中的恒星太阳不完全相同，但是它与太阳是相似的，它的形成，它的发光、发热机理与太阳的形成，发光、发热机理是相似的。”伊迪奥特说。

“类太阳形成初期是一个由氢气组成的星云，”伊迪奥特继续说，“氢原子热核聚变成为质量比氢原子重的氦原子的过程是发光、发热的过程。类太阳在初期阶段时，由氢原子聚变成为氦原子的热核聚变反应发生在其中心区；后来，这种聚变由中心区逐渐向其外缘扩展，氦核逐渐增大。氢原子热核聚变为氦原子的过程是发光、发热的过程，是类太阳释放类太阳能的过程。我们的行星天然星从属于类太阳星系，其主体能源来自类太阳的能量辐射，它是巨大而清洁的能源，它是我们天然星人取之不尽，用之不竭的清洁能源。”

“为什么这样说呢？”安格莉卡问。

“类太阳正处在它的中年期，然而它已经燃烧了50多亿年了，类太阳像宇宙中的所有星球一样，有形成和消亡的过程。犹如膨胀中的晚期的太阳将逐渐吞没水星、金星、地球、火星一样，类太阳终将吞没我们的行星天然星及围绕其旋转的其他行星，假若那时我们的行星天然星尚未因其他原因消亡呢。”

“天啊，太令人战栗了！”安格莉卡感叹道。

“大可不必，那会是多少亿年以后的事情啊！”伊迪奥特说。

“地球上，有科学报道称，”我从震惊中平静下来，说道，“人类设想未来在太阳与地球之间建立‘太空卫星能源中继站’，用以收集太阳发出的光与辐射能量，从能源中继站这里接收到的太阳能远比在地球上直接接收的太阳能强得多；这是由于太阳能在穿越地球浓密大气层时，损失了许许多多的能量。”

“如何将‘太空卫星能源中继站’接受的太阳能传输到地球呢？”伊迪奥特问。

“通过科学技术可以将在‘太空卫星能源中继站’接收的太阳能转换为微波，再以微波形式将其传输到地球，转换为电能供人类使用。”我解释说。

“啊哈，这样你们地球人就不必过分担心太阳光在传输过程中的衰减了！”伊迪奥特说。

“但愿如此！”我以轻松的口吻对伊迪奥特说，“伊迪奥特先生，我们今天谈论的能源话题有些过于沉重了，或许，你已经感到郁闷，让我为你讲个冷笑话吧。”

伊迪奥特和安格莉卡都表示欢迎，我开始讲述。

在欧洲中部和西部，四月份的天气变化多端，忽而下雨，忽而飘雪，忽而晴空万里，忽而风雪交加，令人捉摸不定，无可奈何，于是有了谚语："April, April, man weiß nicht, was er will."（"四月啊，四月，没人能知道，它要干什么！"）四月份的第一天，人们可要多长个心眼儿，谨慎行事。让你听到的话语、看见的文字和画面在脑子里多转一个弯儿，免得你成为笑柄或者上当受骗。这一天就是每年的 4 月 1 日，人称"愚人节"(Narrenfest)。

愚人节，神秘的一天，欢乐的一天，无奈的一天，谎言漫天飞舞的一天。

愚人节这一天会有假新闻见报的。对此，头脑要清醒。

四月初的一天，一位德国同事告诉我，《斯图加特人报》上最近刊出的一篇报道说："冷聚合"被证实了。这让我惊异不已。

众所周知，能量来源问题是涉及人类未来生存的大问题。人类一直寻找在石油、煤、天然气能源耗尽时，可用的新能源。原子能，即原子中原子核的分裂（如原子弹）或聚合（如氢弹）释放出的原子核结合能，是一种巨大的能量来源。大约几年前，两位跨国科学家宣布，他们发现了"冷聚合"，即在常温下实现了原子核的聚合反应。这个"发现"惊动了全世界，随即有一位科学家宣称，他用实验证实了"冷聚合"的存在，就在一些人认为诺贝尔物理奖非这几位科学家莫属的时候，数位世界物理学权威辩解，这在理论上是不可能的！世界一些科学家报道称："冷聚合"的实验结果得不到重现。于是"冷聚合"预言渐渐销声匿迹。现在怎么在"斯图加特人报"上又传来了"冷聚合"被证实的消息呢？

我问这位德国同事，消息登在《斯图加特人报》的哪一天报道中，我要去图书馆查阅这篇文章。当她说出是"1. April"时，它像一股清风，吹散了脑海中的疑云。这篇报道肯定是"愚人节新闻"！

"唉，还是没有离开世界能源话题！"安格莉卡无可奈何地说了这么一句。

在普林斯顿高等研究院附近的国际连锁旅馆银河旅馆，我们安顿下来，计划翌日拜访普林斯顿高等研究院，请教授谈论科学与宗教关系问题。

被警方监视

清晨，树林鸟声啾啾，我与伊迪奥特在普林斯顿银河旅馆醒来。洗漱完毕，去旅馆餐厅与安格莉卡会面，共用早餐。早餐简单、可口，几片面包，一杯牛奶，并有点心和甜食。

安格莉卡说她睡得安稳香甜，称赞普林斯顿是个难得的、恬静的、做学问的好地方。

我说，在旅馆房间，我和伊迪奥特谈到了现代原子物理学开创者和奠基人阿尔培特·爱因斯坦 (Albert Einstein) 的非凡的科学成就；还谈到由于爱因斯坦具有犹太人血统和不同的政治立场，在德国纳粹政权下受到攻击和迫害，被迫流亡美国从事研究工作的情况。

我们三人坐在一张餐桌旁边用早餐，边聊天。

“啊，你们看哪！”突然，靠近窗口的伊迪奥特望着窗外，惊讶地对我们喊。

我和安格莉卡立即向他注目的方向看去。

“啊，上帝啊！”安格莉卡不由自主地喊道。

原来，窗外不远的地方，一个穿便服的胖子正在牵着一只狗走来走去。不难辨认，那个胖子就是在华盛顿火车总站遇到的那个胖子警察，那只狗就是他的那只史宾格警犬！

“他来这里干什么？”伊迪奥特已经有所警觉。

“是啊，是啊；奇怪，奇怪！”我与安格莉卡有同感。

年轻的早餐服务员见我们三人一同倾身向窗外张望，她也凑过来看，并说：“啊，他呀，昨天晚上，他就和他的那只狗在这附近转来转去。”

“这位胖子警察显然就是从华盛顿跟踪我们来这里的！”伊迪奥特断然说道。

我与安格莉卡同样感到了问题的严重性，然而我们完全不知道问题出在哪里。

不管怎样，我们还是按照事先的约定，访问了普林斯顿高等研究院物理学家 R 教授。R 教授是位研究相对论的著名专家。

R 教授友善地接待我们。我向 R 教授介绍了我们三人，也说明了伊迪奥特的外星人身份；R 教授像 M 教授一样，表露出极大的热情。R 教授首先饶有兴趣地陪同我们参观了爱因斯坦在普林斯顿高等研究院工作期间的办公室。

“爱因斯坦总是准时来到普林斯顿高等研究院的办公室工作，在普林斯顿小镇期间，他颇为喜欢这个小镇的恬静生活。” R 教授说。

在 R 教授的办公室，R 教授耐心地回答了我们提出的问题。

“R 教授先生，我们想请教，如何看待爱因斯坦大师的学术成就与个人信仰关系问题。爱因斯坦是位有神论者抑或是位无神论者呢？” 我问。

“一言难尽。” 略作沉思，R 教授在选择表述这个问题的方式，“请允许我讲述一段历史来回答你们的问题吧！”

“1929 年 4 月 24 日，纽约犹太教堂牧师戈尔德斯坦从纽约发了一封海底电报给在柏林的爱因斯坦，问道：‘你信仰上帝吗？回电电费已付。请最多用 50 个单词回答。’爱因斯坦在接到电报的当天回电称：‘我信仰斯宾诺莎的那个存在于事物的有秩序的、和谐中显示出来的上帝，而不信仰那个同人类的命运和行为有牵连的上帝。’”

“啊，那是怎样的上帝啊？” 安格莉卡问。

“非世俗上帝，是宇宙内在的结构、和谐、运动的规律，” R 教授说，“如果偏爱将其称为上帝的话，它将被称为理性上帝。爱因斯坦的父母信仰犹太教，在爱因斯坦步入科学殿堂成为科学家之后，他信仰的却是‘斯宾诺莎的那个存在于事物的有秩序的、和谐中显示出来的上帝’了。”

“斯宾诺莎？” 伊迪奥特对于这个名字感到陌生。

“斯宾诺莎是 17 世纪著名的理性主义荷兰籍哲学家，出生在阿姆斯特丹的一个从西班牙逃亡荷兰的犹太人家庭。他认为‘上帝并不是站在自然秩序以外，作为第一推动者的行而上学或准科学的假设。上帝就是自然秩序。’”

“教授，爱因斯坦笃信人格化的上帝吗？” 我问。

“爱因斯坦于 1954 年 3 月 24 日给一位机械工人的回信中写道：‘你所读

到的关于我笃信宗教的说法当然是一个谎言，一个被系统地重复着的谎言。我不相信人格化的上帝，我也从来不否认，而且我也清楚地表达了这一点。如果在我的内心有什么能被称之为宗教的话，那就是对我们的科学所能够揭示的这个世界结构没有止境的敬仰。’” R 教授说。

“教授，爱因斯坦怎样看待《圣经》及《圣经》中陈述的上帝？” 我问。

“在 2007 年拍卖的一份爱因斯坦的手稿中写着：‘上帝对于我来说只不过是人类软弱和胆怯的产物，《圣经》是一系列光辉事迹的集合，但仍然是极为天真幼稚的原始传说。不管多么狡猾精明的解释都没法让我改变这一看法。’” R 教授陈述。

“爱因斯坦 1953 年 7 月 17 日写给一位浸礼会牧师的回信写道：‘我不相信个体的永生，我认为伦理纯粹只是人类自身的关怀，并没有超人的权威躲在后面。’” R 教授继续陈述。

“教授，综上所述，爱因斯坦不相信人格化的上帝的存在，这一点是清楚的；然而，爱因斯坦真的不相信浩瀚的宇宙间不存在任何形式的‘上帝’吗？” 我向 R 教授请教。

“在爱因斯坦的 1946 年的著作《自述》中有一段文字令人深思，并可从中思考爱因斯坦的所思所想，这段自述便是：‘我很清楚，少年时代的宗教天堂就这样失去了，这是使我自己从“仅仅作为个人”的桎梏中，从那种被愿望、希望和原始感情所支配的生活中解放出来的第一个尝试。在我们之外有一个巨大的世界，它离开我们人类而独立存在，它在我们面前就像一个伟大而永恒的谜，然而至少部分地是我们的观察和思维所能及的。对这个世界的凝视深思，就像得到解放一样吸引着我们，而且我不久就注意到，许多我所尊敬和钦佩的人，在专心从事这项事业中，找到了内心的自由和安宁。在向我们提供的一切可能范围内，从思想上掌握这个在个人以外的世界，总是作为一个最高目标而有意无意地浮现在我的脑海里。有类似想法的古今人物，以及已经达到真知灼见的人们，都是我的不可失去的朋友。通向这个‘天堂’的道路，并不像通向天堂的道路那样平坦和诱人；但是，它已证明是可以信赖的，而且我从来也没有为选择了这条道路而后悔过。’”

“教授，怎样理解这段爱因斯坦的自述？” 伊迪奥特问。

“首要条件是——‘使我（们）自己从‘仅仅作为个人’的桎梏中，从那种被愿望、希望和原始感情所支配的生活中解放出来’；然后才有可能触及那个世界——‘在我们之外有一个巨大的世界，它离开我们人类而独立存在，它在我们面前就像一个伟大而永恒的谜，然而至少部分地是我们的观察和思维所能及的。’”R 教授引用爱因斯坦的话回答。

R 教授谈到这里，我们似乎已经明白点什么了，然而仍然不得其核心与深邃内涵。

“好，现在我们可以再一次回顾爱因斯坦于 1929 年 4 月 24 日，回复纽约犹太教堂牧师戈尔德斯坦从纽约发的那封海底电报原文了——‘我信仰斯宾诺莎的那个存在于事物的有秩序的、和谐中显示出来的上帝，而不信仰那个同人类的命运和行为有牵连的上帝。’路德博士，伊迪奥特先生，安格莉卡女士，你们怎么理解爱因斯坦的信仰？请最多用 50 个单词表达！”

我们一时不知怎样回答。

片刻之后，R 教授字正腔圆地答道：“爱因斯坦的上帝！”

“谢谢教授！我从你的讲述与引证中确有感悟。”我诚恳谦卑地说，“此刻，我仿佛感觉到，唯有‘离开我们人类而独立存在’，以科学精神，‘一种历史悠久的努力，力图用系统的思维，把这个世界中可感知的现象尽可能彻底地联系起来’，从可能的深度与广度探索宇宙‘永恒之谜’，或许人类才能够认识那位神秘的‘爱因斯坦的上帝’！”

“多谢教授！我从你的讲述中学习到许多，我将继续学习和思考你讲述的学问。”安格莉卡谦虚地说。

“谢谢您的讲解！十分有趣！”伊迪奥特显得有些兴奋，“其实，在我们的星球的历史上，同样经历过人们信奉神灵的时代，当时人们对于宇宙的来源、结构、运动知之甚少，对于宇宙，对于我们居住、生息的天然星颇为陌生，对于在星球上发生的一切甚感迷惑的自然现象都只能归结为神灵的意志和作为。这一点与你们地球千余年以来出现的上帝观念是相似的。”

“你们天然星那里，人们还在信奉神灵吗？”R 教授饶有兴趣地问伊迪奥特。

“当越来越多的重要科学发现和科学知识被人们所发现和理解之后，神灵已经成为一种精神意念，一种象征性的观念，或者说，一种拟人化的形象。”伊迪奥特说到这里稍稍停顿，然后说道，“爱因斯坦被地球人公认为科学巨人，被推崇为‘世纪伟人’；就我个人的感觉，从科学成就与哲学理念方面讲，爱因斯坦是与我们天然星人最为接近的地球人。”

“伟大的褒奖！你们的来访为我带来许多快乐！”R 教授亲切地与我们一一握手告别。

离开 R 教授办公室，我们在幽静的普林斯顿高等研究院园林一边漫步，一边又聊起来。

“路德博士，今天在银河旅馆早餐时你说，在旅馆房间你与伊迪奥特谈到爱因斯坦的非凡的科学成就；谈到由于爱因斯坦具有犹太人血统被迫流亡美国从事研究工作的情况，你能再大致谈谈吗？我很想更多地了解这位世纪伟人呢！”安格莉卡说。

“好的，我认为，学习与研究人类学的人，无论如何是应该了解爱因斯坦的。”我说，并开始扼要地讲述爱因斯坦的非凡事迹。

爱因斯坦终结了牛顿力学原理和麦克斯威尔电磁场理论为基础的经典物理学理论，创立了以“光量子理论”“相对论”为基础的现代原子物理学理论。爱因斯坦基于其光电效应的发现和理论物理方面的其他研究获得 1921 年诺贝尔物理奖。这样一位世界伟人，在 1933 年德国纳粹党掌权后，竟然因为具有犹太人血统和不同的政治立场问题，而受到攻击和迫害。

爱因斯坦不隐蔽其政治立场，在 20 年代初期，就公开支持过德国魏玛民主政体，明显地反对侵略战争，同情国际和平与进步事业，从而早就为纳粹党人所嫉恨。纳粹党掌权后，爱因斯坦不仅在犹太人血统和政治立场上受到攻击，学术上也受到诽谤，斥责其相对论为不可理解事物的象征。

1932 年初，爱因斯坦到达美国参加学术活动，普林斯顿高等研究院请美国著名的教育家弗莱克斯纳去加利福尼亚的帕萨迪纳，邀请正在那里讲学的爱因斯坦到普林斯顿高等研究院工作。他向爱因斯坦说明：“研究院像一个自由港，保证负责提供充足的经费，学者享有完全的独立性，可以把世界看作是自己的实验室。”时隔不久，求贤若渴的弗莱克斯纳去牛津大学与爱因斯坦会面，再次邀请他到普林斯顿工作。

1933 年，爱因斯坦表示愿意去普林斯顿高等研究院工作。因为，他对那里高度自由的学术研究氛围十分满意。

爱因斯坦借助访问美国的机会留在美国工作，被纳粹政权斥责为“叛国者”，突击搜查了他在德国的夏季住宅。爱因斯坦在美国接受记者访问时声明：“只要我还有选择的自由，我将只生活在有公民自由、宽容、平等、法律占优势的国度……这些条件现在德国不复存在。人们（其中有重要的艺术家），那些对国际友好事业做出过贡献的人们，正在那里受到迫害。”

普林斯顿高等研究院在世界范围内聘请优秀科学家从事纯科学的尖端研究。1933 年起，爱因斯坦在普林斯顿高等研究院从事现代物理学理论研究工作，直至 1955 年 4 月 18 日因主动脉破裂逝世，享年 76 岁。

外星人被涉嫌毒品侦查

普林斯顿的清晨依然是鸟声啾啾，我们一边享用早餐，一边聊天。当我们不经意间看向窗外时，与昨天同样的一幕又出现了：

窗外不远的地方，一个穿便服的胖子正在牵着一条狗走来走去。不难辨认，又是昨天清晨的那个胖子警察，又是那只史宾格警犬！

快乐的气氛立即如烟云消散。

那位年轻的早餐服务员走过来见此情景告诉我们：“昨天上午，在你们离开之后，穿便服的胖子携带他那条狗，在旅馆经理陪同下查看了你们两位先生住的房间。那条狗在房间里嗅来嗅去。”

“怎么可以这样？”伊迪奥特气愤地说。

我们立即找旅馆经理询问情况。

“那个穿便服的胖子是警察，他持有警察证，并持有警署出具的检查信函。我们旅馆只是按照规章行事，还请谅解。”旅馆经理解释说。

我们感到问题非常严重；我们成了嫌疑人，被列入侦查对象。

我们原本计划访问过普林斯顿高等研究院之后，乘火车返回纽约，筹划用几天时间游览未来得及游览的纽约城区名胜呢！现在看来只能暂时作罢了。我们需要回华盛顿找警署那个戴眼镜的瘦子警长讲理去。

恰在此时，那个穿便服的胖子携带史宾格警犬偕同一位穿警服的警察走进旅馆，并协同旅馆经理走近正在餐厅的我们。

穿警服的警察面向伊迪奥特敬礼，然后问："你是伊迪奥特先生吧？"

"Yes,sir.（是的，先生。）"伊迪奥特回答。

"伊迪奥特先生，"穿警服的警察继续说，"我们是警署警察，奉令向你传达警署通知。"他从公文包里取出一张公函，恭敬地递给伊迪奥特。

公函是用英文打字的。伊迪奥特将其随手递给安格莉卡，她将它译成德文如下：

"伊迪奥特先生：我们有理由相信，你有必要来我们警署接受询问和调查。华盛顿 R.S. 警署道格拉斯 (Douglass) 签名并日期。"

伊迪奥特与我和安格莉卡用德语交谈，我们一致认为，此公函要求伊迪奥特"来我们警署接受询问和调查"，与我们计划的"回华盛顿找警署那个戴眼镜的瘦子警长讲理"并不矛盾。于是商定随同这两位警察回华盛顿。

我们一行三人回到华盛顿车站警署，戴眼镜的瘦子警长道格拉斯面无表情地请我们在他的办公桌对面坐下。

"伊迪奥特先生，路德博士，安格莉卡・纽曼女士，我们又见面了。这期间，我们依据你们的护照，已经与德国有关当局取得联系，了解到你们各位的基本情况以及来美国的目的。"道格拉斯警长低声细语地讲道。

"我能吸烟吗？你们想吸烟吗？"警长突然问。

从伊迪奥特的表情看出他对问题的迷惑，而安格莉卡表现出明显的反感。我认为，警长在办理公务时这样做是不礼貌的，也许他的烟瘾上来了，以至于迫不及待。

"不，谢谢。警长先生，你请便。"我回答。

"啊，伊迪奥特先生是无国籍人士，自述来自外星球，在德国取得一年有效停留期；路德博士是在德国从事科学研究的中国客座科学家；安格莉卡・纽曼女士是在巴黎大学学习人类学的德国大学生。路德博士陪同伊迪奥特先生环球旅行。是这样吧？”警长一边吸烟一边说道。

“是这样的，警长先生。”我回答。

“我们有证据显示，问题出在伊迪奥特先生那里！”警长突然冒出这样一句无头无尾的话，至少在我们看来是这样的。

当我将这句话为伊迪奥特翻译成德语后，伊迪奥特立即急了。

“请问，警长先生，什么问题？什么证据？警长先生，你要对你说的话负责的！”伊迪奥特愤愤地说。

此刻，整个办公室极其安静，所有的人都等待警长的回答。警长连连吸了几口烟之后，开始慢条斯理地说话了：“伊迪奥特先生，我的同事几天来取得的证据表明，你涉嫌毒品问题！”

此话一出，震惊四座。

此刻的伊迪奥特却变得十分淡定，他以抑扬顿挫的声调问道：“尊敬的警长先生，请你解释：何谓我涉嫌毒品问题？”

“譬如，涉嫌吸食毒品，携带毒品。”警长说。

伊迪奥特哈哈大笑，笑得很开心。此刻，警长有些迷惑了：他为什么笑得那般开心，而无所恐惧？

“警长先生，你说我涉嫌吸食毒品或者携带毒品，你有证据吗？”伊迪奥特以平静地口吻问道。

“伊迪奥特先生，你能直接回答我的一个问题吗？”警长问。

“当然可以！”伊迪奥特答道。

“你在美国期间，吸食或者携带过毒品吗？”警长问。

“No, absolutely no!(没有，绝对没有！)”伊迪奥特不经翻译，直接回答。

我与安格莉卡相继表示，我们愿为伊迪奥特先生担保，他绝对没有涉及毒品问题。

谈话陷入僵局，警长一个劲儿吸烟，我们的目光直视警长，等待他作出反应。

“伊迪奥特先生，你愿意协助我们证明你自己的清白吗？”警长问。

“何谓‘协助’？”伊迪奥特问。

“伊迪奥特先生，你愿意花费一两天时间，在我的同事陪同下，在指定医院住院，服用泻药排便，验尿、验便、验血，对身体进行X射线、核磁共振检查，以证明你的清白吗？”警长问。

伊迪奥特听过此言，诡秘地一笑，问道："警长先生，恕我直言，你是位相当机灵的人啊！如果检验证明我吸食毒品或者携带毒品，我甘愿接受法律的一切处罚；然而，如果检验证明我清白，你，警长先生愿接受怎样的处罚呢？"伊迪奥特问。

这个问题让警长有些为难，因为他压根儿就没有考虑过他会失误。

谈话再一次陷入僵局，屋里烟雾缭绕。

"在这种情况下，如果我失误了，法律上没有明确写明应该如何处置我；就我个人讲，我愿意向你真诚道歉，并且承担你和你的同伴在华盛顿期间的一切费用！"警长的这一句话，倒是活跃了谈话气氛。不过，他立即补充说："我对我的同事携带警犬几天来不分昼夜地稽查所取得的证据深信不疑！"警长在话里特别点出"携带警犬"，以强化他所掌握的"证据"的可靠性。

伊迪奥特向警长提出要求，要求与我和安格莉卡现场单独谈谈，警长表示同意，他与同事暂时到隔间回避。

伊迪奥特与我和安格莉卡用德语小声地交谈起来。

"我已经想明白了，这是一场闹剧！"伊迪奥特说，"想想看，警察携带史宾格警犬在华盛顿火车站跟踪我们，跟随我们到普林斯顿后昼夜监视我们，在我们不在旅馆房间时，警察检查我与路德博士所住的房间，让那只史宾格警犬在房间里嗅来嗅去。今天，警长公开说我涉嫌吸食毒品或者携带毒品问题。"

"你认为，问题出在哪里？"我问。

"我认为，问题的症结在于我身体的不同于地球人的体味……这种体味，对于史宾格警犬而言，与美国流行的某种毒品具有极其相似的味道！"

"对啊！肯定是警察们误将你的不同于地球人的体味当成了毒品的味道！"安格莉卡恍然大悟，立即回答。

"正是这样！不过你能小点声说话吗？"伊迪奥特对安格莉卡说。

"他们的头脑想不到这里！"安格莉卡笑着说。

"我觉得是这样的！不过，还得等问题弄清楚！奇怪的是那只史宾格警犬嗅到伊迪奥特不寻常的体味时，却是表现得那般安静，怎么从来不狂吠一声呢？"我问。

"那只史宾格警犬不对我狂吠，却安静地蹲坐在我身边，而且不时用前爪摸鼻子呢！这只能解释为这只史宾格警犬训练有素，稽查嫌疑人而不引起嫌疑人警觉啊！”伊迪奥特解释说。

“从根本上说，正是这只训练有素的史宾格警犬在判断上出现了错误！”我说。

“也难怪啊！人家从未被训练如何稽查外星人嘛！”安格莉卡开始为这只警犬说情。

“那好，我们的看法一致，我可以答应警长要求，在指定医院住院检查，让这场闹剧演下去，静待他们如何收场！”伊迪奥特说。

后续的故事完全可以想象了。

医院方面出了许多力，让伊迪奥特吃药，为他打针、抽血、取尿样和大便样、化验，对其身体进行X射线、核磁共振、CT、同位素放射线检查。警方吃了许多苦，一丝不苟地坚持在伊迪奥特排泄出的大便里用小棍儿扒拉来，再扒拉去，寻找隐藏在身体里的毒品；稽查在其衣服、袜子、鞋子、物品、住所藏匿的毒品。伊迪奥特也受了一些“折磨”，被折腾了足足两天。

医院方面邀请医学专家综合分析所有化验和检查结果，做出结论：完全排除伊迪奥特先生吸食或者携带毒品的嫌疑。

面对医学专家的结论，警长承认在怀疑伊迪奥特吸食或携带毒品问题上失误了，真诚地向伊迪奥特道歉，但是他没有再提“承担你和你的同伴在华盛顿期间的一切费用！”的问题。

“警长先生，请允许我提醒你，你还遗漏实施一项‘决定性的’检查……”伊迪奥特提醒警长，并在话里特别点出“决定性的”，以强化当时他所要求的检查。

“伊迪奥特先生，什么检查？”警长迷惑不解。

“在医学专家证明了我的清白之身后，你应该安排你们的那只训练有素的史宾格警犬再来仔细嗅嗅我的身体，看看会出现什么结果。”伊迪奥特说。

“言之有理！”警长说。

那位胖子警察携带史宾格警犬应召而至。只见那只史宾格警犬在伊迪奥特身边转了一圈，不时地嗅来嗅去，然后，它安静地用其后腿蹲坐在伊迪奥特身旁，不时用一只前爪摸鼻子。

看此情景，警长耸耸肩，皱皱眉，噘噘嘴，露出迷惑不解与无可奈何的表情，他不明白，这只训练有素的史宾格警犬怎么会是这样？这一切到底是怎么发生的？

灵灵你到底在哪里

我与安格莉卡陪同重获清白和自由的伊迪奥特离开华盛顿，乘火车返回纽约，在银河旅馆筹划我们在纽约城区的旅游，譬如，要去大都会艺术博物馆、中央公园、百老汇、时代广场、帝国大厦、联合国总部、中国城观光旅游。

第一站，我们从曼哈顿岛南部乘坐地铁，抵达位于曼哈顿北部的第 11 大道与第 53 街交叉口附近的大都会艺术博物馆。

纽约大都会艺术博物馆同英国的大英博物馆、法国的卢浮宫并称世界三大艺术殿堂。大都会博物馆外景为红砖和灰岩砌建而成的三层建筑，馆内展品囊括埃及、古希腊、罗马、东方伊斯兰、西欧和美国的艺术作品，常设展品三十余万件。如此众多的展品只能有选择地看了，好在中午外出休息后，还可以凭当日入场门票再次入场观赏。

伊迪奥特喜欢艺术，在德国斯图加特美术馆参观时，我已经察觉到他偏爱欧洲古典艺术作品，于是我提议在纽约大都会艺术博物馆首先观看文艺复兴时期的绘画作品；然而，伊迪奥特表示愿意在这里先观看上古、中世纪及近代绘画艺术作品。看来，他是想全方位地了解地球人的绘画艺术作品。

在上古及中世纪艺术作品中，我们驻足欣赏了古埃及公元前 924 年—

公元前889年的亚芬穆特墓穴中的木雕墓碑上的绘画《亚芬穆特的墓碑》，中美洲1350年左右的鹿皮画《兹修—那都儿绘画文书》，法国巴黎尼古拉斯—巴特勒工作坊制作于1385年左右的羊毛织锦画《九位英雄织锦画上的恺撒》，尼德兰的法兰德斯的阿拉斯地区织工于1400年的画《天使报喜织锦画》。

安格莉卡对于人类古代的艺术品感兴趣，对于其中的《亚芬穆特的墓碑》木雕绘画表现出格外的兴趣。

《亚芬穆特的墓碑》木雕绘画是在1914—1915年纽约大都会博物馆的探险队在底比斯地方挖掘并清理亚芬穆特的墓穴时，从一堆宝藏中发现的；同时发现的还有用于木乃伊吊裤带的皮带，皮带上标有埃及第22王朝的第二位法老王奥索尔孔一世名号。埃及第22王朝所处的年代正是公元前924年—公元前889年。由此断定《亚芬穆特的墓碑》绘画确实出自这一时代。

《亚芬穆特的墓碑》木雕绘画上方雕画有太阳和小船，木雕绘画下方雕画有太阳神哈拉吉帝；亚芬穆特面对鹰头的太阳神，正在将食物和香料奉献给鹰头太阳神。这件木雕画显然是以祭拜太阳天神为主题。

在近代时期的绘画作品中，我们驻足欣赏了法国、英国、美国几位著名画家的绘画作品。譬如，法国画家安格尔的《加拉的玻林娜·埃莲诺尔》（1853），塞尚的《温室里的塞尚夫人》（约1890），方丹·拉图尔的《春天的花、苹果和梨子》（1866），高更的《塔希提少女》（1899），《玛利亚啊，我向你致敬》（1891），英国画家雷诺兹的《乔治·古斯梅克上校》（1783），美国画家萨金特的《高特鲁夫人》（1884）。

伊迪奥特对于其中的绘画《塔希提少女》和《高特鲁夫人》格外青睐。

高更的油画《塔希提少女》描绘了塔希提岛上的妇女劳动生活中的一个场景。两个土著民族少女半裸身子，站在一片葱郁的树阴下。一个少女手端盛满果子的盘子，身着黑色短裙；另一个少女手捧鲜花，身着苹果绿色的半裸长裙，正在对她的同伴私语。两个少女形象端庄，表情平和，似乎都沉浸在质朴的爱情心绪之中。

画面采取大面积的平涂色块。在强烈阳光下，晒成棕赭肤色的少女，与鲜红的水果，与黑色、苹果绿色的腰裙构成鲜明的对比。两位少女正站在一片暗绿色的树阴下，背景是充满阳光的橙色天空，表现了一处热带原始园林的景象。

高更的油画，具有东方艺术的单纯美和装饰美的特色，高更远离繁华的城市生活，来到塔希提岛上寻求原始生活的趣味；然而，他命运多舛，在失意时病死在这个西太平洋的岛上。

萨金特的油画《高特鲁夫人》是法国银行家高特鲁的夫人的肖像画作。画面上她身着一件黑色的晚礼服，一件 V 字形低胸艳丽晚礼服，丰满的胸部在时髦的礼服上呈现出诱人的弧线；在该画家绘画那个年代（1882—1884），这种大开胸款式礼服是没有人敢穿的！她清秀的面庞偏向右前方，白皙皮肤映现出奇异的光感。

画家萨金特以该幅油画震撼了古典肖像画的画风，开创了一种全身肖像画的新鲜风格。

我还不十分清楚，是上述两幅油画中的什么元素赢得了伊迪奥特对它们的青睐。联想到环球旅行前，我陪同伊迪奥特参观斯图加特国家美术馆艺术展览时，他对于莫蒂利亚尼的油画《躺在白枕头上的裸体女人》的赞美，对于表现裸体女性臀部曲线美的欣赏，我就能理解他何以对绘画《塔希提少女》和《高特鲁夫人》格外青睐了。这样看来，外星人与地球人对于女性形体曲线的审美观还可以认为是相类似的。

中午时分，暂别大都会艺术博物馆，我们到它附近的中央公园散步，并准备在用餐之后再次回到大都会艺术博物馆继续参观。

中央公园位于曼哈顿岛的中央，被第 59 大街、第 110 大街、第 5 大道、中央公园西部路围绕着，是一块完全人造的自然景观，里面有浅绿色牧草地、树木葱郁的小森林、庭院、溜冰场、回转木马、露天剧场、两座小动物园，可以泛舟的一泓湖水，还有网球场、运动场、美术馆等不同区域。这座纽约的“后花园”坐落于摩天楼群之中，面积高达 843 英亩（相当于 5000 余亩）；在繁华都市“站着的建筑”中，尚能保留如此一块绿地，其都市建造者和管理者是需要具有远见卓识的。

我们在公园中的美食区就餐，然后散步来到了公园中的草莓园。“披头士”乐队灵魂人物约翰·列侬的遗孀小野洋子为了纪念其夫于 1980 年 12 月 8 日遇刺，在列侬遇害的地点达科塔大厦前，出资修缮这个泪滴状区域，并称之为草莓园，列侬在 1967 年写了一首名曲“永远的草莓园”(Strawberry Field Forever)，由此得名。每逢列侬遇害纪念日，全世界的披头士歌迷会聚集在此一同纪念他，并遥望达科塔旧居，平时也有歌迷会在马赛克图形上点一支蜡烛、放一束鲜花来悼念他。

我们来到公园湖边散步，突然，伊迪奥特停下了脚步，将左手放在了左胸上，目光凝视远方，似是静静地在听着什么。

“你没事吧？”我问伊迪奥特。

“我感觉到了传来的能量！”伊迪奥特明确地回答，仍然专注前方。

“啊，能量？”安格莉卡感到惊奇。

“是的，能量！”

“你感到不舒服吗？”安格莉卡问。

“是的，能量在加强！”

“像是在法国格勒诺布尔那次那样？”我问。

“是的，但比那次能量强度大得多！”伊迪奥特如是说。

“伊迪奥特先生，你认为你的儿子灵灵就在我们附近不远处，是他传送给你能量或者说你从你儿子那里感应到了能量吗？”我问。

“我的儿子灵灵是否在我们附近不远处，现在还难说。如果真是这样，我能够在纽约找到我的儿子灵灵，那我将该如何谢天谢地啊！我们将会不虚此行！那我们就可以携灵灵一同回斯图加特了！”

此时我注意到，伊迪奥特慢慢地就地转身一周，并向公园的开阔地四处张望，面庞显现出失望与痛苦状。

“我与安格莉卡陪同你去看医生吧？”伊迪奥特听后并未言语，片刻后我继续说，“或者我们立即回旅馆休息，然后视情况再决定是否去医院看医生或者再来中央公园继续寻找灵灵，你看怎么样？”

“好，我们立即回旅馆！”伊迪奥特答道。

从中央公园到留宿地银河旅馆有段不短的路程，考虑到市区地面交通繁忙和不可预测的情况，我们未选择乘出租车，而是选择就近乘地铁返回旅馆。

太阳磁暴的误导

在我们乘地铁返回银河旅馆的途中，伊迪奥特说他感到接受的能量明显地在减弱，他感觉逐渐好起来了；当地铁列车又行驶了一段路程之后，他说，他几乎感觉不到传来的能量了。

当我们到达银河旅馆附近的地铁站，走出地铁站时，伊迪奥特眼睛盯着地铁出口方向，突然说道："我又感觉到了传来的能量！"

我们走出地铁站台隧道，来到大街上时，伊迪奥特感觉到能量在加强。

"伊迪奥特先生，"我看见他疲倦的样子问道，"我们还有十分钟的路程，你能坚持到走进银河旅馆吗？"

"我想，可以。"

我搀扶伊迪奥特回到旅馆房间，安格莉卡为他准备热咖啡饮料。我请伊迪奥特躺在床上休息，过了一刻钟的光景，他的疲倦感觉明显减轻；当热咖啡端上来时，他坐起来依在床头，一边喝咖啡，一边又与我们谈起他接受到能量的问题。

看到他精神好转，我和安格莉卡便放心了。我们坐在他对面的沙发里，一边喝着苹果汁，一边与他继续谈论能量的问题。

"就我的感觉而言，这次在纽约接受到的能量与在法国格勒诺布尔接受到的能量不完全相同。"伊迪奥特明确地表明了这一感受。

我和安格莉卡等待他的陈述，他继续说道："首先，这次能量强度大得多，让我感到不舒服；其次，这次能量不具备明显的方向性。关于方向性问题，我已在中央公园河边慢慢地就地转身一周，证明了这一点。"

伊迪奥特的这一举动让我赞叹，他在身受能量干扰的情形下，还想到了检验能量传播的方向性！

“再者，地铁隧道屏蔽了能量的传递，当我们乘地铁返回旅馆时，我感到接受的能量明显地在减弱。”

“有道理，有道理。”我说，“这也是为什么当我们走出地铁站台隧道返回旅馆的路上，你感到接受到的能量突然增强的原因。”

伊迪奥特起身坐到写字台旁，显然他已经基本上恢复了精神，他说：“正是这样！我想，我们房间以及走廊的双层密闭玻璃窗也较好地起到屏蔽能量的作用。这样说来，能量是从外部环境空间传递来的啊！”

“我也是这样想的。那么，它会是怎样形式的能量呢？”我说。我们都沉浸在这一问题的思考之中。

“正是由于我感觉到传来的能量强度大，不具有明显的方向性，我判断，它不是我儿子灵灵传送给我的能量，或者说，我不是从我儿子灵灵那里感应到了能量。”

“伊迪奥特先生，你是说，你儿子灵灵不在纽约公园或者附近处？”安格莉卡问。

“十分遗憾，是这样的。”伊迪奥特不无沮丧地说。

我原本还想与伊迪奥特和安格莉卡谈谈纽约大都会艺术博物馆的绘画艺术，谈谈艺术的发展历史中绘画艺术形式的发展与变迁，但是当我觉察到伊迪奥特因在纽约失去找到儿子的机遇而怀有的沮丧情绪，不由得缄默了。当然，我们手中的博物馆入场券也因这次外部环境空间传递来的能量的干扰而未尽其用。

整点时分，我开启了旅馆房间的电视机，收听整点时间世界新闻报道。

头条新闻就立时让我们从沉默中爆发：“最新快报，强太阳磁暴今日袭击北美大陆……”

“什么？太阳磁暴？”惊异的表情清楚地写在伊迪奥特的脸上。

“是的，太阳磁暴！它可能就是这次外部环境空间传递来的能量啊！”我略显肯定地说。

我向伊迪奥特和安格莉卡讲述了地球人对于太阳磁暴的认识。

太阳磁暴是我们太阳系中显现的一种天文奇观；太阳磁暴是太阳自身的一种自然现象。

太阳系是宇宙中银河系中的一个星系。太阳是太阳系中唯一的恒星，它是一个直径大约为 140 万公里的炽热的气体球体，它的表面没有分明的界面。

太阳从中心到边缘依次分别由热核反应区、辐射区、对流区、太阳大气层组成，各层之间没有分明的界面；其中太阳大气层由内向外依次由光球、色球、日冕构成。

日冕是太阳大气最外一层，也是最厚的一层，它是由高温度、低密度的等离子体组成的。日冕物质越往外越稀薄，日冕没有明显的边界。日冕的温度颇高，日冕物质在高温下呈电离状态，它向外层空间扩散，形成带电离子太阳风暴，即太阳磁暴。太阳磁暴由带电的离子体组成，主要成分为氢和氦，还有微量的氧和铁。日冕的某些区域，辐射急剧下降，呈现暗黑区，称之为冕洞，冕洞是强太阳风暴的源区。冕洞的出现具有一定的周期性，但是它并不与太阳黑子周期完全吻合；在黑子数达到极大的年月，冕洞数量要多一些。

太阳系中的太阳是恒星，围绕它旋转的 8 大行星，从近到远依次为水星、金星、地球、火星、木星、土星、天王星、海王星。太阳磁暴向外层空间扩散进入太阳系星际空间，释放出的大量带电离子流形成高速离子流。太阳风暴中的气团主要是带电等离子体，并以每秒钟 400 公里到 800 公里的速度闯入太空。

太阳磁暴对人类生存的地球的影响巨大，强烈的太阳磁暴干扰电力系统，卫星和无线电通信系统，破坏臭氧层，甚至影响人类生理状况，改变人类男女性别的比例。

科学家早在几十年前就不断地追求提升宇宙气象预报的准确性，希望能避开强烈的太阳磁暴的威胁，美国国家航空航天局的太阳动态观测卫星（Solar Dynamics Observatory，SDO）2010 年 2 月 11 日从佛罗里达卡那维尔角的空军基地发射升空，进入距离地表约 36000 公里的地球同步轨道，以便能 24 小时监测太阳这颗无时无刻不在变动的恒星，以期更好了解太阳内部的结构与磁场活动，强化当前的宇宙气象预测，了解太阳活动对地球生命及其活动的影响。

“路德博士，按你的讲述，”伊迪奥特细心倾听了我的讲述之后说，“你认为今天突然袭来的强太阳磁暴，是我今天感到接受到外部环境传来能量的原因？”

“是这样的，它是唯一的原因。”我进一步解释说，“当你沐浴在强太阳磁暴形成的高强磁场中时，磁力线引起你体内的磁通量变化，同时产生感应电动势。只要强太阳磁暴形成的强磁场在变化，你体内的电场总是存在的。作为一位外星人，你对磁力线的感应能力和反应力度之强烈是我们地球人不可企及的。”

“啊，路德博士，我认为你的分析与推论是合乎情理的。在中央公园我接受的能量，并不是我儿子灵灵传来的能量。十分遗憾，他不在这里！”

我和安格莉卡都觉察到伊迪奥特此刻表露出的沮丧心情，一时不知道如何安慰他。

沉默帮助了我们，片刻之后，我对他说：“伊迪奥特先生，目前我们应尽可能留在旅馆房间内，一旦强太阳磁暴过去，我们立即飞往我的故乡中国，继续我们的环球之旅以寻找你的儿子，或许，那片东方土地能为我们带来好运！”

“好！但愿如此了。”伊迪奥特应声答道。

我们都静默下来，像是都在思考什么。

“我想说……”安格莉卡似乎想说什么。

“请讲，安格莉卡。”我说。

“我想说，巴黎大学新学期开学在即，我陪同你们的旅行不得不止于此地了。”安格莉卡说这番话时声音有点异样，停顿片刻之后，她继续说，“我感觉到十分遗憾，不能陪同你们飞往中国了！尽管我多么渴望，在了解人类西方文化的同时，也能了解人类东方文化；又何况，我多么想有更多的时间与你们在一起，协助伊迪奥特先生最终找到他亲爱的儿子！”说到这里，安格莉卡已经热泪盈眶了。

“安格莉卡，你记得，在柏林你驾车返回勃兰登堡门广场的路上，你与奶奶的那段对话吧？”我问。

“当然，当然！”安格莉卡顿时恢复了原有的欢快语调。她继续说，“当时，奶奶说：‘安格莉卡，你会给他们增添麻烦的！’；我说：‘奶奶，绝对不会！我会成为他们的向导、法语翻译，甚至司机的。’”

“正是这样。在欧洲、美国旅行期间，你，安格莉卡是我们的向导、法语翻译、英语翻译、人类学讲师，甚至司机呢！我和伊迪奥特先生对于你给予的真诚帮助，非常感激！”我说。

“衷心祝福你，安格莉卡，”伊迪奥特接着说，“祝福你明年以优异成绩获取巴黎大学学士学位，并成功进入剑桥大学，以‘人类因女性优生更进化’为研究课题攻读硕士乃至博士学位。届时，我们再次相聚，研讨人类起源、人类进化、人类因女性优生更进化，乃至地球人与天然星人进化比较等诸多问题！”

伊迪奥特的一席话，让安格莉卡会心地笑起来，那都是她从内心深处极其期待的啊！

“伊迪奥特先生，旅行途中，我从你的举止、言谈在逐渐了解外星人；外星人也会说女孩子爱听的话，以赢得她们的欢欣与欢心啊！”安格莉卡一边说，一边笑。

“请衷心问候你奶奶与家人！”我说。伊迪奥特连连点头，表达赞许之情。

“Auf Wiedersehen!（再见！）”我们相互拥抱告别。德语单词 Auf Wiedersehen 很有趣，它是由介词 Auf（到……什么时候）、副词 Wieder（又一次地）、动词 sehen（看见）组成的复合词，复合在一起，其意思为“到又一次看见的时候”。我们都相互期待“到又一次看见的时候”。这是两颗星球上的 3 个人——一位德国人、一位中国人、一位外星人之间的纯真友情，令人赞美，让人珍惜。

Mr. Idiot
who came in from
Planet Nature

来自天然星的
伊迪奥特

第五记录

外星人亲情磁场的救赎

FIVE

未名湖起航的梦想

我与伊迪奥特从纽约乘 CA 民航飞机，飞越太平洋，抵达中国首都北京。

在北京，我告诉伊迪奥特，我毕业于北京大学，曾经在北京大学学习自然科学 6 年，前 4 学年学习基础课，后两学年学习专业课，第 5 学年的第 10 学期作学年论文，第 6 学年的第 12 学期作毕业论文。北京大学 6 年是我人生中难忘的年华。

我考北京大学，为圆科学梦。到大学读书，最根本的是为了获取知识；到最优秀的大学读书，可能获取最先进的知识。最优秀的教授，造就第一流的大学。北京大学的教授是一流的教授，北京大学是一流的大学。这是我报考北京大学的初衷。

考北京大学，不仅为学知识，也为学做人。北京大学的教授教导我们："首要的是要做一个正直的人，然后才是做一名优秀的科学家。"

伊迪奥特得知我毕业于北京大学后，表达了他对访问北京大学的热切期望，我十分愿意陪同他访问北京大学。设想，一位外星人会以何种视角看待这一著名学府及其莘莘学子呢？

我们从中式古典建筑风格的北京大学西校门踏入燕园，展现在眼前的是美丽园林、石桥、华表、古典风格北京大学办公楼与小礼堂、外文楼、化学楼，从民主楼转向秀美的未名湖，沿着林荫树丛中的小路前行，忽然间柳暗花明，未名湖和博雅塔陡然出现在视野。啊，我梦中的北京大学！啊，北京大学的"世外桃源"！

沿着未名湖畔北岸，坐落着精美雅致的德斋、才斋、兼斋、备斋、体斋、健斋、全斋建筑，从这里向未名湖眺望，湖心小岛与高耸的博雅塔映入眼帘，博雅塔旁坐落第一体育馆，未名湖对面山坡上的树丛中豪华的"临湖轩"隐约可见。

我告诉伊迪奥特，在这树木葱茏，景色秀美的未名湖深藏着我的许多美好记忆。我喜欢漫步在未名湖畔，边欣赏湖光，边安静思索；我喜欢在体育馆或者它旁边的体育广场锻炼身体；我还记得作为北京大学新生初次踏进北京大学校门的情形，当时我得到北京大学校方通知，提前到临湖轩客厅报到，研究迎接新生入学的准备工作，当时的激动心情无以言表！

我们从博雅塔旁漫步走过，来到北京大学教学区，法律楼、生物楼、历史楼、地学楼、物理楼、化学楼、电化教学楼、哲学楼、阅览室、大图书馆。当时，我们学子们在教学楼里听课，在图书馆和阅览室里复习功课。我在校期间，哲学楼里的阶梯教室是喜欢音乐的学子们周末欣赏音乐的地方；哲学楼旁的当年的全校最大的“大饭厅”，如今已经改建成为“北京大学百年会堂”。

在大图书馆里，看见年轻学子们专心致志地读书的情景，让伊迪奥特感动不已，赞叹不止。我引述了蔡元培先生在其就任北京大学校长的就职演说中讲述过的大学治学宗旨：“大学者也，研究高深学问者也。”在其后的著作中，蔡元培校长更为明确地指出：“大学生当以研究学问为天职，不当以大学为升官发财的阶梯。”百年后的今天，依然令人对蔡元培校长肃然起敬，对其箴言赞叹有加！

我向伊迪奥特谈到了我对蔡元培校长治学宗旨的认识。蔡元培校长的箴言触及北京大学学风的最重要部分。学生者，求学也；大学生者，研学也；北京大学人也，研大学问也。为此，北大人必须专心致志研究学问，努力研究学问，深入研究学问，研究出成果，倘能著书立说，形成学派则更佳。为研究学问，蔡元培校长首先招贤纳士聘请名师，统导教学和科学研究。对于教学和科学研究，导师第一重要，“兼容并包”地聘任具有新思想的学者；同时在大学里创办研究所，招收研究生。

离开大图书馆，我们走进花园般美丽的北京大学六院、南阁、北阁、老图书馆，庭院式的六座院落是小型研究所所在地，南阁、北阁、老图书馆同为研究学问的地方。

在老图书馆前，我告诉伊迪奥特，在校期间我十分喜欢在这里读书，有诗为证。

在北京大学毕业的那一天，我独处一室，写过一首诗歌——《北大之歌》，以纪念在北京大学的难忘时光。

北大之歌

从窗口望去，
天空蔚蓝，
西山苍苍，
树海朦胧。

啊，北京的秋天！
仰望天空，
眺望树海，
往事的影子幕幕飘来。

六年前，
也是一个秋天。
我怀里藏着报到证，
心情激荡走过石桥。

燕园的林荫小路湖光塔影，
让我那年轻的心掀起波澜。
我曾热切地立下誓言：
六个年头要锻冶成材！

课间广播操音乐响，
师生员工活跃在楼旁，
大路小径人灌满，
你来我往匆匆奔课堂。

活泼的粒子，
和谐的声响，
神奇的闪光

大自然的再现。

当阡陌小路空无人影，
当树林鸟儿不再争鸣，
当五四广场一片沉寂，
阅览室里却灯光通明。

翻开今天的笔记，
再细细地把知识咀嚼。
笔尖触动纸张沙沙响，
偶然两三人耳语在一旁。

回宿舍的路上，
茫茫然灯光暗淡。
有人吹着口哨，
有人哼着“让我们荡起双桨”。①

多少个夜，
多少个失眠的夜，
我想到了
明天、工作、奋斗、友谊……

毕业论文的日日夜夜啊，
这是工作前的预演。
六年的耕耘浇灌，
论文里第一朵小花萌现。

春来夏又去，
冰冻雪又融。
六个年头一闪过，

毕业在今晨!

北大啊，我的母校，
我对你恋恋依依。
然未来的岗位，
更让我神往。

啊，又值北京的秋天!
仰望天空，
眺望树海，
未来沸腾生活画面浮现……

①注释：电影歌曲《让我们荡起双桨》中，有一句歌词：
做完了一天的功课，我们尽情地欢唱。

外星人北大讲演

北京大学物理学家 L 教授曾在德国从事科学研究工作，他从德国航空与航天研究院施密特博士那里得知，我正在陪同外星人伊迪奥特先生做环球旅行，他热诚地希望伊迪奥特先生能够在北京大学给予一次讲座，讲讲外星人现身地球的故事。

《天然星—地球之间星际航行》讲座在燕园哲学楼大阶梯教室举行，前来听讲座的学子十分踊跃。

L教授用简短而幽默的语言介绍伊迪奥特先生与学子们认识，然后请伊迪奥特先生讲演，并请我为伊迪奥特的德语讲演作翻译。

伊迪奥特在热烈的掌声中开始了他的讲演。

尊敬的L教授，各位北京大学的同学们：

我感到幸运，有幸在路德博士陪同下参观了你们美丽的校园；我感到荣幸，受到L教授邀请，向诸位北京大学同学讲讲我自己的故事。

我与家人居住在宇宙中名为天然星的外星球上，天然星是太阳系外的星系中的一颗行星。在那里我有一个幸福美满的家庭——我，我美丽的妻子依多丽雅，我们聪明的儿子灵灵，我们可爱的女儿美美。依多丽雅原是教员，孩子降生后专职抚育子女；我是物理学家，物理研究所研究员。我们一家住在一幢材质轻便的房子里，房子周边独有自家园林。

一天，我与儿子套上羽翼飞行服——一种可自行驾驶的全封闭的动力飞行服，也是一种喷气动力飞行器，在天空飞翔，像你们这里的雄鹰一样自由自在地在天空中翱翔，欣赏天空与地面上的美景。那是一种运动，也是一种消遣。我的妻子和我们的女儿留在家里，妻子准备晚餐，女儿围在妈妈身旁。

在天空中飞翔为我与儿子带来极大的刺激和快感。我们从天空三维交通网络，一同飞向宇宙飞船发射场；在发射场停泊着载人宇宙飞船，它们服务于天然星居民往返于天然星与另一颗行星天使星之间。

我与儿子趁着一时兴致，进入了一艘宇宙飞船，准备驾驶这艘宇宙飞船飞向即将运行至天然星上空的属于同一星系的行星天使星。

我曾经驾驶宇宙飞船飞返于天然星与天使星之间，那是我驾驶宇宙飞船从天然星飞至天使星，再从那里返回天然星的一次有趣的星际旅行。当时，我启动宇宙飞船核驱动器驶向天使星，在飞抵天使星附近时，降低宇宙飞船飞行速度，使其进入天使星的运行轨道，与天使星同步飞行，然后降落到天使星上；返回时，我启动宇宙飞船核驱动器，提高宇宙飞船飞行速度，使它离开天使星的运行轨道，进入天然星的运行轨道，从而返回天然星，降落到宇宙飞船发射场。

我驾驶宇宙飞船从天然星飞往天使星的航天飞行，类似美国阿姆斯特朗一行宇航员驾驶阿波罗 11 号宇宙飞船从地球飞往月球的航天飞行；只是我与儿子的这次飞行，出现了异常状况。

当时，一颗未知星球飞临天然星宇宙飞船发射场上空。我误以为它就是那颗天使星，于是启动宇宙飞船核驱动器驶向这颗未知星球。在飞抵这颗未知星球附近时，操纵核驱动器降低宇宙飞船飞行速度，与未知星球同步飞行。我驾驶的宇宙飞船上未装有登陆舱，我驾驶宇宙飞船成功降落到这颗未知星球上。

这颗宇宙未知星球载着我与儿子乘坐的宇宙飞船，按其自身运行轨道逐渐飞离天然星。我与儿子留在飞船里很久、很久之后，我察觉到，我们降落的星球并不是那颗天使星，而是误降到一颗陌生的星球上，离我们居住的天然星以及天使星越来越远……

时间流逝，星际空间一片黑暗，我知道，我们已经远离天然星所属的发光恒星星系，我们已经不可能驾驶宇宙飞船返回我们居住的星球；幸好在宇宙飞船里尚储存有食物、水以及压缩空气以维持生存。

在黑暗的星际空间，我们像有些动物那样冬眠，在昏睡中度过漫漫时光。不知过了多久，一缕微光从宇宙飞船的舷窗透过，让昏睡的我醒来，我兴奋地预感到我们来到了另一个有发光恒星的星系！我使用宇宙飞船上的望远镜透过舷窗惊异地看到了一颗在运行中的蓝色星球，并且看到星球上的陆地、海洋及云朵！

我明白，我与儿子逃生的时刻来到了！我唤醒了昏睡中的儿子，检查航天羽翼飞行服，罩上飞行服头盔，启动宇宙飞船的核驱动器，离开这颗运行中的未知星球，驾驶宇宙飞船飞向那颗蓝色星球。

当我们驾驶宇宙飞船飞临蓝色星球上空时，制动宇宙飞船，降低宇宙飞船飞行速度，按蓝色星球运行轨道与蓝色星球同步飞行。

我考虑到蓝色星球存在陆地、海洋及云朵，推断蓝色星球上存在维持动物、植物乃至人类生存的水、空气及土壤等必要条件，决心逃离未知星球到蓝色星球上求生；我同时又考虑到不熟悉蓝色星球地貌状况，看上去海洋面积大于陆地面积，如果选择驾驶宇宙飞船在蓝色星球上着陆，存在降落到海洋里的危险。由于我与儿子都套着羽翼飞行服，如果选择在适当高度从宇宙飞船向蓝色星球陆地上跳伞，成功率会比较大。

羽翼飞行服是一种喷气动力驱动的飞行器。简单地说，它由头盔和带有羽翼的封闭的飞行服组成。头盔有遮阳与防射线辐射面罩及通信装置；飞行服由里料、充气夹层、束身网、耐高温绝热面料等构成；有氧气供给系统、燃料动力系统；也有压力调节器、高度测量计、速度方向传感器；尚有紧急备用降落伞及其控制部件等等。我们天然星人的羽翼飞行服，在飞行服材质与燃料动力系统方面有其独到之处，它们制约或者说决定了羽翼飞行人飞行的速度、高度极限以及人身安全性。

我们再一次制动宇宙飞船，适度调整飞行高度，进入蓝色星球的大气层。我们选定蓝色星球上的一个最大陆块，适时果断跳伞离开宇宙飞船。我让儿子首先跳伞，稍后我自己也跳伞下去。我跳伞时感受到一股强大高空气流袭来，于是我改变航天羽翼飞行服上的羽翼状态，以便控制跳伞着陆的区域。

当我安全降落到蓝色星球地面时，我并未见到我的儿子，我立刻惊恐地觉察到，我与儿子已然失散了！

后来我才知道，我安全降落到一个被人类称为地球的星球上。

一位当地猎人，他在阿尔卑斯山麓的多瑙河旁发现了我。他还以为我是一只大熊猫呢！也难怪，我穿着的航天羽翼飞行服太像你们地球上的大熊猫了！

我降落的地方位于德国。德国航空与航天研究院的施密特博士与那位猎人接待我，我们之间没办法用语言沟通。他们看到我这位不速之客十分惊奇，他们完全不知道我是谁，我来自何方，要到哪里去。无奈，他们看到我憨态可掬的样子，索性称呼我为“伊迪奥特”！

施密特博士请来一位当时在德国参加科学研讨会的中国科学家路德博士陪伴我学习地球上的语言，并设法与我沟通，了解我的情况，并协助我了解地球和地球人。

路德博士是位博学多才的科学家，又是一位真诚善良的地球人。

（讲到这里，伊迪奥特突然说道：“路德博士现在就在我的身旁，为我的讲演做翻译！”在座的所有人都笑了！）

我从路德博士的讲述中得知，地球是太阳系中的一颗行星，太阳系中的太阳是恒星，环绕它旋转的8大行星，从近到远依次为水星、金星、地球、火星、木星、土星、天王星、海王星；其中有的行星尚有卫星，譬如，月亮为地球的卫星。

太阳系是银河系中的一个星系。银河系是由无数颗星体组成的星团，仅在银河系中，存在3000个太阳一类的恒星呢！银河系之外类似银河系的恒星系统名为河外星系，已发现的类似银河系中的恒星已达10亿多颗，更遥远的河外星系还有待发现！

宇宙之浩瀚难于想象。据人类现今的学说，宇宙是由星系团组成的，星系团是由星系组成的，星系是由恒星与环绕它旋转的行星组成的，有的行星周围尚有卫星环绕其运行。

人类对于宇宙结构和星球运行，特别是地球的结构和运行研究成果，让我思考，让我提出问题。

第一个问题：浩瀚宇宙中存在类地球吗？距地球最近的类地球位于哪里？

第二个问题：那颗载着我们宇宙飞船抵达地球上空的未知行星的运行轨道是怎样的？

第三个问题：我的儿子现在哪里？他此时此刻也在地球上吗？

第四个问题：我与我的儿子能够从地球返回我们的星球吗？如何返回？

第五个问题：我的妻子和女儿能来到地球看望我与儿子吗？如何来地球？

第六个问题：宇宙中存在某个星球，我们全家可以在该星球上相会吗？

我愿意在这里，讲述我对于上述问题的初步思考，为的是激发你们的思考，探索宇宙秘密，创立新的宇宙科学理论。

我认为，在浩瀚宇宙中存在类地球。假若现代天文学中宇宙起源的“大爆炸”理论是正确的，而且，爱因斯坦采用的“宇宙物质是充满全空间的，并且是均匀和各向同性的”假设是成立的，那么，在宇宙“大爆炸”发生后，就使得宇宙中形成地球，同时形成与地球相类似的类地球星体成为可能。至于说，类地球距离地球有多远？它的运行轨道是怎样的？这是未来科学家的研究课题；完全有可能，它存在于银河星系之外。

说来也是，我与我的家人居住的天然星就是一颗类地球星球！我与我的儿子就来自一颗类地球星球！

回想起来，我们从天然星来到地球，经历了3个阶段。

第1阶段：我们驾驶宇宙飞船，从天然星宇宙飞船发射场飞往星际空间，并降落在运行至天然星上空的一颗未知星球上。

第2阶段：我们乘坐宇宙飞船，搭载在这颗未知星球上飞往星际空间，直至飞临地球上空。

第3阶段：我们驾驶宇宙飞船飞离未知星球，在地球上空从宇宙飞船跳伞降落到地球上。

在我们从外星球来到地球的这3个阶段中，以现有科学理论与实践，实现第1阶段与第3阶段的可行性是肯定的。

我与儿子星际飞行的第1阶段，与美国国家航空航天局(NASA)于1969年7月实施的阿波罗载人登月工程十分相似，都采用了星球轨道交会工程方案。在阿波罗载人登月工程中，以强大的土星5号运载火箭将50吨重的阿波罗11号宇宙飞船送入月球环绕地球的运行轨道。宇宙飞船本身装有较小的火箭发动机，当宇宙飞船接近月球时，它使宇宙飞船减速，进入环绕月球的飞行轨道。宇宙飞船的登月舱装有火箭发动机，登月舱脱离宇宙飞船，载着宇航员登上月球。登月之后，登月舱载着宇航员返回环绕月球的飞行轨道，与阿波罗11号宇宙飞船接合，之后安全返回地球。阿姆斯特朗、奥尔德林、科林斯三位美国宇航员驾驶阿波罗11号宇宙飞船从地球起飞，进入月球运行轨道；阿姆斯特朗、奥尔德林乘小鹰号登月舱于1969年7月20日成功降落到月球上，阿姆斯特朗成为人类登陆月球第一人。

我与儿子星际飞行的第3阶段，在星际空间从宇宙飞船向一个星球跳伞的情景与苏联宇航员加加林在星际空间从宇宙飞船向地球跳伞的情景十分相似。1961年4月12日，加加林驾驶东方号宇宙飞船在椭圆轨道上绕地球飞行一圈，历时108分钟；在距地球表面7千米高度时，加加林从宇宙飞船座舱里弹出，成功跳伞安全降落在地球的田野上，完成了人类首次载人环绕地球的飞行。

我与儿子星际飞行的第2阶段，其中的未知星球运行尚有人类不了解的情况。譬如，那颗未知星球是怎样的一颗星球？它的运行轨道是怎样的？这些未得到解释的问题有待有志从事天文学、物理学研究的学者去解决。

你们人类不也从地球的角度，在探索地球与某个星际空间站之间联系吗？据最近报道，“美国宇航局的科学家正在筹划捕捉一颗500吨重的小行星，重新部署它，并把它变成一个空间站。”假若，我们天然星的星际空间站与你们地球筹建的空间站建立起联系，那也许有助于更好解释“我怎样来到了地球？”

我相信，我的儿子此时此刻就在地球上的某个地方！我们父子俩的航天羽翼飞行服装备是一致的，只是大小略有差别；我们俩在地球上空从宇宙飞船中先后跳伞的目标大陆块也是一致的，只是我的儿子跳伞之后，当我跳伞时受到一股强气流的冲击。这样，我们俩之间的距离拉开了，相应的，我们俩降落到地球上的着陆点也拉大了。我相信，人们会在距离发现我降落的多瑙河发源地较远的地方发现我的儿子！

我与我的儿子能够从地球返回我们的星球吗？如何返回？我的妻子和女儿能来到地球看望我与儿子吗？如何能来到地球？宇宙中存在某个星球，我们全家可以在这颗星球上相会吗？这些问题，各位北京大学同学们，恳切地希望你们能够研究、探寻问题的答案。拜托各位了！

尊敬的北京大学同学们，你们是地球的未来，你们肩负着破解诸如此类的宇宙之谜的重任！你们是人类未来的科学家，人类认识宇宙的希望寄托于你们。我赞赏你们成为科学家，真正的科学家是执著地探索自然和社会真谛的人，从默默耕耘中汲取人生乐趣，并以其科学成果奉献于人类。

谢谢L教授，谢谢各位同学聆听我的讲座。

讲座之后，L教授主持了讨论会，同学们提出了许多有关宇宙探秘的问题，并与我们一起讨论。

最后，L教授致答谢词，他赞扬“伊迪奥特先生的讲演是以切身经历阐述天然星—地球之间星际航行的绝好范例”。同学们则以鼓掌或敲打扶手椅桌面来表达对伊迪奥特先生的生动、有趣讲演的谢意。

游长江反思教育

我与伊迪奥特从北京乘高速铁路列车，迅速抵达上海。在上海游览几天，然后乘火车经南京、武汉抵达宜昌，从宜昌转乘维多利亚号万吨游轮，观赏位于宜昌与重庆之间地域的长江大坝与长江三峡。

长江是中国第一大河，干流全长6300公里。长江的上源沱沱河源自青海省西南边境唐古拉山脉格拉丹冬雪山，长江有支流雅砻江、岷江、沱江、嘉陵江、乌江、湘江、汉江、赣江、青弋江、黄浦江，长江流经中国重要城市重庆、宜昌、武汉、南京、上海，而后汇入东海。

在上海逗留期间，我们在上海老城区漫步，在建于明朝的豫园流连，在外滩观赏黄浦江上的景致，眺望浦东新区的现代化建筑群。在维多利亚游轮上我与伊迪奥特有了更多的时间欣赏自然风光，也有更多的时间聊天。我们触景生情，从长江河水谈到了教育理念和教育体系问题。

“你们地球上的教育理念是怎样的？”在游船上，伊迪奥特问。

“一般而论，由于全球地域性历史发展的差异，造成东方与西方文化上的不可忽视的差异；在教育理念方面，东方与西方确实存在较大的差异。”我也认为这个问题是值得探讨的，我想从一个比喻展开这个论题，于是我问：“伊迪奥特先生，我想知道，当洪水到来时，人们应该如何应对？”

伊迪奥特没有问我，为什么提出这样一个问题，便顺口答道：“阻挡或者引流。”

“很好！我的观念也是这样的。当洪水到来时，人们或者构筑水坝，阻挡洪水，以防止洪水泛滥成灾；或者，挖掘运河，分流洪水。”

“这与东方、西方的教育理念相关吗？”

“是的。”我开始叙述我的观念，“我认为，‘构筑堤坝，阻挡洪水’是东方的教育理念，‘挖掘运河，分流洪水’是西方的教育理念。”

此刻，我们所乘游轮正航行在距长江三峡大坝不远处。长江大坝横亘在我们面前，眺望雄伟的长江三峡大坝令我感到兴奋。长江三峡大坝地处宜昌市三斗坪，坝体总长3035米，坝顶高185米，三峡水位175米，总容量393亿立方米，为当今世界上最大的水利工程。

“伊迪奥特先生，请欣赏雄踞于滚滚波涛中的长江三峡大坝！我正在想象，东方的教育体系，犹如‘构筑堤坝，阻挡洪水’，就像长江三峡大坝这样！”

“长江三峡大坝，多么威严，多么雄壮！”

“在东方，”我继续说，“一些国家的学生们统一接受6年小学教育与6年中学教育；待中学毕业后，他们几乎都期望到高等学校深造，尤其是能上最好的大学深造。长久以来，教育部门实施一种高等学校入学考试制度，以这种‘高考分数’结合考生志愿决定录取学校。”

“这么说，高等学校入学考试分数成为决定中学毕业生能否有资格到高等学校深造的决定性因素，是这样吗？”

“是的。可以说，高等学校入学考试分数决定这些中学生未来的人生命运！”

“有这么严重？”

“是的。人称：‘一考定终身’嘛！东方一些国家的教育制度，犹如‘构筑堤坝，阻挡洪水’；高等学校入学考试就俨如决定青年学生未来人生命运的长江三峡大坝！”

“那么，按你的说法，西方的教育体系，犹如‘挖掘运河，分流洪水’，像哪里的水渠呢？”

“如果有机会，我们应该去看看位于四川的都江堰灌溉与河运水渠。”

“对此我相当有兴趣。”

长江瞿塘峡是长江三峡中最短的峡谷，雄伟险峻。奉节古城、八阵图、鱼腹塔、古栈道等都是著名的景点。

长江巫峡是三峡中最精彩的一段，江水滔滔，峡谷幽深，奇峰突兀，怪石嶙峋。巫山十二峰、陆游古洞、大禹授书台、神女庙遗址、孔明石碑、夔巫栈道等都是著名的景点。

长江西陵峡是长江三峡中最长的峡谷，雄伟险峻，滩多水急，水流如沸，泡漩翻滚，汹涌激荡。

“那么，西方的教育制度是怎样的呢？”在游船上，伊迪奥特继续发问。

“就我所知，一些西方国家不实施或者说取缔了高等学校入学考试制度。经过4年的基础小学学习，孩子们参考家长的建议，从下列几种不同类别的中学模式自愿选择一种中学模式继续学习——普通中学 (Hauptschule)、实科中学 (Realschule)、文理中学 (Gymnasium)、综合中学 (Gesamtschule)。”

“路德博士，请介绍一下它们各自的特点。”

“在普通中学，学生们在学校和有关企业接受职业培训，这是一种双轨制中学；在实科中学，学生们在学校学习特定科目，完成职业化培训，取得职业化培训证书；在文理中学和综合中学，学生们完成规定的相应科目学习，取得进入高等学校的证书。这种教育制度，引导学生或者进入高等学校深造，或者进入企业从事某种职业。”

“路德博士，你是说，西方的这种教育制度，犹如挖掘运河，将洪水分流？”伊迪奥特很好地理解了这种教育制度的特点。

“伊迪奥特先生，正是这样！在高等学校体系中，为中学毕业生提供了广阔的自由选择不同种类大学的空间。譬如，综合大学、综合工业大学、工业学院、师范学院、音乐学院、专科学院、行政管理学院……”

“真是丰富多彩啊！”

“我特别想向你介绍一种‘理论—实习双轨制大学’，德文名称是‘Duales System’。”

“你说的是‘二元体系’或者‘双轨制’？”

“正是。在德国巴登—符腾堡州(Baden–Württemberg)存在一类特殊的高等学校，称之为‘职业学院’，德文正式名称是Berufsakademie，简称BA。职业学院的最突出的特点，也是它突出的优点是采用理论和实习并重的双轨制，理论教学与对口实习同步进行。

“职业学院学制3年，暑假和寒假是实习期，实习是教学大纲的组成部分。每个学年分为夏季、冬季两个学期，有理论课和两次对口实习，即学员每一学期学习3个月理论课后，都必须到与所学专业对口的企业和社会组织中实习3个月。两年后，即学习了4个学期理论课并进行了4次对口实习后，实施第一次国家考试，考试通过者可以继续最后一年，即学习第五、六学期的理论课和进行第五、六次对口实习。最后一学期撰写毕业论文，并实施第二次国家考试，考试通过的学员将被授予Diplom学位。”

“路德博士，我欣赏这种理论—实习双轨制大学，应该说，这种理论—实习双轨制BA职业学院是一种相对快速培养实用人才的高等教育体制。”

“伊迪奥特先生，我很想知道，你们那里的教育体系是怎样的呢？”

“网络教学成为主体教育体系。”伊迪奥特说，“教师们编写教材，在特定的网络教室宣讲，并将教材制成数字化教材，将其储存在公用的教材库中。”

“你是说，学生们不需要同时到学校聆听教师统一讲课，可以随时随地，居家或者在他们喜欢的空间，独自或者结伴通过网络听课？”

“正是这样！但是，教师会限定时间，规定课程进度和要求，并与学生们定期在学校会晤。在会晤的时间里答疑、讨论、辩论。”

“某些实验科目的教学怎样进行呢？”

“学校教学的形式并没有消亡，只是削弱了某些功能，保存了某些功能，强化了某些功能。譬如，作为授课的场所，其功能削弱了；作为答疑、讨论、辩论课程的功能保留了；作为实验的场所，其功能强化了。这也意味着，学生们获取知识的方式和渠道更为自由、自主、灵活了。人们作为自由个体的追求在教育领域得到体现。”

在重庆，我与伊迪奥特离开维多利亚号万吨游轮，改乘旅游大巴向成都方向驶去，我们要去的地方是位于成都平原西部的都江堰。都江堰水利工程位于都江堰的西侧，长江支流岷江上。

都江堰是以无水坝引水为特征的宏大水利工程，建于公元前 256 年战国时期。都江堰工程由鱼嘴堤、飞沙堰、宝瓶口三部分组成。其中鱼嘴堤为分水堤，位于岷江中心，将岷江分成外江与内江。外江是岷江正流，用于排洪；内江用于造引水渠道，引水灌溉。飞沙堰具有泄洪排沙作用。宝瓶口控制内江的进水量。都江堰水利工程由首渠枢纽、灌区各级引水渠道、水库、塘堰等构成。

离开都江堰，我与伊迪奥特从成都乘 CA 民航飞机飞往西藏拉萨。途中，我们继续探讨教育问题。

“路德博士，你们这边家庭教育也是教育的重要组成部分吧？”

“在我们这里，尤其是在东方，学生家长对孩子的教育可谓相当严格，‘望子成龙’嘛！”

“何谓望子成龙？”

“你听说过‘龙’吧？‘龙’是古代传说中的神异动物，能走，能飞，能游泳，能兴云降雨，为帝王的象征，而且传说‘龙生九子’。家长们期望自己的孩子将来成为如同帝王一般的非同寻常的人，而且多子多孙。”

“这就是那些人追逐的幸福人生吗？”

“一般来说，是这样的。”伊迪奥特听得专注，于是我继续讲下去，“家长为了培养孩子‘成龙’采取了严格的管制措施，让孩子课余和假日上多种高难度的补习班，做大量的学习作业……”

“天啊，那么，孩子的个性如何发展？孩子的个人爱好如何培养？孩子的自由空间在哪里？”

“这不是家长的错误，是各种考试绑架了孩子和家长！考试成绩优异的学生，才会考上好的中学，继而有机会考上好的大学，考上好的大学才有机会找到好的工作，或者说，在家长看来，才有机会在未来某一天‘成龙’。”

“路德博士，你刚才多次讲到考试，对学生的前程而言，考试起着那么至关重要的作用吗？”

“学校的考试，尤其是高等学校入学考试简直就是指挥棒，指挥几乎所有的学生和家长随着它转动！学生们自嘲地说：‘分（考试分数）、分，学生的命根。’确实，高等学校入学考试成绩决定学生们未来生活的命运！”

“看来，在你们这里，做一名学生太辛苦了！”

“更有甚者是攻读音乐、艺术专业的学生们，你听说过‘虎妈’吗？”

“听说过‘虎’，也听说过‘妈’，何谓‘虎妈’啊？”

“一种称呼，对那种虎视眈眈地严厉管教孩子拼命苦学的超级妈妈的称呼。当然，也不限于仅仅指某个母亲，譬如，有些地方实施的高等学校入学考试，从广义而言，也是‘虎妈’啊！”我感到，在谈教育理念问题上，似乎我讲述得够多了，我想听听伊迪奥特对教育理念的总的看法。

“伊迪奥特先生，请讲讲你对教育理念的看法。”

“恕我直言，”对此问题，伊迪奥特早已有了自己的理念，但他此刻稍许停顿，也许在选择恰当的词汇，“在教育理念方面，我比较倾向于你介绍的西方的教育理念，并不赞赏东方的教育理念。我关注的是如何呵护孩子们的天性——天真、活泼、幻想、兴趣、兴致、理想、追求、自由，一切违背孩子们的天性的所谓方针、政策、措施最终都不会成为好的教育理念。让孩子们不要‘成龙’吧，让他们做自己！”

西藏冈底斯山朝圣

我与伊迪奥特从成都乘 CA 民航飞机抵达西藏拉萨。

在拉萨，我们从西藏旅游局请了一位名为贡布的西藏人作为向导兼翻译，陪同我们从拉萨出发，引领我们去西藏冈仁波齐峰圣地朝圣。

西藏人向导贡布驾驶越野车，陪同我与伊迪奥特从拉萨出发，沿着雅鲁藏布江地域的拉萨—日喀则—拉牧—昂仁—雷隆—里拉寺—马泉河畔的公路进发。

我们行驶的公路沿着喜马拉雅山脉山麓，雄伟的喜马拉雅山脉横亘在西藏—尼泊尔边界。从公路上的城镇昂仁向正南方眺望，啊，那壮观的 8844.43 米高的世界最高峰——珠穆朗玛峰屹立在喜马拉雅山脉之巅。

雅鲁藏布江发源于喜马拉雅山麓杰马央宗冰川，其藏语之意为“高山流下的雪水”，为世界海拔最高的大江之一。雅鲁藏布江上游称马泉河，其全长 2840 公里，在流绕过喜马拉雅山脉东端的南迦西瓦峰后转向，形成世界第一大峡谷——雅鲁藏布大峡谷。

西藏是块圣洁的土地，是一个神秘的地方。西藏的自然美是雄性美，威严、雄伟、壮观！

我们终于抵达冈仁波齐峰附近的巴格县城。巴格县城位于公路旁，玛法木错湖与兰嘎错湖之间；巴格县城位于冈仁波齐峰南侧，距冈仁波齐峰约 20 公里。玛法木错湖和兰嘎错湖边，当天高云淡时，人们可以远远望见终年积雪的冈底斯山山峰，西藏人称其为冈仁波齐峰，海拔 6721 米。它是著名的佛教圣地之一。玛法木错湖海拔高度 4587 米，面积 412 平方公里，是世界海拔最高、淡水贮存量最多的湖泊。传说中，玛法木错湖是西王母居住的瑶池，梵语称此湖为“玛那萨罗沃”，是著名的佛教圣地之一。

我们在巴格县城旅馆留宿。经过长途高原跋涉，我与伊迪奥特都感到十分疲惫，然而贡布的精神头却相当好，他对于西藏的高原生活早已习以为常了。晚饭后，我与伊迪奥特坐在床边，高原上缺氧，饭后脑子里缺血，我俩都昏昏欲睡；贡布坐在一把椅子上，一边大口地吸烟，一边慢声慢语地讲起一个西藏古老的传说。一听到这个传说，我与伊迪奥特立马有精神了，昏昏欲睡的感觉随着贡布的卷烟烟雾一起消散了。

“当地人传说，在一处被称为‘沙姆巴拉’的地方，隐藏着一个神秘山洞，山洞里隐藏着神奇的‘地球轴心’。”贡布一边吸烟，一边慢慢讲述。

“地球轴心？沙姆巴拉？沙姆巴拉在哪里？”伊迪奥特为神奇所吸引，睁大了眼睛追问。贡布讲藏语、汉语，不懂德语，伊迪奥特急切地请我用汉语将他的德语问题翻译给贡布听。

“地球轴心？沙姆巴拉？”我同样发问，感觉疑惑。

“传说，在沙姆巴拉山洞里隐藏着地球轴心。”贡布继续讲道，“当人们将这地球轴心转换到相反方向时，时光、日月将倒流！地球轴心蕴藏巨大能量，人几乎无法接近。正因为如此，沙姆巴拉被认为是控制世界的中心。”

“啊，真奇妙！作为外星人，我多么渴望立即看到你们地球的轴心啊！”伊迪奥特异常兴奋。

翌日清晨，我们三人沐浴净身，梳理更衣，为攀山敬神做精心准备。伊迪奥特身着黑色皮衣皮裤，外披皮大衣，一条洁白的围巾系在皮夹克领子外，显得风度翩翩。

贡布驾驶越野车，陪同我与伊迪奥特从巴格县城旅馆出发；巴格县城位于冈底斯山南部，我们一行从巴格县城向北方行进。一路欣赏玛法木错湖、兰嘎错湖水上风光，向壮丽的雪山冈底斯山进发。抵达冈底斯雪山山麓，贡布将越野车停在附近停车场，我们一起向冈底斯雪山峰徒步走去。

冈底斯山的主峰名为冈仁波齐峰，藏语意为“神灵山”，同时被印度教、藏传佛教、西藏原生宗教、苯教、古耆那教认定为世界的中心。

远远地就望见高耸入云，形似金字塔的冈仁波齐峰。只见山坡上，由山峰顶部垂直而下的一个巨大的冰槽与一层横向的巨大岩层交叉，构成了佛教称谓的万字符图形。万字符被佛教视为精神力量的标志，象征佛法永存，象征吉祥与护佑。冈仁波齐峰常常为云雾缭绕，当地人认为，若能在阳光下清楚地见到它的峰顶，那意味着福气降临。

来冈仁波齐峰的朝圣者常年络绎不绝，他们多来自中国、印度、不丹、尼泊尔，信徒们远远地就开始匍匐在地面上朝拜。

我们努力向冈仁波齐峰顶攀登，冈仁波齐峰海拔高达 6721 米，对于我们来说攀登此峰确实有点困难。我们虔诚地、一次一次地仰望冈仁波齐峰顶天空；我们的虔诚终于迎来了晴朗的天空，冈仁波齐峰在晴空中露出了真容。面对圣地冈仁波齐峰，我们双手合十默默祈福。我为我的家人，也为西藏人民祈求幸福安康。此时此刻，伊迪奥特也在祈祷，他会为谁或者为什么祈祷呢?

走在冈底斯山陡峭的地方，我们时常环绕着冈底斯山攀登，这样可以节省些体力，还不时停下来坐在山腰休息。一段时间，我们彼此没有交谈，似乎各自想着自己的心事。

“路德博士，你请贡布继续讲讲沙姆巴拉洞穴的传说吧！有人曾经探索过沙姆巴拉洞穴吗？它究竟在哪里？”伊迪奥特打破沉默，显然他还对探索沙姆巴拉洞穴抱有极大的兴趣。

贡布继续讲述沙姆巴拉洞穴的传说，我将贡布讲的传说内容，概括地翻译给伊迪奥特听。据贡布讲，德国人、美国人都曾派人来过西藏，探索沙姆巴拉神秘洞穴。

1935 年，德国纳粹头目希姆莱创立了隶属于党卫队的“承继祖先”协会，其目标是“收集雅利安人种族起源的科学证据”。该协会由动物和昆虫学家舍费尔领导，他曾于 1931—1932 年及 1934—1936 年两次随美国探险队去过西藏考察。

1938 年 4 月 21 日，舍费尔和四个同伴出发赴西藏考察。舍费尔探险队员在西藏考察过程中，从西藏人那里听到了关于沙姆巴拉神秘洞穴的传说。传说，西藏“沙姆巴拉”的山洞里隐藏着神奇的“地球轴心”。那里蕴含超自然力“弗力尔”(Vril)。

希姆莱带着一份 2000 页的建议书求见纳粹元首希特勒，派遣探险队探索沙姆巴拉神秘洞穴中的地球轴心。纳粹元首希冀探险队能在西藏地区发现传说中的地球轴心，利用地球轴心的神奇力量掌控战局，打造战无不胜的军队。

“探险队发现沙姆巴拉洞穴了吗？发现地球轴心了吗？”伊迪奥特问。

“希姆莱建议书中附有地图，标明了沙姆巴拉的大概位置。这张地图是舍费尔的探险队于 1938 年第一次西藏探险时绘制的。这次探险的摄影胶片在第二次世界大战后在德国一个共济会所在地被发现；根据官方说法，胶片在 1945 年秋天的科隆火灾中被烧毁。也有传言说，胶片中拍摄有沙姆巴拉洞穴入口及世界轴心的图像。”

“你是说，目前尚无证据说明，探险队已经发现了沙姆巴拉洞穴？”伊迪奥特问。

“可以这样说。不过，沙姆巴拉洞穴以及地球轴心传说仍旧是一个未解之谜！”贡布肯定地说。

我们继续环绕着冈底斯山攀登。不觉间，我们已经从冈底斯山南麓来到冈底斯山北麓。展现在眼前的是青藏高原的壮丽高原景象。

啊，是爸爸依多尔

我与伊迪奥特在西藏向导贡布陪同下，从巴格走近冈底斯山南麓，进而围绕着冈底斯山南麓攀登到冈底斯山北麓。在冈仁波齐峰下，极目朝北眺望，展现在我们面前的是雪山连绵、冰川广布的青藏高原壮丽景色，起伏的丘陵地带，诸多的湖泊与溪流。我们不约而同地沉浸在冈底斯山山麓北侧的青藏高原天然美景之中。

在阳光照耀下，有一条河闪闪发亮，在这条河与冈底斯山北麓之间，大片牦牛群与羊群分散在河边饮水或在岸边草地上吃草，仿佛正慢慢地向我们所在的方位移动。

“这条河叫狮泉河，发源于冈底斯山北麓，流入印度河。”贡布说。

霎时间，伊迪奥特突然将左手放在了左胸上，又一次地感受到了能量。

“你没事吧？”我担心地望着伊迪奥特。

“我感觉到了传来的能量！”伊迪奥特明确地回答，仍然专注地目视前方。

“啊，能量？”

“是的，能量，尽管它十分微弱，而且时有时无！”

伊迪奥特情绪高昂，像是在向我们报告好消息，然而，我与贡布却没有任何感觉！

在我看来，此时的伊迪奥特就如同在法国格勒诺布尔时那样，像一位手持无线电收发报机的运动员，正在丛林里搜索发出无线电信号的信号源。可是，他的无线电信号源在哪里呢？

我与贡布搀扶着伊迪奥特沿着环山山麓继续向南绕行，走过一段路，伊迪奥特说，他感觉好多了，感觉不到传来的能量了。

我们开始继续谈论传来的能量的问题。

“我能肯定，我接受到传来的能量！”伊迪奥特对此坚信不疑。

“那是怎样的一种感觉啊？”我由于感觉不到有何异常，于是问道。

“恰似身心的生物电流在变化！”伊迪奥特一边前行，一边答道。

“会是何种形式的能量呢？声波、光波、无线电波、微波？”我也在思考。

“会是超自然力‘弗力尔’吗？沙姆巴拉洞穴会是就在冈底斯山北侧前方某个山洞里吗？”贡布以半认真半开玩笑的口气插话。

为什么伊迪奥特能够感知传来的能量，而我与贡布却全然不觉呢？而沿着环山山麓继续向南绕行，伊迪奥特却也感觉不到了呢？

我们仨谁也不得其解，就这样，我们一边交谈，一边继续向山顶攀登。

从近处欣赏冈仁波齐峰更让人激动不已，那由山峰顶部垂直而下的巨大的冰槽与那一层横向的巨大岩层，构成的万字符图形清晰可见。

在我们三人一起站在山腰陡峭处的一块岩石上，欣赏那壮观的由山峰顶部垂直而下的巨大的冰槽时，不幸发生了！

伊迪奥特在冰雪岩石上脚下一滑，微微趔趄，失足跌下，沿着冰槽滑落下去，瞬间不见踪影；唯有他那条搭在脖子上的白色围巾飘落到岩石上。我与贡布站在那块岩石上，向着伊迪奥特滑落的方向不断呼唤伊迪奥特，然而无声应答。我们一时不知所措，陷入极度震惊与痛苦之中。

待从惊吓中反应过来，我们立即疾步向下山方向走去，一边呼唤，一边搜寻伊迪奥特的踪迹，然而一无所获。危急时刻，我决定单独留在山上继续寻找，并请向导贡布立即下山，通报在冈底斯山上有人遇险，寻求专业人员紧急救援。贡布熟悉藏语与地域情况，相信他在危急时刻会有所作为。

大约三刻钟后，贡布气喘吁吁地跑回山上。与他同行的是一位穿着藏袍的褐色皮肤的藏族老牧人和一个同样穿着藏袍、十二三岁皮肤白皙的男孩，男孩身后紧跟着一条身形高大的藏獒。

情况紧急，救人要紧。贡布让我与老牧民和男孩打个照面，然后立刻开始行动。只见那男孩从肥大的藏袍袖子里伸手亮出一条卷在一起的白色围巾，放在藏獒的鼻子前，藏獒嗅了嗅；那男孩对藏獒说了一句什么，向藏獒一挥手，藏獒立刻窜出去，向男孩指定的方向迅速跑去，用鼻子不时嗅来嗅去，那男孩紧随其后同样迅速地追上去。贡布、老牧民和我则与他们保持一段距离，全神注视着藏獒和那男孩的行动。

说时迟，那时快，不多一会儿，藏獒就在那男孩所指的方向，停在一处山坳旁，面向那男孩汪汪叫，像是在说："找到了，找到了！"只见那男孩一个箭步上前，定睛一看，立刻扑到那个为冰凌与积雪包裹的人体前，泪如泉涌，凄厉喊叫："啊，爸爸依多尔！啊，爸爸依多尔！"而那只藏獒则乖乖地蹲坐在一旁。

那男孩的举动和哭叫声惊呆了在场的我们，没有谁明白发生了什么事。我们一起不约而同地走近那男孩，然而那只藏獒对贡布和我表现出十分警觉的神色，我们只好留步。

我和贡布明白，那是伊迪奥特从冈底斯山上失足，沿着冰槽滑落下去，跌入这处山坳的；然而，我们都不认识这位老牧人和那个男孩。老牧人和那个男孩知道有人在冈底斯山上遇险；至于遇险那个人是谁，当时他们并不知道。当那男孩见到遇险人，并凄厉地喊叫"啊，爸爸依多尔！啊，爸爸依多尔！"时，我们很难相信——世界上还有这样离奇的事！

此刻，我与贡布都已明白：伊迪奥特父子终于在地球上团聚了！此刻，藏族老牧人也已明白：多吉，他给这孩子起的藏语名字，终于在地球上找到与他失散数月的外星人爸爸了！

在伊迪奥特儿子的声声凄厉呼唤下，因失足跌落冈底斯山冰槽而致昏迷的伊迪奥特终于醒来了！伊迪奥特苏醒了！藏族老牧人、贡布和我一起走近醒来的伊迪奥特，搀扶他坐起来，亲切地向他表达慰问，衷心地祝贺他与儿子长期失散之后，在地球上重新团聚！蹲坐在一旁守护小主人的藏獒似乎感受到了这时的温馨与幸福，看着面孔陌生的我们，竟起身摇了摇尾巴。

经过短时休息，伊迪奥特的精神与身体情况显著好转。征得伊迪奥特父子同意，通过贡布翻译，我向藏族老牧人说明，我们将一同护送伊迪奥特先生下山，然后我将陪同伊迪奥特父子，由贡布驾驶越野车返回巴格县城旅馆住地。在巴格县城医院，伊迪奥特先生将得到治疗和护理。休养几天后，我们将陪同伊迪奥特父子专程到老牧人家拜访并答谢。

我还向老牧人说明，我们的越野车有 7 个座位，让陪伴多吉的藏獒，啊，我们现在已经知道他的名字叫“嘎嘎”，与我们同车去巴格县城旅馆。老牧人欣然同意，嘎嘎也不停地摇尾巴，似乎听懂了我们的对话。

在冈底斯山下，老牧人见到他儿子格列与牦牛群和羊群，多吉介绍我们与他的好兄弟、好伙伴格列相识。寒暄过后，我与多吉搀扶伊迪奥特上车并靠窗坐下，多吉坐在一旁，嘎嘎见势自动尾随而上，并蹲坐在多吉一旁。我则坐在副驾驶位上，贡布驾驶越野车驶向巴格县城旅馆住地。

在返回巴格县城途中，伊迪奥特问：“贡布先生，你是怎样找到灵灵和老牧人的呢？”

贡布开始讲述那惊险的一幕，车内所有的人都屏息聆听，连嘎嘎也在竖耳静听。

“伊迪奥特先生，你在冰雪岩石上失足，从山上冰槽滑落下去，瞬间不见踪影，唯有你那搭在脖子上的白色围巾飘落到岩石上。路德博士与我站在那块岩石上，向你滑落的方向不断呼唤你的名字，然而无声应答。

“危急时刻，路德博士决定单独留在山上继续寻找，并让我立即下山，通报在冈底斯山上有人遇险，寻求专业人员紧急救援。

“在我匆匆忙忙跑下山寻求援助时，最先看到的是距离不远的牦牛群与羊群，我同时注意到在畜群中有三位牧人，一位老牧人在牦牛群旁，两个未成年的牧人在羊群旁，他们都穿着宽大的藏袍……”

贡布讲到这里，灵灵突然插话。他讲外星人语言，由其爸爸将他说的话翻译成德语，灵灵说：“那位老牧人就是达杰阿爸，达杰在藏语是‘繁荣’的意思；那两个孩子就是格列和我！格列是阿爸达杰的儿子，格列在藏语是‘吉祥’的意思；达杰阿爸为我起的藏语名字叫多吉，多吉在藏语是‘金刚’的意思。”

“我的儿子叫多吉，有趣，有趣！”伊迪奥特说。

贡布继续讲道："老牧人达杰在专注地照看他的牦牛群，他的两只富有活力的藏獒在牦牛群周边欢快地跑来跑去。两个未成年的男孩，对了，达杰和多吉，看起来十二三岁，两个男孩身旁各有一只身形高大的藏獒守护。这两个男孩原本一起坐在畜群旁边的小土坡上，有说有笑地看着那些默默吃草的羊群；突然间，那两个男孩中的一个脸色白净的男孩，我说的就是多吉，站立起来，面向我直愣愣地张望，站在那里一动不动……"

贡布讲到这里，灵灵又突然插话："那是因为在这会儿之前，我从远处看到山的北坡有三个人沿着环形山路跋涉，其中似是有人向我发来能量，我感到他发来的能量，尽管能量微弱，可是他们很快就绕道去山南麓了，我就接受不到能量了。"

"我的儿子，你接受到了能量？那是我经过冈底斯山北麓时发出的能量啊！"伊迪奥特的话，让儿子顿时醒悟。

贡布继续讲道："我见到老牧人达杰以及格列和多吉时，心情十分激动，心想，伊迪奥特先生有救了，神灵派人来拯救他来了！我立即气喘吁吁地对老牧人达杰说：'在冈底斯山上有人遇险，寻求专业人员紧急救援！'老牧人达杰二话没说，立即吩咐：'快！格列留在这里照看畜群，多吉跟我来！'老牧人达杰和多吉立即跟随我返回山上，当然不用吩咐嘎嘎，他就跟随多吉来了！"

"贡布先生，嘎嘎怎么会那么快就找到遇险的我了呢？"伊迪奥特问。

"在你失足跌下去的瞬间，你那条搭在脖子上的白色围巾飘落到岩石上。"贡布说，"我拾起它，并立即一路小跑下山。在我同老牧人达杰和多吉以及嘎嘎返回山上的路上，我将那条白色围巾交给了多吉，我想，嘎嘎在搜寻你的下落时，那条围巾会派上用场的。接着发生的事情，多吉最清楚，让多吉，也就是我们的灵灵讲一讲。"

"在我们到达山脚下时，"灵灵说，"我强烈地感觉到，我接受到发来的能量！我当时还在疑惑，我怎么这样熟悉这种能量啊！就如同我们外星人发来的能量那样！越是向山上走，能量越是增强。我正是按着能量来源的方向，指示嘎嘎寻找遇险者的。在我感觉大体上已经接近了遇险者后，我让嘎嘎嗅了嗅遇险者在他那条白色围巾上留下的身体气味，果然，正是这种气味帮助嘎嘎快速、准确地发现了爸爸！"

听到这里，伊迪奥特激动不已，眼含泪花，他转过身用双臂搂抱了身旁的儿子灵灵，轻声地用外星人语言嘟囔着，然后，用一只手轻轻地拍拍蹲坐在灵灵身边的嘎嘎的头顶，用外星人的语言说了句什么，嘎嘎眯起眼睛，点点头。

片刻后，灵灵继续叙说："当我定睛一看，发现那位处于昏迷状态的遇险者正是我日夜思念的亲爱的爸爸时，我的激动心情无以言表！"稍平静后，灵灵继续叙说，"正如你们看到的，我伏在爸爸胸前痛哭，高声喊叫：'啊，爸爸依多尔！啊，爸爸依多尔'。顺便说明，依多尔是我爸爸的名字，外星人语言发音近似——'I-do-l'。我声声的呼唤，唤醒了处于昏迷状态的爸爸，爸爸苏醒了，我真是太高兴了！"灵灵的面庞浮现少见的得意神情。在座的人都笑了，一起对着灵灵鼓掌。

"这就是你们之间的能量感应吧。"我说，"在当时，在灵灵那样激动的时刻，作为一个外星人，他身体发出的能量相对较强，更何况当时他就在他爸爸的身边呢！我想，他们相互感应到了能量，那能量在他爸爸身体内形成磁场，磁场诱发的生物电流传导到脑部神经，唤醒了处于昏迷中的爸爸！"

"路德博士，我相信你的解释是合乎情理的！"伊迪奥特说。

"谢谢，伊迪奥特先生！可是，你能说说，刚才灵灵讲到发现处于昏迷状态的你时，你用外星人语言对他，还对嘎嘎说了什么吗？"我问。

"啊，对于我的朋友们，那是可以公开的。"伊迪奥特说，"刚才，灵灵讲，他让嘎嘎嗅了嗅遇险者在白色围巾上留下的身体气味，让嘎嘎按他指示的方向迅速跑去；嘎嘎用鼻子不时嗅来嗅去，果然，正是这种气味帮助嘎嘎快速、准确地发现了我！听到这里，我激动不已，于是轻声地对他说：'我的儿子，你救了爸爸，爸爸爱你，爸爸感激你！'然后，对蹲坐在灵灵身边的嘎嘎说了句：'我也感激你，可爱的嘎嘎！'"

"爸爸，你环游地球寻找我，我爱你，我感激你！"灵灵感激地看着爸爸。

"灵灵，不是我在地球上找到了你，而是你在地球上找到了我！"

"不，爸爸，我在冈底斯山冰天雪地上找到了你，可是你与亲爱的妈妈在天然星的天宫里合成了我，给予了我的生命！"

听过伊迪奥特父子当时这段对话，我与贡布为他们的父子深情感动不已……

不知不觉间，我们的越野车已经抵达巴格县城旅馆住地。

答谢藏族人家

在巴格县城旅馆，伊迪奥特与其儿子灵灵以及藏獒嘎嘎住一间，我与贡布同住一间。伊迪奥特父子在星际空间长久失散之后，如今在地球上团聚，百感交集，叙说分离后各自的经历和忧愁，叙说对于遥远天然星上亲人的思念和牵挂。嘎嘎常常蹲坐一旁“洗耳恭听”。

伊迪奥特在巴格县城医院做了身体检查，筋骨无大损伤，使用藏族主治活血化瘀、消肿止痛、跌打损伤的“奇正贴膏”贴敷伤处，另服中草汤药治疗，明显见效。

三日后的一个清晨，早餐之后，藏族向导贡布驾车载我与伊迪奥特父子，外加嘎嘎出发，我们应邀前往藏族老牧人达杰家做客。

贡布清楚，我从德国来，从未访问过藏族人家，伊迪奥特从地球之外的星球来，更加不熟悉藏族人及其风俗习惯；于是事先特意向我们讲解了藏族人最常见的礼仪。为此做客之行，我们还在旅馆商店买了哈达，在旅馆房间里，请贡布指导，多吉协助，将相关的礼仪演示了几遍。多吉，也就是灵灵，自从降落到地球，他就生活在老牧人达杰家里，他对于藏族人的风俗习惯已经熟悉了。

老牧人达杰与他的妻子卓玛（卓玛，意为“救度母”）、儿子格列、女儿拉姆（拉姆，意为“仙女”），站立在方形的藏式游牧帐篷旁迎接我们。

达杰身着宽大的藏袍，他有着古铜色的皮肤，强壮的体魄，显现一种高贵的神态。达杰的妻子身着彩色艳丽的藏装，她的长发上梳成许多小辫子，再束成一个大辫子垂在颈后，用红色、黄色的彩石串装饰着。

伊迪奥特躬腰双手高举白色的哈达过头，向达杰与他的妻子献上虔诚的祝福。我与贡布站在一侧脱帽，弯腰鞠躬。

达杰将我们一行引进他的藏式游牧帐篷。在我们尚未落座前，主人先向我们各敬一杯青稞酒，我们先用无名指蘸一点儿酒，将其弹向天空，连续三次，以示祭天、地和祖先，而后轻呷一口，主人又及时将酒杯斟满酒，如此喝了三次，当第四次将酒杯斟满酒时，我们一饮而尽。贡布曾说过，我们应该这样做，否则主人会不高兴，认为客人不懂礼貌或者瞧不起主人。达杰和妻子，看着我们饮酒时笨拙又略显紧张的样子，嘻嘻地笑，他们很欢迎我们的到来。

待我们落座后，主人倒酥油茶敬客。主人双手捧着酥油茶来到我们面前，我们恭敬地接过去开始喝。贡布曾说过，切不可自行端起茶就喝；而且落座时，要盘腿端坐。

他家的藏式游牧帐篷里供奉着神灵，有控制五方（东、西、南、北、中，意为宇宙）的帝王，支配空气、水、地球的君王，以及能带来横死暴卒的罪恶精灵。供奉神灵以祈祷佛（佛祖）、法（教义）、僧（僧众）这吉祥三宝带来宽厚与慈爱。

藏式游牧帐篷里铺着藏毯，藏毯上显现藏式条纹，还有狮、豹、龙的图案。帐篷里安置有能够旋转的圣轮，安放着可以随身携带的手摇经轮；一旁摆放着祈祷用的以多种草药制成的藏香，它可散发浓烈的芳香。藏人信奉，所有的生物围着轮回的轮子旋转；生命环绕着神圣的载体永远地旋转，这个神圣的载体可以是一座神山、一片仙湖、一座佛塔、一面灵墙，或者是一位圣人。

在这座藏式游牧帐篷里，达杰讲藏语，贡布首先将他讲的话翻译成汉语，我再将其翻译成伊迪奥特能懂的德语，而灵灵经过这么长时间在达杰家居住，已经能够听懂藏语。我们在座的就是这样交谈着。

“伊迪奥特先生，我和我的家人非常高兴，你的儿子多吉自来到地球上就与我们生活在一起！我们视他为我们的家人，孩子们视他为兄弟和最好的玩伴。”老牧人达杰说。

“你与家人的恩德让我感激不尽啊！真是无以报答啊！”伊迪奥特感激之情溢于言表，起身向老牧人达杰夫妇深深鞠躬。

“伊迪奥特先生，你的儿子多吉特别聪明，他学习我们的藏语，学习努力，进步十分快。他用藏语已经向我们讲述了从你们的星球来到地球的惊险历程。讲述了你们驾驶宇宙飞船，怎样误降到一个未知星球上，怎样搭载未知星球在昏睡中飞临地球上空，怎样离开宇宙飞船跳伞降落到地球上。那真是我听到过的最为传奇的真实故事了！”

“达杰先生，是你们发现了多吉啊！作为父亲，我再次深深地感谢你们对多吉的照顾！”伊迪奥特真诚地说。

“不必多谢，我们也是有缘。我发现多吉的那座大山是喜马拉雅山啊，那条大河是雅鲁藏布江！我们发现多吉时，将他视为一只小熊猫了！”达杰笑呵呵地说道，说得在座的人都笑开了，格列和拉姆更是笑得合不拢嘴。坐在一旁的多吉也不好意思地笑了。

“达杰先生，”我问道，“你们是怎样发现多吉的呢？”

“我们是牧民，祖祖辈辈在西藏的北部高原过着游牧生活，极少到城镇去。”达杰解释说，“然而，到了一年中寒冷的季节时，我们会举家赶着牦牛、家养羊、羚羊畜群南下到雅鲁藏布江流域，以换取茶和大麦这样的生活必需品。那时候，我们会到城镇去。一天，接近黄昏时分，我与儿子格列分别带着我们家的藏獒猎犬嘎嘎和卓嘎在雅鲁藏布江流域放牧畜群，当时我照看牦牛群，格列照看羊群；忽然，格列首先发现了什么……”

讲到这里，达杰停下来，他示意格列自己接着讲发生了什么事儿。

“当时，”格列开始讲述，“在我身旁的藏獒嘎嘎突然盯着河边的方向狂吠不止；我朝那边望去，只见远处有一只小熊猫在河边饮水。我立即对着不远处的阿爸大声喊叫：‘阿爸，阿爸，看哪，看哪！江边有一只小熊猫！’”

“当时我还觉得纳闷，”达杰又接着说，“怎么可能呢，小熊猫从四川卧龙偷偷地跑到雅鲁藏布江流域来了？我朝格列指的方向仔细看去，江边还真有一只‘小熊猫’呢！于是，我吩咐嘎嘎和卓嘎照看畜群，我与格列走向江边。我好不容易把这只小熊猫背回游牧帐篷里，它还真重呢！”

“等我和妻子忙着给它脱下‘外套’，摘下‘头盔’，”达杰继续说，“天哪，我们惊呆了，哪是小熊猫啊？明明是个孩子吗！可是他一句藏语，一句汉语都不会说，一脸惊慌的表情。”

多吉十分专注地听讲自己在江边被发现的经过，当他听讲到自己“一脸惊慌的表情”时，他也觉得有些难为情了。

“我妻子当时说，我们就当他是一只宠物养吧！”达杰说这话时瞧了瞧妻子卓玛，她的脸上显露出有些不好意思的表情。

“伊迪奥特先生，我很好奇，你在冈底斯山冰雪中遇险，怎么那么快就被发现了呢？”格列问。

“我儿子向我们讲述了在冈底斯山冰雪中发现我的经过，这与你们家三位成员有关系呢！”伊迪奥特回答。

“我们家三位成员？”格列感到迷惑。

“是的，你们家三位成员——阿爸达杰、多吉和嘎嘎啊！请路德博士讲讲吧！”伊迪奥特说。

“伊迪奥特先生说得没错——达杰、多吉和嘎嘎！这里先揭示一个秘密：在他们外星人之间存在一种特有的、神秘的感应力！”我故意神兮兮地说，“在相当远的距离，他们都会通过人体之间发射与交换的能量，感知对方的存在和状态。这种能量波长越短，感应能量越高；两个感应物体距离越近，感应能量越强。外星人是通过身心交换感应能量的，通过脑生物电流的变化感知并度量感应能量的。”说到这里，格列及其家人仍然感到迷惑。

“你们家的阿爸达杰带着多吉上山，多吉凭借这种外星人的人体之间发射与交换能量的能力，在冈底斯山上很快锁定了遇险外星人的大致位置。”我继续解释说，“这时，你们家的第三位成员嘎嘎，按着多吉的指点，凭借他出奇好的嗅觉，借助外星人身体散发的不同于地球人的身体味道，迅速、准确地发现了躺在山坳冰雪中，并且处于昏迷状态的遇险者——伊迪奥特先生！”

达杰家人听得出神，并鼓掌欢呼起来：“太神奇了，太神奇了！”

“达杰先生，我深深地感激你的恩德，”伊迪奥特动情地说，“是你及家人拯救、照顾了我们的多吉，同时，也是你教育多吉，让他与嘎嘎成为伙伴和朋友，因而才会使多吉和嘎嘎在冈底斯山冰雪中及时发现了我，挽救了我的生命！”

多吉的挚友嘎嘎是名扬世界的藏獒犬，又称西藏獒犬、雪山狮子，是一种原产于中国青藏高原的大型烈性犬种，被称颂为“东方神犬”。藏獒主要特征为高大、凶猛、垂耳，成年个体威风凛凛，神似雄狮，体长可达 1.5 米。藏獒性格刚毅，力大凶猛，野性尚存，且在发情期间或在面对陌生人时暴躁易怒，难以控制。藏獒对主人极为忠诚，但对陌生人则表现得极为凶猛并有强烈攻击性，是游牧民族的保护犬，同时也被认定是西藏藩王、部落酋长的护卫犬。藏獒在西藏深受牧民的拥爱，被藏民视为神犬、天狗、活佛的坐骑。

伊迪奥特起身，双手握住达杰的双手，对视良久，双眼泪花闪烁。在座的人都为此情此义感动不已。

“好了，好了，该吃饭了！”达杰妻子卓玛的一句话，让大家重又回到现实中。

卓玛忙着将作为主食的糌粑与茶水摆上桌面，随后又将作为调剂饮食的辣椒摆上桌。贡布曾告诉过我们，所有的西藏人都习惯一日两餐，一次是上午十点，一次是下午五六点；尽管款待客人的时候十分慷慨，但他们的日常饮食还是相当简单的。糌粑由青稞麦炒熟后磨成面，用酥油茶或青稞酒拌和，然后揉成小团。对于我和伊迪奥特来说，这种藏族饮食的模样与口感很是新奇，然而对于多吉已经习惯了。

饭后，伊迪奥特与儿子多吉一起走向老牧人达杰夫妇，老牧人的儿子格列侧立一旁。伊迪奥特通过贡布翻译，向老牧人达杰夫妇再一次表达深深的敬意与谢意，多谢他们对他儿子多吉的救助，同时委婉而礼貌地表示，恳请他们恩典、允许多吉跟随他返回他现今的长驻国德国生活。

老牧人达杰完全理解伊迪奥特父子情，毫不犹豫一口答应下来。伊迪奥特一时激动，不知如何答谢老牧人达杰的恩德。

分别场面令我十分感动，转念心生一计，当场将我随身携带的兼有游戏功能的手机交给多吉，让他作为分别礼物赠送给他的两个小伙伴——达杰夫妇的儿子格列和女儿拉姆；一来作为纪念，二来用于日后联系的通信工具。格列和拉姆亲切地拥抱了多吉，表示感谢，誓言永远不相忘记。

在藏式游牧帐篷之外，达杰夫妇偕同格列和拉姆深情送别伊迪奥特父子以及我与贡布；我们明白，尽管留恋，不可流连，那几百头的家养羊、羚羊和牦牛还在苦苦等待达杰与家人的照料。

Mr. Idiot
who came in from
Planet Nature

来自天然星的
伊迪奥特

第六记录

外星人父子返回欧洲

SIX

人之归宿

我与伊迪奥特父子乘坐贡布驾驶的越野车从青藏高原巴格县城返回西藏拉萨。在拉萨，我们向向导兼翻译贡布表达谢意并告别，感谢他引领我与伊迪奥特去西藏冈仁波齐峰圣地朝圣，感谢他协助伊迪奥特在冈底斯山脱险，并与失散的儿子奇迹般地相逢，感谢他陪同我们访问并答谢西藏老牧人达杰一家。

我与伊迪奥特父子决定从西藏拉萨取道埃及首都开罗返回欧洲。

我们从拉萨乘坐 CA 民航飞机飞往开罗。从开罗乘坐埃及旅游大巴前往位于开罗西南方的吉萨，慕名去参观地球七大奇观之首吉萨大金字塔。

吉萨大金字塔是古埃及法老的陵墓。在古埃及，每个法老从登基开始，即着手为自己建筑陵墓。吉萨大金字塔包括三座金字塔——胡夫金字塔、哈夫拉金字塔、孟考拉金字塔。

我们走近吉萨大金字近旁的狮身人面像，它是世界最古老的古代大型石像之一。狮身人面像是利用建造金字塔的采石场岩石雕凿而成，石像长 73.5 米，高 21 米，面部宽处达 4 米。脸型仿法老的面庞，头冠戴国王头巾，额角上雕有作为国王标志的眼镜蛇。雕像头部下巴上原有长达 2.5 米的胡须，现时已被损毁。身体呈现万兽之王狮子身状。

“古埃及人为何要在金字塔旁建造这座石像呢？”伊迪奥特问。

“在古埃及，狮子是力量的象征；人们推测，狮身人面像是古埃及法老的象征。”我解释说。

我们走近胡夫金字塔，它是三座金字塔中最大的，据导游介绍，胡夫金字塔建于公元前 27 世纪。这意味着，它坐落在这里已经 4700 年了！原高度 146.59 米，经几千年风化剥蚀，现高度 138 米；原四周边各长 230 米，现长 220 米左右。胡夫金字塔由 230 万块巨石堆积而成，平均每块巨石约 2.5 吨，其中最大的一块巨石 16 吨。巨石之间合缝严密，未用任何黏合物。

“了不起！不可思议！”伊迪奥特感叹不已。

“这般巨石，埃及人在4700年前，没有大型机械设备的情况下，何以将它们一级又一级地运送至146米高的塔顶啊？而且巨石之间合缝严密！不可想象。”我不得而知。

“难于想象，埃及人的巨石会不会不是开凿出来，一级又一级地运送到塔顶的，而是从塔基开始按部就班地浇筑成型的啊？”伊迪奥特如此猜测。

“我想，你可能是对的。近来美国巴里大学化学家丁·戴维道维特说，把压碎的石灰石浆与矿物黏结剂混合注入大模具中，就能铸造出这种条石。”

“曾有人攀登上胡夫金字塔顶吗？”伊迪奥特问。

“金字塔是禁止游人攀登的。不过。据报道，自1940年以来，爬上这座大金字塔的有二百人，结果都以跌死告终。爬上金字塔顶的人，无人活着回来！”

“不可思议啊！”伊迪奥特连连摇头，并及时地用外星人的语言，向灵灵讲述什么，灵灵的表情随着他爸爸的讲解变化着，时不时与爸爸说着什么。

“金字塔四面锥体斜面正对东、南、西、北四方，斜面倾角为51度52分。这个角度在建筑学上意义重大。有人做过试验，将一定数量的细小颗粒沙子，从适当高度小心翼翼地倒到地面上，便会形成一个圆锥体的沙堆，等它稳定后测量，锥角正好是52度。人们把这种角度称为自然塌落现象的极限角或稳定角，金字塔正是以这个角度建造的；因而它整体稳固，不会倒塌。”

“埃及古文明值得赞叹！可以进入金字塔内部参观吗？”伊迪奥特问。

“有困难。进入过金字塔内部的两种人都曾遇到了麻烦。一种人是最初的盗墓人，一种人是考古学家。”

我向伊迪奥特讲述了盗墓人如何发现了金字塔入口的。

胡夫金字塔的入口位于金字塔的北壁第十三石级，距地面约20米高。入口处4块巨大的石板构成“人”字形拱门，往里是一百余米长的坡状隧道直达墓室。墓室长10.43米，宽5.21米，高5.82米，与地面的垂直距离为42.28米。室内仅有一具深褐色磨光的大理石石棺，棺内空空如也，棺盖去向不明。墓室上方有5层房间，屋顶以花岗岩石梁加固，将上面压下的重量均匀地分散在周边。同时，墓室还有砌筑在石块中间的通风道。

“那么，古埃及法老们到底为什么倾国民之人力、物力建造如此宏伟的金字塔陵墓呢？”伊迪奥特问。

“埃及法老初期的观念视其陵墓（马斯塔巴）为死后的永久性住所。后来，大约在第二至第三王朝的时候，埃及法老的观念改变为死后成为神，其灵魂升天。在后来发现的《金字塔铭文》中有这样的话：‘为他（法老）建造起上天的天梯，以便他可由此上到天上’。金字塔则为升天的天梯。古代埃及太阳神的标志是太阳光芒，角锥体金字塔形式象征对太阳神的崇拜，象征划破青天的太阳光芒。”

“金字塔里存放的是法老的尸体喽！”

“可以这样说，但不是一般意义上的尸体。法老逝世后，尸体被取出内脏，浸以防腐剂，填入香料，成为‘木乃伊’，以便长久保存。金字塔便是存放法老木乃伊的陵寝。”

“法老逝世后，身体制成木乃伊，渴望灵魂升入天界。那么，地球上的普通人逝世后，其身体不会都被制作成木乃伊吧？”伊迪奥特问。

“自然不会。人们纵然不能渴望逝世后都成为神，但是渴望逝世后灵魂不死，渴求灵魂永生的愿望是相当强烈的。人们愿意相信，人死之后，灵魂却永生，只不过来到另外一个世界，在那个世界里依然过着如现世的生活。”

“不同的宗教信徒，生死观念也不尽相同吧？”

“是的。基督教信徒相信，‘死’是上帝的恩惠召唤，是灵魂的归宿；伊斯兰教信徒相信，‘死’是真主的召唤，是追随伺奉真主的前兆；佛教信徒认为，‘死’是进入六道轮回，开始另一个世界的生活。”

“宗教信徒们如何处理其遗体呢？”

“一般地说，有土葬、火葬、天葬、悬棺葬等葬法。土葬是将遗体装入棺材，挖坑埋于地下。信徒们视土地为生命之本，灵魂在土地中得以安息。生命从泥土中来，再回泥土中去；儒家、伊斯兰教和基督教盛行土葬。火葬是用火把遗体烧成骨灰，然后安置在骨灰瓮中、埋于土中，或者将骨灰直接撒于水中或空中；印度教、佛教盛行火葬。天葬是将遗体安放在山顶上搭建的石头天葬台上。藏民族人相信，其祖先来自天上，人逝世后归天。悬棺葬是将悬棺安置并固定于插入悬崖绝壁里的木桩上，或者安放于岩洞中，或者半悬于山崖之外，回归自然。”

“奇妙，奇妙！”

“伊迪奥特先生，请原谅我冒昧地问，你作为外星人，是如何看待这种地球上的传统和风俗呢？”

“啊，路德博士，我十分理解人们渴望逝世后不死，渴求灵魂永生的传统和风俗；然而，我很遗憾地说，我没有认真地考虑过这个问题……我认为，印度教的葬礼，将遗体火化成骨灰后，将骨灰撒入恒河的河葬方式不失为一种值得推荐的葬法。”

“请问，你认真地考虑过的问题是什么呢？”

“我考虑的是，如何给我们的星球留下些许精神物质。”伊迪奥特说。

“何谓你们那的‘精神物质’？”

“精神与物质是不同的概念，精神作为一种能量形式是可以转化为物质的。我这里所说的精神物质概念，可能雷同于地球人喜欢说的精神……叫什么来着？”

“伊迪奥特先生，你是说‘财富’？”

“是啊，精神财富！”

身心自由境界

我与伊迪奥特和他的儿子灵灵一同乘地中海游轮从埃及的亚历山大港起程，驶往地中海马略卡岛。马略卡岛是西班牙著名的旅游、休闲胜地。我们也是为在马略卡岛旅游、休闲而来。

西班牙马略卡岛是组成巴利阿里群岛 3 个岛屿中最大的一个岛，最宽处 87 公里，最窄处 45 公里。它位于地中海中心，介于西班牙巴塞罗那和北非阿尔及利亚首都阿尔及尔之间。岛的北部是高山区，南部是丘陵，中部种植着橄榄树、杏树、无花果树、橙树、柠檬树等果树。马略卡岛得天独厚，拥有许许多多极好的海滩，譬如帕尔马、波兰萨、阿尔库迪亚、阿尔塔等等。我们要去的是西海岸城市波兰萨 (Pollensa) 郊区的克氏别墅。从帕尔马驱车到波兰萨需要大约三刻钟。

我与伊迪奥特、灵灵住在马略卡岛上我的德国朋友家。这是一幢名为克氏别墅的休闲别墅。

克氏别墅位于地中海岸的一片田野之中。别墅大门旁边，镶有瓷砖砌成的西班牙文门匾。进宅门后，是个大约 3000 平方米的花园，一栋以木石结构为主的约 300 平方米的别墅坐落在花园之中。朝向地中海的一面用石料砌起一个约 50 平方米的凉台，凉台上摆放着桌椅，挂着睡袋。凉台前方、花园中间是游泳池，有一池淡蓝的清水，池边支撑着巨大的米黄色阳伞，阳伞下摆放着一套白色桌椅，池边露天放着数张躺椅。花园中的椰树迎风摇曳，树丛里散发着阵阵花香。偶尔见几只小猫嬉戏于树丛中。

傍晚，克氏夫妇陪我们坐在凉台桌旁聊天。我们慢慢地吮吸着果汁饮料，遥望那蓝天下泛着白色浪花碧绿的一望无际的地中海，海水有节奏地轻轻拍击海岸；倾听地中海的呼吸，海风吹拂椰树沙沙作响；感受从海面吹来的湿润、凉爽的风……不由得令人感叹：啊，世界真美，生活真美好！

伊迪奥特因在青藏高原找到了失散的儿子灵灵，心情倍感舒畅；来马略卡岛旅游、休闲也是伊迪奥特的愿望，他想让灵灵在马略卡岛，这一西班牙乃至欧洲的著名旅游、休闲胜地，尽情放松，全然释放因与爸爸一时失散，因远离妈妈和妹妹而淤积在心中的痛苦、孤独。

几天来，我与伊迪奥特游览了波兰萨、波兰萨港、帕尔马、瓦尔德摩萨、阿尔库迪亚等地的诸多名胜，欣赏马略卡岛上的梦幻般的山水自然风光。马略卡岛第一大城帕尔马始建于罗马时代，它的大教堂，它的海滨浴场是世界驰名的。在阿尔库迪亚的海滨餐厅我们享受了海味。

此刻，我、伊迪奥特、灵灵身处地中海岸，自然渴望看海，渴望海风吹拂，渴望到大海游泳，渴望到沙滩小憩。我们漂浮在波兰萨港的地中海水面上，海水轻轻拍打着我们的身体，任海流带我们慢慢游动。仰望着湛蓝的天空和偶然飞过的海鸟，享受这份身心的舒适、安宁和梦幻。

在人看来，鸥鸟是幸运的，它们可以在蔚蓝的天空中自由翱翔，此刻，我们正在观望它们。在我看来，我们比它们幸运。它们有时确实是很自由，但更多的时间是在为觅食而飞来飞去；而我们在旅游，中午，海滨中餐馆丰盛的佳肴在等待我们去享用。

我们登上沙岸，在整洁、松软的沙滩上，就像其他来自世界各地的男女度假者一样，完全放松肢体，在阳光下小憩。海水浴场是开放式的，是城市的一部分，自由出入。只有在使用沙滩上的阳伞时需付些许租金。在浴场及其附近，人们的穿着是简单的、随意的。男人通常只穿泳裤，女人穿女式泳衣；也有一些年轻女士，像男人一样只穿泳裤，在沙滩上晒太阳，渴望以更大面积的皮肤亲吻阳光。着泳装的人，在海滩附近街道上和商店里闲逛，表情平和，似入无人之地。因为别人都是这样，反倒是西服革履的人在这里成为怪异的人。

海滨浴场是欢乐的。稍许远离人们像沙丁鱼排列的海滩，就是饮食、购物、休闲的场所。特别是海滩酒吧，昼夜聚集着享乐的人们，欢唱、狂舞、饮酒作乐，一些人喜欢用半米长的吸管吮吸饮料。

我与伊迪奥特穿着泳裤坐在海滩上；灵灵站在一旁，出神地望着海面上游泳的男男女女，眺望远方海面上开着快艇游弋的人们，由快艇牵引划水的人们，以及在水上天空乘气球翱翔的人们。

我与伊迪奥特面对广阔的海水浴场，触景生情，聊了起来。

“来马略卡岛海滩休闲的人中，许多是欧洲的旅游者，他们来这里享受大海、沙滩、自由自在的休闲时光。”我说。

“享受大自然。”伊迪奥特说。

“是啊，享受人生，就是享受亲情，享受文化，享受大自然啊！”

“此时此刻，在海滨浴场，会有人去想他的事业吗？”

“我想，不会。谋生是人类借以生存的手段，而不是目的。”

“一些事业上成功的人，依然在不知疲倦，甚至忘我地追求什么呢？”

“对于许多自然科学家而言，其驱动力来自对于自然界规律的探索和追求；对许多社会科学家而言，其驱动力来自于对人类社会真谛的探索和追求。”

“那为什么许多经商致富的人，一直在挖空心思去赚更多的金钱呢？”伊迪奥特提出的问题，让我一时不知道如何回答。

“哦，伊迪奥特先生，你谈到了金钱，社会学家称为货币的东西……你的问题让我又想到爱因斯坦。”

“那位在普林斯顿高等研究院从事科学研究的物理学大师？”

“是的。爱因斯坦的人生值得所有的人去思考。”我与伊迪奥特再次谈起爱因斯坦的人生。

“我们可以理解为，爱因斯坦的第一段人生是为‘努力学习，为人生做准备’；第二段人生是为‘寻求工作，挣钱养家’；第三段人生是为‘从事科学研究，为探索自然界真谛’。”我说。

“人生三阶段！可谓：学习阶段——为谋生而工作阶段——超脱为谋生而工作，去做自己想做的事情阶段。那么，在你看来，地球上的人，多数成年人更多的时间处在哪种人生阶段？”伊迪奥特问。

“在地球上，多数成年人更多的时间处在第二阶段，即处于为谋生而工作阶段，其中有些人不得已，用全部人生为谋生而苦苦劳作。”

伊迪奥特不语。我索性问他：“如若人生按上述人生三阶段划分，你们星球上的情形是怎样的呢？”

“我们那里，就我的认识，生产力和生产效率比地球要高许多，因而不需要成年人工作那么长时间。人们享有充裕的时间供自己支配，即所谓：超脱为谋生而工作，去做自己想做的事情。”

我静静地听伊迪奥特讲述，片刻后，他继续说：“爱因斯坦将金钱看得很轻，他说：‘除了基本生活之外，我不需要钱。’爱因斯坦超脱了为谋生而工作，去做自己想做的事情。爱因斯坦高度重视自由的科学研究氛围，自由的科学研究志趣，希冀终生自由地探索自然界和宇宙的真谛。自由，对于人，对于科学家弥足珍贵！”

“伊迪奥特先生，你说得好！爱因斯坦是一位伟大的科学家，一位执着地探索自然和社会真谛的人；他从默默耕耘中汲取人生乐趣，并以其科学成果奉献于人类。”

一天傍晚，克氏夫妇陪同我和伊迪奥特、灵灵在波兰萨市区漫步。路上看到许多走向教堂广场的快乐的当地居民；许多青年男女结伴漫步在街上，边走边唱。我们被 6 名活泼、快乐、可爱的女孩拦住，她们用西班牙语问我们从哪里来。克先生能讲西班牙语，当女孩们得知我们是从德国和中国来时，一边欢呼，一边拉我们在街上跳舞，她们还和我们一起拍下一张神采飞扬的合影。

在教堂广场上聚集着上千人，我们在教堂旁边一个饭馆的露天场地坐下来，边吃边聊，欣赏着热情、欢快的歌舞。克先生告诉我们，西班牙人性格开朗、热情，夏天，广场上经常聚集着载歌载舞、狂欢的人群。

我也感觉到，西班牙人可能没有德国人那么富足，生活节奏可能没有德国人那么快，他们中许多人，尤其是马略卡岛上的居民，或许过着简单的生活，但他们生活得相当知足和快乐。他们是精神上富有的人。

人生中可以有不同的追求：荣誉、地位、财富、爱情、平凡、奉献等等，有的人有地位，有荣誉，有许多财富，但却过得不快乐；而许多最普通的人，尽管过着简单、朴素的生活，但他们心中充满着爱和希望，却生活得充实、快乐。短短几天，我们已经喜欢上马略卡岛这里的人们了。

玛雅人“世界末日”传说

我陪同伊迪奥特和灵灵在西班牙马略卡岛旅游、休闲之后，一同在马略卡岛帕尔马机场乘坐西班牙欧罗巴航空飞机返回德国斯图加特。

抵达斯图加特不久，2012 年 12 月 21 日这一天就到来了；玛雅人预言，公元 2012 年 12 月 21 日是世界末日。

12 月 21 日清晨我就来到伊迪奥特和他儿子灵灵住宿的斯图加特大学宾客公寓，我们一同等待这一天黑夜的降临，并亲眼见识，12 月 22 日的黎明会不会到来。

现在，夜幕已经降临。伊迪奥特伏案给妻子和女儿写家书，灵灵在饶有兴趣地观看法国电视台播放的儿童游戏竞赛节目。伊迪奥特作为外星人，他想对于地球运行或者变迁作一次历史性的见证。他说，他想见证：“我在，地球依然在；我活着，地球未毁灭！”

我是一位科学家，我相信科学，相信科学的认知，科学的推论。我相信地球会有毁灭的时日，地球末日会到来的，然而不是在今日；行星地球的末日，是当它环绕运行的恒星太阳燃尽，即太阳核反应区的氢核聚变为氦的热核反应停止了，太阳不再发光、发热，从而变成一颗白矮星的时日，才可称为世界末日。

依据科学家的研究，如今太阳正处在中年期，太阳湮灭的时日，距今尚有45 亿年。现今人类寿命不足百年，即便以百年计算，如若人生有轮回，那么人生尚有 4500 万个轮回；即便人类再有耐性，也会有为数可观的人在一个星球上活得腻烦，而渴望能去遥远的其他星球上生活。

今年，在地球上的人类度过数千年后的 2012 年，在伊迪奥特与灵灵突然降落到地球上的这一年，人类预言在地球上会发生什么大灾难，发生了什么大灾难呢？

首先，玛雅人预言：2012 年 12 月 21 日是世界末日。玛雅人预言 2012 年 12 月 21 日的黑夜降临以后，12 月 22 日的黎明永远不会到来，这一天是世界末日。

根据玛雅文献的记载，地球每隔 3740 年就会被毁灭一次，而地球生命在过去曾被毁灭 4 次；换言之，现代人类已是地球第五代的子孙了。

依照玛雅历法，地球从始至终分为 5 个太阳纪，分别代表 5 次浩劫，其中 4 个浩劫已经过去。当第五个太阳纪来临，太阳会消失，大地剧烈摇晃，灾难四起，地球会彻底毁灭；世界末日，按照玛雅历法是 3113 年，换算为地球西历便是公元 2012 年 12 月 22 日。

虽然很多民族都有末日预言传说，但是为何玛雅人的末日预言传说，会受到人们的重视？原因在于玛雅历法的计算相当准确，从玛雅人的历法得知，他们早已知道，地球公转时间是 365 日 6 小时 24 分 20 秒，误差非常之小。

从玛雅预言中的“大周期”时间上看，现今已经处于尾期了。从 1992 年到 2012 年这 20 年的时期中，地球已进入了“大周期”最后阶段的最后一个时期。他们认为这是“同化银河系”之前的一个十分重要的时期。他们称之为“地球更新期”。在这个时期中，地球要完全达到净化。而在“地球更新期”过后，地球将走出银河射线，进入“同化银河系”的新阶段。

此外，2008 年 7 月 15 日在英国威尔特郡的埃夫伯里庄园出现了奇异的麦田圈；有人认为，奇异的麦田圈与 2012 年 12 月 21 日玛雅人预言有关。有专家研究发现，这个麦田圈所示太阳系行星位置与 2012 年 12 月 21 日宇宙中太阳系行星位置图完全吻合；它所传达的信息与古代玛雅预言有关。

有报道称，地球与太阳的磁极将于 2012 年发生颠倒，危及地球人生存。据美国航空航天局 2005 年报道，2012 年太阳可能有异常，地球与太阳的磁极将于 2012 年发生颠倒。

另有报道称，2012 年天王星异常接近地球，强磁场会引发海啸地震，造成地球灾难。

据德通社 2005 年 3 月 31 日报道称，德国《图片报》在头版以“异常的天王星”为题，报道神秘的“灾难行星”天王星正在异常地接近地球，恐将给地球带来海啸、地震等异常现象。

面对人类灾难预言与地球毁灭流言，地球上的一些人表现出不安、恐惧，甚至恐慌。当地球历法进入 2012 年，地球上因特网上“世界末日经济”逐渐兴隆。尤其当玛雅传说的 2012 年 12 月 21 日“世界末日预言”临近时，许多人不惜金钱在因特网上购买“诺亚方舟逃生船票”，以求当世界末日来临时，携家人带财宝逃命；仿效几千年前《圣经》描述的，当洪水突发，塞特及其全家，携成双成对的鸟兽虫鱼，乘坐诺亚方舟逃过灭绝人寰的洪水大劫难。

因特网上出售逃难与避难器械，如避难箱、逃生桶，购买者众多，企望“世界末日”降临时，乘避难箱、逃生桶避难、逃生。

精明商人建造了深入地面数十米的地下避难所；宣称在此地下避难所过夜，肯定可以逃过“世界末日之夜”劫难，过夜费不菲，参观者络绎不绝，入住者大有人在。

普通百姓携家带口于“世界末日”去豪华酒店大吃大喝，养精蓄锐；唯恐“世界末日”降临前，未能酒足饭饱，精神抖擞。

相爱情侣纷纷选择吉利日 12 月 12 日登记结婚，邀请家人、亲戚、朋友来参加隆重婚礼；即便大难降临，尚能与爱人、家人、亲戚、朋友同生死，共患难。可谓情深义重，唯有生育子女来不及了。

欧洲南方天文台的科学家们，在“世界末日”到来之际依然坚守工作岗位，密切观察天体中星体的运行，审慎观测太阳热核反应现象，精确测量地球磁场强度的变化，其执着、敬业，为科学、为人类献身精神，让人敬佩不已！

当时钟指向23时整，我依然陪伴在伊迪奥特与灵灵身边；按“世界末日”传说，我与伊迪奥特父子在地球上存活的时间只剩整整1小时了！

“伊迪奥特先生，假若世界末日按时降临，在这最后的时间里，你最想做什么？”我问。

“正如我现在做的——给妻子和女儿写信，用文字记录下来，在世界末日，我与儿子灵灵在地球上经历了什么。你呢，你最想做什么，路德博士？”伊迪奥特问。

“与你们——我的外星客人在一起！”我爽快地答道。

我们三人一起离开宾客公寓，来到了斯图加特大学的一处开阔地，在一片绿草地山坡上停留下来。伊迪奥特拉着灵灵的手，仰望深沉的夜空，灵灵数着星星，念念有词；我则手持红外摄像机摄像，我要在世界末日时分，记录下我所能见到的所有景象。

当时钟的秒针按节奏安全走进2012年12月21日24时0分0秒，或者说，准确走进2012年12月22日0时0分0秒时，我们三人欣喜若狂，相拥在一起——“世界末日过去了！”

伊迪奥特仰望夜空，伸展双臂，自言自语：“作为生活在地球上的外星人，我亲自见证了地球的一段历史：2012年12月21日，我在，地球依然在；我活着，地球未毁灭！”

曙光初露时分，光辉的太阳在地球东方的地平线上冉冉升起，我感到身心极度畅快——我与天然星人一起迎来了2012年12月22日的黎明！仿佛获得一次重生！

地球人在忐忑不安中经历了玛雅人预言的“世界末日”之后，他们会反思什么呢？尊重科学，尊重科学家？学习科学，普及科学知识？让人们消除因科学知识匮乏而滋生的忐忑与恐惧？让外星人类成为我们的朋友？

让外星人类成为我们的朋友，我们将对世界末日不怀恐惧，我们将对人类未来满怀憧憬。

圣诞前夜占卜未来

2012 年 12 月 24 日，圣诞节前日，我陪同伊迪奥特与他的儿子灵灵从斯图加特乘 IC 城市快车到达德国南方巴伐利亚的普林小城，访问我熟识的德国人家庭施梅特雷尔夫妇，与他们和孩子们一同欢度圣诞节和 2013 年新年。

旅途中，我向伊迪奥特父子介绍了这一家庭。

我曾经在位于普林小城的歌德学院学习过德语。歌德学院鼓励学员结识德国家庭，从而提高德语水平和认识社会。在歌德学院的协助下，我结识了施梅特雷尔先生和他的家庭成员。

关于德国标准家庭，有一种诙谐的说法。标准家庭应由男主人、女主人、一个男孩、一个女孩和一只狗组成。狗是人类的朋友，按这种诙谐的说法，狗也是家庭的成员。施梅特雷尔家有男主人、女主人、一个男孩、一个女孩，没有养狗，倒是养了一只猫，不知这算不算标准家庭。无论怎样说，在我看来，施梅特雷尔家是一个完美的家庭。

施梅特雷尔先生是位光学家，在小城经营眼镜店，为顾客配制各种光学眼镜。他的技术高，有良好的口碑。施梅特雷尔先生的夫人经营珠宝首饰店，信誉好，加之这小城位于旅游区，两处生意都相当不错。男孩在大学里学戏剧，女孩培训企业经营管理。

施梅特雷尔家有一栋独家住宅和一个大花园。在他们家里，我们先是吃点心，喝咖啡，聊天。施梅特雷尔夫人问我们喝什么饮料，有咖啡、果汁、酒类，我与伊迪奥特选择了咖啡，灵灵选择了果汁。

当天晚上，是圣诞前夜。在蜡烛烛光下，圣诞晚餐之后，我们三位客人与主人全家一起装饰圣诞树，挂上彩条、彩灯、小星星和吉祥物，分发圣诞礼物并互相祝福。主人全家人围在钢琴旁，施梅特雷尔夫人弹琴，大家一起唱圣诞歌；圣诞节午夜，施梅特雷尔夫妇会去参加教堂的弥撒，女儿会去唱诗班唱圣歌。

灵灵在圣诞树下，发现了主人家赠送给他的一件圣诞礼物——美国最新款的苹果电子网络游戏机。通过伊迪奥特翻译，灵灵才可以与他们交谈；施梅特雷尔夫妇的儿子沃尔夫冈耐心地向灵灵展示游戏机的用法和神奇功能，灵灵高兴极了，瞬间对游戏机爱不释手，与沃尔夫冈形影不离。

施梅特雷尔家庭成员信奉天主教，施梅特雷尔夫妇是虔诚的天主教徒，像许多巴伐利亚家庭一样，施梅特雷尔家保有浓郁的宗教传统。

圣诞前夜，施梅特雷尔先生打开整栋房子的所有天窗。我问这是为了什么？施梅特雷尔先生神兮兮地说："这是为驱逐魔鬼。把天窗打开，魔怪就可以从天窗逃走了，我们会迎来一个没有魔鬼的新的一年！"

我们与主人一同玩了一种称为"浇注熔铅"的游戏，用来占卜一个人在新的一年里的命运。首先把铅块放在特别的铁勺里加热熔化，然后猛然将熔融的铅液浇注到一盆冷水里，熔融的铅液立刻凝结成不同形状。依据凝结的形状可以在一本专用小册子里找到一句对应的占卜语。这本小册子里列出了许许多多的形状，譬如小鸟、小猪、小鱼、大象、婴儿、玫瑰、水仙、花瓶等等，每一形体后面，列出一句话，即所谓占卜语。

我说不准我浇注的铅熔液凝结成了什么样的形体，当时在场的除了施梅特雷尔家人还有几位他们的德国朋友，大家公认我浇注的铅熔液凝结成的形状像是一只鞋子。我们立即在那本小册子里查找鞋子（Schuh）一词，然后看到了鞋子一词所对应的占卜语："你将会过幸福的生活！"这真让我很高兴！事实上这过去的一年我也过得相当快活。

轮到灵灵浇注，灵灵看到浇注铅熔液凝结出的形状，说它很像一个初生婴儿。在座的施梅特雷尔家人和朋友都说，那凝结的形状不像一个初生婴儿，它的头看起来太大了。

伊迪奥特走向前，仔细看了看灵灵浇注的铅熔液凝结成了什么样子，伊迪奥特发现，它还真像一个初生婴儿呢！

"它确实很像一个初生婴儿，而且，像极了！"伊迪奥特说。

施梅特雷尔夫妇感到迷惑，也感到些许尴尬，毕竟不同看法的双方都是他们邀请来的客人。施梅特雷尔夫妇走近我，我们三人一起仔细查看那个凝结的形体。

"我看它真的不像初生婴儿吧，头确实大啊！"施梅特雷尔先生悄声地说。

伊迪奥特在一旁若有所思，我朝向他问道：“是不是你们星球上的初生婴儿的头比较大啊？”

伊迪奥特点头称是，并开始向在座的人们讲述他们星球上的儿童的智力发展。

伊迪奥特谈到，他们外星人十分重视儿童的智力发育。他们外星人之间多有友好，少有对抗，因而科学技术、生产力快速发展，人们相处和谐，生活富足，多有幸福和快乐；相对于此，他们星球儿童的童年期比之地球儿童的长得多。一般而言，外星人平均寿命达到相当于地球人的150岁，其中青少年期50年，中年期50年，老年期50年；青少年期为外星人的成长、学习期，中年期为育儿、工作期，老年期为休闲、养老期。

现场发出一片惊异与赞叹之声。

“我愿意立即成为一个外星女孩！”施梅特雷尔夫妇的漂亮女儿喊道。

一位在座的老夫人接着话说：“我也愿意！那样我就是刚刚步入中年的女人，也许是刚刚举行过婚礼的新娘啦！”

伊迪奥特接着谈到，他们的孩子们不必过早地上学学习文化知识，更无须为谋生而过早工作，这样才对孩子们头脑的发育有好处。他们的孩子们不需要死记硬背许多知识，家庭与学校更注重对孩子们的逻辑思维、社会意识的培养；注重引导孩子们热爱音乐，要求所有的孩子，至少学好两种他们喜爱的乐器。在他们看来，音乐特别能够促进人的脑力发育，使人获得幸福感。

伊迪奥特还谈到，由于进化的结果，他们星球上的女人，胸部丰满，髋骨开阔；髋骨与骶骨形成的骨盆于是也就宽大了。婴儿的头骨自然就大了，智力的发育不仅表现在头骨增大，还表现在头骨里的脑容量增高，脑组织发达。如此说来，在他们看来，灵灵浇注的铅熔液凝结成的形体就像他们那里的初生婴儿。

“虽然我们谁也没有见过外星女人，”那位在座的老夫人对伊迪奥特说，“我们还是相信你刚才说的情况，让我们在那本专用小册子里来找凝结形体‘婴儿’对应的占卜语吧！”

施梅特雷尔夫人立即在那本小册子里找到了‘婴儿’对应的占卜语——“你在世界上认识的第一位外国人将成为你的终生朋友！”

听到这句占卜语，所有在座的人都高兴地鼓掌，向灵灵表示祝贺，祝贺他浇注的铅熔液凝结的形体象征吉祥，祝贺他好运！

“亲爱的灵灵，”施梅特雷尔先生问，“我们很好奇，你在世界上认识的第一位外国人是谁啊？”

快乐、兴奋的表情洋溢在灵灵稚气的面庞，他用他们星球的语言一口气说完“一串”话；在座的人，除了伊迪奥特都面面相觑，一点儿听不懂灵灵说了什么，然而都在认真倾听；当伊迪奥特将灵灵的话翻译成德语后，大家一起激动得欢呼起来！

灵灵说的那“一串”话原是：“我在世界上认识的第一位外国人的名字叫格列，他是一位年龄与我相仿的中国藏族男孩，在我从我们的星球起飞，独自降落到地球上西藏高原雅鲁藏布江边的那一刻，是他——格列，第一个发现了我，从此我们成为好朋友！”

随后，大家津津乐道于灵灵讲述的“我从外星球起飞，降落到地球上”的故事。

我与伊迪奥特父子一起，在施梅特雷尔夫妇家度过了一个快乐、难忘、有意义的圣诞、新年假期。这期间的经历，让伊迪奥特父子感触深切，伊迪奥特用一句话表达了他们的深切感触：“地球人家——施梅特雷尔一家，待我们外星人热情、友好、亲切、真诚！我们将永远铭记在心！”

Mr. Idiot
who came in from
Planet Nature

来自天然星的
伊迪奥特

第七记录

外星人互致家书

SEVEN

用我们的思念感应你们的思念

An（致）
Idolia（依多丽雅）
Landsitz Idol（依多尔庄园）
Planet Natur（天然星）
E-Code: ********（电子密码：********）

亲爱的妻子依多丽雅：

我现在宇宙中的另一个星球上给你写信，这个星球上居住有人类，他们称呼他们的星球为地球。

我写信给你，传递我对你、对我们的女儿美美的无尽思念，并向你们讲述我与我们的儿子灵灵如何在星际间航行，我怎样来到地球以及我与灵灵怎么在太空中失散的。

当天，我与儿子套上羽翼飞行服，自由自在地在天然星的天空中飞翔，欣赏天空与地面上的美景。

我与儿子趁着一时兴致，进入了一艘宇宙飞船，准备驾驶这艘宇宙飞船飞向即将运行至天然星上空的同一星系的天使星。

当时，一颗未知星球飞临天然星宇宙飞船发射场上空。我误以为它就是那颗天使星，于是启动宇宙飞船驶向这颗未知星球。在飞抵这颗未知星球附近时，降低宇宙飞船飞行速度，与未知星球同步飞行。然后，我驾驶宇宙飞船成功降落到这颗未知星球上。

这颗未知星球载着我与儿子乘坐的宇宙飞船，按其自身运行轨道逐渐飞离天然星。

在黑暗的星际空间，我们像有些动物那样冬眠，在昏睡中度过漫漫时光。不知过了多久，一缕微光从宇宙飞船的舷窗透过，让昏睡的我醒来，我兴奋地预感到我们来到了另一个有发光恒星的星系！我使用宇宙飞船上的望远镜透过舷窗惊异地看到了一颗在运行中的蓝色星球，并且看到星球上的陆地、海洋及云朵！

我考虑到蓝色星球存在陆地、海洋及云朵，推断蓝色星球上存在维持动物、植物乃至人类生存的水、空气及土壤等必要条件，决心逃离未知星球到蓝色星球上求生；我同时又考虑到不熟悉蓝色星球地貌状况，看上去海洋面积大于陆地面积，如果选择驾驶宇宙飞船在蓝色星球上着陆，存在降落到海洋里的危险。由于我与儿子都套着羽翼飞行服，如果选择在适当高度从宇宙飞船向蓝色星球陆地上跳伞，逃生的成功率会比较大。

我让儿子首先跳伞，稍后我自己也跳伞下去。当我安全降落到蓝色星球地面时，我并未见到我们的儿子，我立刻惊恐地觉察到，我与儿子已然失散了！

后来我才知道，我安全降落到一个被人类称为地球的星球上。

亲爱的依多丽雅，我将走遍地球，寻找我们的灵灵。一天没找到灵灵，我一天不会停下寻觅的脚步！我一定会找到我们的儿子灵灵，并且重新与你和我们的女儿美美团聚的！对此我深信不疑。

你的依多尔

2012 年 5 月 27 日　斯图加特

Idol（依多尔）

Univesität Stuttgart（斯图加特大学）

Die Erde（地球）

E-Code: ********（电子密码：********）

妈妈，我长大了

An（致）
Idolia（依多丽雅）
Landsitz Idol（依多尔庄园）
Planet Natur（天然星）
E-Code: ********（电子密码：********）

亲爱的妈妈：

爸爸找到我了！我现在就在爸爸身边！亲爱的妈妈，亲爱的美美！你们放心吧！我非常想念你们！

此刻，我与爸爸在地球上，这里的人们称它为“德国斯图加特”的地方。

你们一定很想知道，爸爸在哪里找到我的？是怎样找到我的？说来话长啊！

爸爸告诉我，他已经给你写过一封信，讲述了我们那天驾驶宇宙飞船，怎样误降到一颗未知星球上，怎样搭载未知星球在昏睡中飞临蓝色星球上空，怎样离开宇宙飞船跳伞降落到地球上的离奇经历。

我安全地降落到地球地面。我发现，我孤零零一个人在一座大山旁边的一条河旁，我知道，我与爸爸失散了，心里感到特别痛苦和恐惧！

当时，一位中国西藏老牧人达杰和他的儿子格列正在附近放牧牛群和羊群。格列的藏獒犬首先发现了我，对我汪汪大叫。老牧人与儿子走向江边，好不容易把我背回游牧帐篷里。

后来才知道，发现我的那座大山是喜马拉雅山，那条大河是雅鲁藏布江。

自此，老牧人达杰夫妇收养了我，还给我起了个西藏人名字“多吉”，是“金刚”的意思。老牧人达杰夫妇待我如同他们的亲儿子。我与格列成为好兄弟。我们每天一起在青藏高原上放牧老牧人达杰家的牦牛群和羚羊群，我和格列情同手足，他还教我说藏语。那只藏獒的藏语名字叫“嘎嘎”，是“可爱”的意思。嘎嘎也成为我的好伙伴。

一天，在冈底斯山旁，一位藏人，后来知道他叫贡布，气喘吁吁地下山向达杰阿爸求助，说在冈底斯山上有人遇险，寻求紧急救援！达杰阿爸立即吩咐格列留在那里照看畜群，让我跟他去。达杰阿爸和我立即跟随藏人贡布返回山上，当然不用吩咐，嘎嘎立刻跟随我也来了！

在我们到达冈底斯山脚下时，我强烈地感觉到，我接受到外部发来的能量！我当时还在疑惑，我怎么这么熟悉这种能量啊，就如同我们天然星人发来的能量那样！越向山上走，能量越是加强。我正是按着能量来源的方向，指点嘎嘎寻找遇险者的。

不多一会儿，嘎嘎就停步在一处山坳旁，面向我汪汪叫，像是在说：“找到了，找到了！”我一个箭步上前，定睛一看，立刻扑到那个为冰凌与积雪包裹的人体胸前，泪如泉涌，凄厉喊叫：“啊，爸爸依多尔！啊，爸爸依多尔！”而嘎嘎则乖乖地蹲坐在一旁。我的声声呼唤，唤醒了处于昏迷状态的爸爸，爸爸苏醒了，我真是高兴极了！

爸爸环游地球寻找我，我爱爸爸，我感谢爸爸！不是我在地球上找到了爸爸，而是爸爸在地球上找到了我！如果爸爸没有环地球找我，我不知何时才能在地球上找到爸爸。

亲爱的妈妈，儿子经历了从天然星抵达地球的巨大变迁，经历了在星际空间与爸爸失散的可怕孤独，儿子长大了！儿子懂得了珍惜，懂得了珍惜父爱、母爱，珍惜亲情；儿子变得坚强，变得能够承受人生的痛苦，承受人生的孤独；儿子开始学习报答，报答父母与亲人的大爱，报答世人与社会给予的恩惠。

亲爱的妈妈，亲爱的美美：我与爸爸现在平安、健康，唯有十分惦念你们！衷心地希望你们平安、健康、快乐！期待我们全家重逢、团聚时日尽早到来，无论是在地球上还是在我们天然星上，抑或在一个新的星球上，重要的是：“我们全家人在一起！”

你们的 灵灵

2012 年 11 月 11 日 斯图加特

Lingling（灵灵）
Univesität Stuttgart（斯图加特大学）
Die Erde（地球）
E-Code: ********（电子密码：********）

地球人想象的宇宙模样

An（致）
Idolia（依多丽雅）
Landsitz Idol（依多尔庄园）
Planet Natur（天然星）
E-Code: ********（电子密码：********）

亲爱的妻子依多丽雅：

你与美美好吗？想念你们啊！我与灵灵的状态，可谓“人在地球，心在天然星”啊！

在路德博士陪同下，我与灵灵从西藏拉萨乘坐 CA 民航飞机抵达埃及首都开罗游览，继而乘地中海游轮到达西班牙马略卡岛旅游，然后返回德国斯图加特。

在环球旅行途中，路德博士向我讲述了地球人的信仰，地球人对于宇宙的形成以及人类在宇宙中的地位的认识。

在地球的东方，在人们中间广泛地流传着一个盘古开天地神话。

远古时期，两千年前，人类的祖先盘古在混沌世界中呼呼大睡18000年，他醒来后发现周围一片漆黑；于是他挥舞一把板斧用力一砍，伴随一声巨响，混沌世界分成两半，清者形成天，浊者形成地。

在地球的西方，许许多多人笃信《圣经》，《圣经》里陈述了上帝创造世界的故事。

太初时期，地面上全是无边无际的水，水面上方是飘忽的混沌景象。基督徒所崇拜的神——上帝用6天时间依次创造了光、穹隆、陆地和植物、昼夜、水生生物和飞翔的鸟类、动物和人。第7天上帝休息了。

地球东方人认为，天地是盘古创造的；地球西方人认为，上帝创造了天、地、人，整个世界。

不仅如此，地球东方人还认为天圆、地方，皇帝位居天地中心，掌控人类，人类主宰世界万物；地球西方人则认为，上帝高居天穹，掌控人类，人类主宰世界万物。

听过盘古开天地神话和上帝创造世界的《圣经》故事，我感觉许多地球人，过于自信和自负了！地球人类认为他们生存劳作、繁衍生息的地球是浩瀚宇宙的中心，他们人类是宇宙中最富智能的高级生物，自然应主宰世界和万物。

地球上的科学家的科学研究成果，让地球人类逐渐了解了自身地球在宇宙中的位置、结构和运行情况。

事实上，地球只是太阳系中恒星太阳的8大行星中的一颗小行星，时时地环绕太阳旋转。宇宙浩瀚，如果把宇宙比做地球大小，地球恐怕只有一粒灰尘大小而已。地球人在这颗小小星球上吃着烤肉串、汉堡包，喝着啤酒、可乐，玩着球类、棋类，乐在歌舞、旅行，并恋爱、结婚、繁衍后代；为了一种地球人称作理想或者梦想的信念而劳作和奋斗。

我与灵灵从我们的天然星来到了地球。我们在地球上生活着，说明地球给予了我们在地球上生存的空间和生存条件，它们是空气、水、合宜温度、足够食物。

在地球上，我通过旅行和读书进一步了解到，他们人类的历史上就曾出现过出色的科学家；科学家们依其研究成果告诉人们，宇宙之浩瀚，宇宙中太阳系的构成，地球在太阳系中的位置及在星际间运行规律。譬如，提出地球和其他行星环绕着太阳旋转的“日心说”的波兰天文学家哥白尼，宣传哥白尼“日心说”的意大利学者布鲁诺，用实验证明了在地球引力场作用下自由降落的各种物体的重力加速度相同的意大利科学家伽利略，他们都是地球上中世纪人类历史上的著名学者和伟大的科学家。

亲爱的依多丽雅，你怎么也不会想到，他们那个时代的当权势力是如何无情地，甚至是残暴地对待他们人类的出色科学家的啊！

哥白尼迫于压力，他的“太阳中心论”天体学说著作直到他临近古稀之年才得以出版。布鲁诺在威尼斯被捕入狱，被囚禁8年后，被宗教裁判所判为“异端”烧死在罗马鲜花广场。伽利略被宗教裁判所判处在罗马幽禁，病死在幽禁期间。

当权势力对科学家的迫害，在欧洲中世纪黑暗时期千年里带来的是愚昧与僵化，致使科学发展停滞；如此一来，地球人怎么能够真实地认识宇宙、地球，乃至人类自己呢?

幸好，文艺复兴时期之后，人性渐渐受到尊重，科学逐步发展起来。

地球人类的科学家，让地球人知道宇宙之大，天外有天，地球人外有外星人、外星生物，宇宙中可能存在比地球人更智慧的外星人或者外星生物。地球人类的科学家，让地球人清醒，地球人类不应过于自信和自负。

由此，我获得体会：“科学人文”是可靠的，可以信赖的；而“信仰人文”是不完全可靠的，不可以完全信赖的。人类应提倡尊重科学，善待科学家，宇宙的真知由科学家们开拓。

亲爱的依多丽雅，你怎么看待我的见解？它是一种科学人文性的认知吗？

目前，地球人类已能窥视的宇宙深度达200亿光年之遥，这意味着，若以每秒30万公里的真空中光速度航行，理论上也需要200亿年，才能达到目前人类可能窥视的宇宙深度，何况尚存在更为深远未探知的宇宙空间呢！

关于宇宙起源，地球人众说纷纭。比较起来，更有实验和理论支持的学说是1948年地球学者提出的“大爆炸”学说。按“大爆炸”学说论述，宇宙空间在原始混沌状态下形成了超密度物质，在一种力的作用下，空间产生了大爆炸，所有的物质向四面八方飞散；在星际物质自身引力作用下，星际物质不断密集，逐渐形成星际星云，于是，宇宙由此创生了。

如今，地球科学家认识了地球在宇宙中的地位。地球是太阳系中的一颗行星，太阳系中的太阳是恒星，环绕它旋转的8大行星，从近到远依次为水星、金星、地球、火星、木星、土星、天王星、海王星；其中有的行星尚有卫星，譬如，月球为地球的卫星。

太阳系是银河系中的一个星系。银河系是由无数颗星体组成的星团，仅在银河系中，存在3000个太阳一类的恒星呢！银河系之外类似银河系的恒星系统名为河外星系，已发现的类似银河系中的恒星已达10亿多颗，更遥远的河外星系还有待发现！

宇宙之浩瀚难于想象。据人类现今科学家的学说，宇宙是由星系团组成的，星系团是由星系组成的，星系是由恒星与环绕它旋转的行星组成的，有的行星周围尚有卫星环绕其运行。

现今，地球上从事航空航天事业的人员，在宇宙航行事业上取得了巨大的成果。

苏联宇航员加加林于1961年4月12日驾驶东方号宇宙飞船在椭圆轨道上环绕地球飞行一圈，历时108分钟；在距地球表面7千米高度时，加加林从宇宙飞船座舱里弹出，成功跳伞安全降落在地球的田野上，完成了地球人类首次载人环绕地球的飞行。

美国国家航空航天局于1969年7月实施的阿波罗载人登月工程，以强大的土星5号运载火箭将50吨重的阿波罗11号宇宙飞船和阿姆斯特朗、奥尔德林、科林斯3位宇航员送入月球环绕地球的运行轨道。随后，阿姆斯特朗、奥尔德林乘小鹰号登月舱登月球，登月舱于1969年7月20日成功降落到月球上，阿姆斯特朗成为地球人类登陆月球第一人。登月之后，登月舱载着宇航员返回环绕月球的飞行轨道，与阿波罗11号宇宙飞船接合，之后安全返回地球。

阿姆斯特朗在月球上讲的那句话——“这是个人的一小步，却是人类的一大步。”立刻传遍地球大地。确实如此！若是从宇宙星际航行的广阔视角而言，地球人这一大步，还是相当有限的。

月球是地球的卫星，环绕地球旋转。至今，地球人类尚未涉足任何一颗行星。太阳系中的火星是离地球较近的行星，它与地球的相对距离是变化的；当火星运行到与地球和太阳成一条直线，即“火星大冲”时，地球与火星之间的距离最近，缩短至5000万千米左右。上一次“火星大冲”发生在2003年8月29日，下一次预测在其后15至17年间，届时将是地球人选择载人登陆火星的最好时机。

据我了解的信息，时下，地球人在科学、技术、装备、能力诸多方面尚没有准备好，地球人登陆火星尚不现实。如今，地球人以向火星发射遥控探测器来探索火星，重点探索火星上是否有生命存在，并期望将火星改造成适于人类居住的星球。1965 年美国水手 4 号探测器飞越火星，从距离火星 1 万公里处拍摄了 21 幅照片。1971 年苏联火星 2 号探测器在火星成功着陆。1972 年 美国水手 9 号沿火星轨道飞行，成为火星的第一颗人造卫星，环绕火星轨道进行长期考察。2012 年 8 月 6 日美国好奇号探测器登陆火星，其使命是探寻火星上的生命元素。

既然现今地球人登陆火星尚不现实，何谈地球人类登陆太阳系外的行星——我们的天然星喽！

我与灵灵十分想念你与美美，期待我们回家团聚的日子！

你的 依多尔

2012 年 12 月 12 日 斯图加特

Idol（依多尔）

Univesität Stuttgart（斯图加特大学）

Die Erde（地球）

E-Code: ********（电子密码：********）

寻求返回天然星的机会

An（致）

Idolia（依多丽雅）

Landsitz Idol（依多尔庄园）

Planet Natur（天然星）

E-Code: ********（电子密码：********）

亲爱的妻子依多丽雅：

你和美美都好吗？我和灵灵生活在地球上，心里却时时刻刻地在想念着你们！

我和灵灵在中国西藏冈底斯山奇迹般相遇后，我们在中国客座科学家路德博士陪同下，经埃及、西班牙回到居住地德国斯图加特；不久，接受盛情邀请，在德国普林小城，与施梅特雷尔一家共度圣诞节和2013年新年。灵灵在身边，日子过得安稳、快活。

在我看来，阳光普照下的地球上最为宝贵的物质是水与空气，而地球上最为伟大的杰作是人。我与灵灵生活在地球上，见识了许多优秀的人，其中就有救助、施惠于我们，让我们感激与敬佩的人。

德国猎人邦德先生在阿尔卑斯山麓多瑙河发源地多瑙兴根发现了我；在德国航天与航空研究院施密特博士有效组织安排下，我得以尽快融入人类社会；路德博士全程陪同我环球旅行，德国人类学大学生安格莉卡女士陪同我旅行欧洲，寻找失散的灵灵。法国格勒诺布尔高强磁场实验室W教授、瑞士苏黎世联邦理工学院施魏茨教授、美国普林斯顿高等研究院M教授、R教授学术造诣精深，热情地接待了我们，分别为我们讲解了电磁感应、人类能源、爱因斯坦论科学与宗教等学术问题；中国西藏老牧人达杰与他的儿子格列在喜马拉雅山脚下的雅鲁藏布江旁发现了降落地球上的灵灵，并让灵灵与他们生活在一起；在玛雅人预言的“世界末日”那天，路德博士始终陪伴着我与灵灵；圣诞节与新年期间，德国普林小城施梅特雷尔一家盛情邀请我们共度佳节……这一切，都让我们深受感动，让我们感到，地球人待我们外星人热情、友好、亲切、真诚！

地球是颗美丽而富饶的星球，地球人是智慧而友善的人种。依我看，对于我们天然星人家，地球是颗不错的旅游星球，是可以选择到这里来旅行观光的；然而，与我们的星球相比，它现在还不是一颗十分理想的宜居星球，我们还是留在我们的天然星生活吧！

亲爱的依多丽雅，此刻，我和灵灵多么想知道，我们何日何时能够从地球回到天然星，与你和美美阖家团聚？

对于这一问题，我时时在思考，然而尚不得其解。我考虑过几种途径，就此与你一起探讨。

我和灵灵从地球返回天然星与你和美美团聚，可能途径之一是延续我和灵灵从天然星来到地球的途径。我和灵灵从天然星来到地球经历了“从天然星乘宇宙飞船—降落到那颗未知星球上—飞离那颗未知星球—跳伞降落地球上”4个步骤。在地球上，原则上，我和灵灵可以选择“从地球乘宇宙飞船—降落到那颗未知星球上—飞离那颗未知星球—跳伞降落到天然星上”4个步骤。这里的不确定因素包括尚不了解那颗未知星球飞离地球后的运行轨道，以及何时它再次飞临天然星上空。为此需要我们共同搜集地球、那颗未知星球、天然星的运行轨道及它们相对位置和时间信息与数据。

你和美美从天然星来地球与我和灵灵团聚，可能途径之一是重复我和灵灵从天然星来地球的途径，即经历“从天然星乘宇宙飞船—降落到那颗未知星球上—飞离那颗未知星球—跳伞降落到地球上”4个步骤。但同样需要得到相应信息与数据。

此外，据最近报道，地球人正在计划和准备捕捉运行至地球外围星际空间的小行星，重新部署它，并把它变成一个星际空间站。美国宇航局的科学家们就在筹划捕捉一颗500吨重的小行星，创建一个星际空间站。假若，我们天然星的星际空间站与地球筹建中的星际空间站建立起联系，那将有助于我和灵灵借助地球星际空间站，有助于你和美美借助于天然星星际空间站，以及其他星球的星际空间站，直接或者经过周转，我们阖家在地球，或者在天然星，或者在星际间某个宜居星球上重新团聚！

亲爱的依多丽雅，亲爱的美美，我和灵灵在遥远的地球传送上我们对你们的犹如宇宙般无限的、深邃的、永恒的爱！我们全家终会团聚的，让我们心怀希望与憧憬迎接这一幸福与美好时刻的到来吧！

光阴荏苒，对你和美美的热切思念与渴望重逢之情让我谱写出一首诗歌，现寄给你，为你吟咏。

归期可待

你在那颗星球，
我在这颗星球；
两颗星球各有轨道，
两条轨道从不相交。

你我星球各自运行，
你我相距时远时近；
你不晓得我在哪里，
我不知道你在何方。

我想对你倾诉，
我是多么爱你！
我从外星寄上祝福，
上天保佑阖家团聚。

既无地址又无载波，
我的信息何以传送？
唯有思念感应思念，
它无需地址与载波！

我在这个星球思念，
你在那个星球思念；
至诚思念感动上天，
建造星际间空间站。

我将偕同儿子，

借助星际间空间站；
从外星乘飞船起飞，
飞返我们故乡星球。

你若带上女儿，
飞来我们客居外星；
我们将陪伴你们，
环游这颗蓝色星球。

宇宙星空浩瀚无垠，
星际航行奇妙无比；
天然星抑或地球，
皆可成为重逢之地。

你的 依多尔
2013 年 1 月 11 日 斯图加特

Idol（依多尔）
Univesität Stuttgart（斯图加特大学）
Die Erde（地球）
E-Code: ********（电子密码：********）

解码天然星发来的信息

伊迪奥特与他的儿子灵灵从地球给他的妻子依多丽雅和女儿美美先后写过4封家书。在家书中，伊迪奥特扼要地叙述了他们俩从天然星乘坐宇宙飞船飞往星际空间，在降落地球时失散，后来终于在地球上重聚，叙述了他们在地球上的经历、见闻与感悟，表达了他们对亲人的思念之情。

一年时光过去，伊迪奥特未能收到从天然星传来的任何信息。

伊迪奥特请我与德国航天与航空研究院施密特博士联系，请求研究院与美国国家航空航天局联系，询问他们是否接收过从外星球传来的相关信息。

美国方面有关人士告知，收到过疑似从外星球传来的电讯，但是尚未能获得证实。难点在于，几经尝试解码，均未成功。

施密特博士询问美国方面，是否可以请正在德国研究院做客的外星人伊迪奥特先生参与解码他们收到的疑似从外星球传来的信息。

在美国、德国科学家们，伊迪奥特和我的共同参与下，用特定的方法将疑似从外星球传来的电脉冲信号转换成相应的数码，再将数码还原成它所代表的信息符号。将数码还原成它所代表的信息符号，不单纯是科学和技术问题，尤其在信息加密的情况下，必须将其解码为应用者能够读取并能识别的信息符号；在这种情况下，如果信息来自天然星伊迪奥特的妻子依多丽雅，作为天然星人，伊迪奥特的参与是绝对必要的，因为只有伊迪奥特破译该信息符号密码的可能性最大，况且，唯有伊迪奥特可以读懂天然星人的文字符号。

上述那则疑似从外星球传来的电脉冲信号经解码转换成数码，继而转换成外星人的文字符号，这些文字符号对于地球人来讲就是天书！我请伊迪奥特解读外星人的文字符号。研究证实，这则疑似从外星球传来的电讯，确实来自天然星伊迪奥特的妻子依多丽雅，其解码信息由伊迪奥特翻译成德文。当然，伊迪奥特成为其妻子依多丽雅这封家书的第一读者，他立即将家书全文转告了他的儿子灵灵；在地球上得知天然星上家人平安信息，让父子俩特别高兴！

经解码的来自天然星伊迪奥特妻子伊多丽雅的家书和女儿美美的日记全文如下：

亲爱的依多尔：

自你与儿子灵灵那天套上羽翼飞行服，从天空三维交通网络一同飞向宇宙飞船发射场，至今时光已经流逝过漫长的岁月。我与女儿美美日日夜夜盼望你们归来！

我与美美在天然星，从未收到过你们的任何信息；我们想象，你们已经成功登陆运行至天然星上空的天使星，或者抵达宇宙中的另外一个适于生存的类天然星。

盼望你与灵灵平安、健康，早日回到我与美美的身边。

关于我与美美现在的生活，或许可以从美美今天写的日记了解些许。现将这篇日记发送给你们，也不知道，你们能不能收到它，这将取决于你们所在星球的解码技术水平了。

你的 依多丽雅

依多丽雅（Idolia）
依多尔庄园（Landsitz Idol）
天然星（Planet Natur）
电子密码：********（E-Code: ********）

女儿美美的日记

爸爸和哥哥飞往外星球已经很久、很久了，至今没收到他们的任何音信，我和妈妈很是想念他们。

爸爸和哥哥去的外星球在哪里？很远、很远吧？那里的外星人长什么样儿？漂亮还是丑陋？善良还是凶恶？他们的衣、食、住、行是怎样的？那里生存着什么动物、植物、微生物？

我和妈妈十分渴望得到爸爸和哥哥的生存信息！我们的生活由于缺少了爸爸和哥哥已然变得索然无味了。

最近，城市中心区举办《外星人展览》，我和妈妈想象，也许能从展览中了解到些许爸爸和哥哥的生存信息，尽管介绍的外星球或许不是爸爸和哥哥生存的外星球，还是决定去城区参观《外星人展览》。

昨天，我和妈妈从郊区的住宅出发，乘坐我们家的水陆空飞船，首先从住宅草坪升空至三维交通网络的上层，那里的交通相对稀疏，便于我们迅速飞行至城区上空。从城区上空下降到临近展览会的地面交通站点，步行进入展览会。

我们星球的科学家从星际空间拍摄的这颗外星球是一颗蓝色的星球，它尚未被命名，暂且称为“类天然星”吧。

类天然星上有水、陆地和空气，适于人类生存。从图片上看，那里人的外貌大体上与我们天然星人相像；然而，男人相对矮小，女人相对玲珑。类天然星上生存着许多的动物、植物、微生物；类天然星人与它们共同生存，与此同时，他们也宰杀一些动物，用动物的躯体烹调美餐！他们也在研究制备“人造肉”，尚远未达到能取代动物食品的地步。

令我感到无比震惊的，是展览会上用影片介绍了类天然星人之间的冲突、打斗和残酷的战争，战争带来人类生命的大量伤亡，带来生存物质的极大破坏，带来人与人之间感情上的决裂和心理上的仇恨。尚不仅如此，展览会上用影片播放了类天然星人拍摄的多部星球大战影视片，尽管想象力丰富，却在极力展现星球人之间的仇恨，宣扬星球人之间的暴力，鼓噪外星人的攻击性。我们天然星人不会去攻击类天然星外星人，然而，类天然星外星人会来攻击我们吗？

上天保佑，但愿我的爸爸和哥哥不是生活在此类的类天然星星球上！我和妈妈十分庆幸，我们生活在富饶、和平、友爱的天然星上！

参观过《外星人展览》，我和妈妈在安宁、温馨的步行区散步，快餐店的鲜炸人造嫩筋牛肉广告诱发了我们的食欲，于是我们步入餐厅饱餐牛排和畅饮无酒精啤酒。

饱餐之后更愿在步行区流连，观赏商店五光十色的橱窗和来来往往的女士们的衣着打扮。忽然两位女士新潮的“裸装”映入眼帘，这是一种紧贴皮肤的服装。我与妈妈都感觉不到它们美在哪里，可谓新潮与美感往往不是并存的。

我和妈妈有了回家的念头，于是乘我们家的水陆空飞船升空至三维交通网络的上层，并迅速飞行至郊区上空，我们并没有直接降落到我们家花园，而是降落到我们家附近的一泓湖水上，我们驾驶水陆空飞船游憩在清洁、凉爽的湖面上。

当落日余晖映照在湖面上，我和妈妈驾驶水陆空飞船起飞，随后降落在我们家花园的草坪上。

啊，我还忘记叙说，今日凌晨我们住宅地区经历了一次强级别地震，震级虽高，但烈度不大。由于我们家住宅材质轻便坚固，整体结构设计，造型科学匀称，因而未造成房屋整体结构损坏或财产损失，只是损坏了厨房的一些餐具；然而，我们家的宠物狗“汪汪”受到惊吓，它长久立卧不安，我把它搂在怀里，一起观看“动物乐园”影视节目。

这就是我这个周末的一天，从凌晨到傍晚，我似乎没有刻意做什么，任其自然就好，我感觉到了快乐——自然人生的快乐；唯一的缺憾是爸爸和哥哥不在妈妈和我身边！我想对爸爸、哥哥说：妈妈和我想念你们，快快回到我们天然星家里来吧！

跋

心怀童年梦想，终生追逐未来

所有的童年梦想都是美丽的，我在童年时读过《鸟的飞行》一书，梦想像鸟儿一样在湛蓝的天空中自由地翱翔。回首童年和少年时代，那个人生多梦的时代，心中有过两个梦想呢——一个是科学梦，一个是文学梦。

中学时期，我的语文教师是“五四运动”时期在四川倡导妇女解放的先驱陈竹影女士（与散文家朱自清的夫人陈竹隐女士为姊妹），在她的教导下，我喜欢上了语文课和作文；与此同时，在学习了道尔顿原子学说，读了波兰出生的法国卓越科学家居里夫人的传略《居里夫人》（其女儿艾芙·居里著）之后，还想往科学研究。1956 年，在国家“向科学进军”号召感召下，我选择了学习科学，考入北京大学，期盼以居里夫人为榜样，未来从事物质的放射性科学研究。

北大的第一堂普通化学课上，从美国回归的傅鹰教授谆谆教导我们年轻学子，首要的是要做一个正直的人，然后才是做一名优秀的科学家。接着他还不忘告诫我们，可能的话，在大学期间找到一位女友。北大 6 年，给了我从事科学研究必备的坚实的科学知识，这段人生经历总是让我怀念，也正是在北大，我结识了后来成为我夫人的女友。

1980 年，在北京市半导体器件研究所工作期间有幸获得德国艾伯特基金会 (Friedrich Ebert Stiftung) 资助，成为改革开放后的第一批访问学者迈出国门从事科学研究工作，在欧洲一流的德国马克斯·普朗克协会固体研究所和德国弗朗霍夫协会应用固体物理研究所从事晶体生长和生长理论研究工作逾 10 年，独立地或者与伊丽莎白·鲍泽尔博士 (Dr. Elisabeth Bauser) 等同事合作，在著名的国际杂志上发表科学论文 30 篇，做过有益的贡献。

在马克斯·普朗克协会固体研究所我从事科学研究工作逾 8 年，研究所教授所长对我的科学研究工作的一份评语上写着：“Herrn Y.C.Lu habe ich während seiner Stuttgarter Zeit als einen außerordentlich fähigen Wissenschaftler kennengelernt. Er hat spezifische Kenntnisse und Fähigkeiten demonstriert, die zu sehr beachtlichen Erkenntnissen und Fortschritten geführt haben und bereits internationales Aufsehen erregt haben. Ich würde es sehr begrüßen, wenn diese ungewöhnlich gute deutsch-chinesische Zusammenarbeit fortgesetzt werden könnte."(译文："卢因诚先生在斯图加特期间，作为一个具有特殊才能的科学家我认识了他。他表现出具有专门的知识和特殊的才干，从而取得了相当重要的认识和进展，并且已引起了国际上的重视。如果这种特别好的德国—中国合作能够继续下去的话，我将非常欢迎。"）

从北大毕业算起，在人生路上，我有 30 年时间从事科学技术与科学研究工作，其中包括逾 10 年时间在德国从事科学研究。一个人一生中能有机会从事科学研究是幸运的。在经历了动荡、蹉跎岁月之后我尚能有逾 10 年的时光与多国科学家一同从事科学研究，我是幸运的；我由衷地感激人生，感恩于养育我的父母和抚育我成长的祖国。可以说，我已经圆了我少年时代的科学梦。

20 世纪末年，我终止了我的科学研究生涯，然而，我仍不得安宁，不敢停下人生前行的脚步。少年时代的文学梦想在心中萦绕，它像蓝天上的白云，忽而飘来，忽而浮去；它像夜幕的星辰，时而明亮，时而迷离。

当人类踏入 21 世纪门槛之际，我终于做出了人生旅途上的另一个抉择：从科学研究转向文学创作。我要圆我少年时代的文学梦！

从科学领域转向文学领域，我的最初感觉，犹如尚在北大，从理科学习转入文科学习；它让我感到新奇、兴奋、激动，仿佛为我的人生开启了一扇新的大门。

在文学领域从事文学创作的前期，从事纪实文学写作。2003 年我的第一部纪实文学著作《旅欧十年》出版；接着，开始了文化欧洲丛书的写作。2006 年文化欧洲丛书四卷书《深邃德意志》《阳光意大利》《浪漫法兰西》《雍容不列颠》出版。2009 年文化欧洲丛书八卷书《寻觅德国》《寻觅意大利》《寻觅法国》《寻觅英国》《寻觅奥地利》《寻觅北欧》《寻觅荷兰、比利时、卢森堡》《寻觅瑞士》出版。这之后，开始了长篇小说的写作。2012 年初，欧美题材长篇小说《德国之恋》(Love in Germany) 出版。

时光荏苒，长篇小说《德国之恋》出版时，我从科学研究转向文学创作已历时 12 年；近年来，心中滋生了将科学研究与文学创作融合一体的冲动，探求科学研究的新颖成果与文学创作的罗曼蒂克情怀融合一体的理念。

2012 年春，我开始了科幻小说的写作，尝试将科学与幻想在科幻小说中融合一体。关于科幻小说的定义，我个人比较倾向于《辞海》上对于“科幻小说”的定义：“依据科学技术上的新发现、新成就以及在这些基础上可能达到的预见，用幻想的方式描述人类利用这些新成果完成某些奇迹的新型小说。”

2013 年秋，我完成了科幻小说《来自天然星的伊迪奥特》的创作。科幻小说《来自天然星的伊迪奥特》讲述了一位外星人与他的儿子因一次偶然事件，从遥远的行星天然星乘坐宇宙飞船并搭乘一颗未知星球来到地球上空，但在从地球大气层跳伞降落地球过程中父子失散了。外星人在一位中国科学家陪同下环游地球，以外星人之间的电磁感应特异功能寻找失散的儿子。在环球旅行中，外星人经历了许多事件，见识了地球，了解了地球人类的生存活动与人文理念，同时也在不同场合谈及他们星球人类的有别于地球人类的生存活动与人文理念。外星人经历了什么事件？是否找到了他的儿子？他在环球旅行中谈及哪些有关他们星球人类的生存活动与人文理念？他在写给妻子的外星人家书中陈述了些什么？外星人一家能够在地球或者在他们的星球乃至在另外的外星球上重新团聚吗？答案尽在《来自天然星的伊迪奥特》一书中。

希望科幻小说《来自天然星的伊迪奥特》能引起读者的兴趣，并将它推荐给朋友们分享。

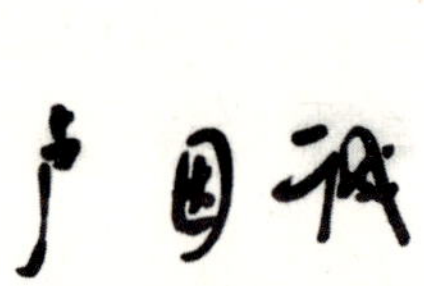

2014 年 9 月　北京

索引

卢因诚 (Y.C.Lu) 科学论文索引涵盖 1975–1996 年间发表的 40 篇学术论文。

1．沙晶：使用定向偏角籽晶拉制无位错 [111] 硅单晶《物理》4 卷 2 期（1975）84

Sha Jing : Pulling–out dislocation–free [111] silicon crystals by using seed crystals with prescribed diviation from [111] orientation. Physics, Vol.4, 2 (1975) 84.

2．卢因诚、肖楠：用 X– 射线形貌技术研究硅集成电路中的缺陷《集成电路》1 期（1976）23

Y.C.Lu and N.Xiao: Study of defects in silicon IC by X–ray topography. Intergrated Circuit, 1(1976) 23.

3．莫党、卢因诚：椭偏光仪在半导体工艺中的应用《物理》6 卷 3 期（1977）113

D.Mo, Y.C.Lu: Application of ellipsometry in semiconductor technology. Physics, Vol.6, 3 (1977) 113.

4．卢因诚：掺杂多晶硅技术《半导体工艺》4 期（1977）66

Y.C.Lu : Technology of impurity doped polycrystalline silicon. Semiconductor Technology 4 (1977)66

5．卢因诚：硅单晶缺陷及其控制《物理》7 卷 5 期（1978）275

Y.C.Lu : Defects in single crystale and their control. Physics, Vol.7, 5 (1978) 276.

6．肖楠、卢因诚：器件工艺过程中晶体滑移位错的引入和演变《物理》9 卷 3 期（1980）200

N.Xiao and Y.C.Lu: The introduction and development of crystalline slip dislocation in the production of silicon devices. Physics Vol.9, 3 (1980) 200.

7．莫党、卢因诚、李旦辉、刘尚合、卢武星：椭偏光法研究砷离子注入硅的损伤和退火《半导体学报》1 卷 3 期（1980）198

D.Mo, Y.C.Lu, D.H.Li, S.H.Liu and W.X.Lu: Ellipsometric study of radiation damage and annealing effect in As+ ion implanted silicon. Journal of Semiconductor Vol.1, 3 (1980) 198.

8．莫党、卢因诚、李旦辉、刘尚合、卢武星：用椭偏光法研究砷离子注入硅的损

伤和退火效应《物理学报》29 卷 9 期（1980）1214

D.Mo, Y.C.Lu, D.H.Li, S.H.Liu and W.X.Lu: Ellipsometric study of radiation damage and annealing effect in As+ ion implanted silicon. Chinese Journal of Physics Vol. 29, 9 (1980) 1214.

9. 卢因诚：半导体和外延层中的“台阶迹”《集成电路研究》3（1983）1

Y.C.Lu : Terrace–reiser trace in semiconductor crystals and thin epitaxial layers. Intergrated Circuit Research 3 (1983) 1

10. 卢因诚：半导体和外延层中的“谷迹”《集成电路研究》3（1983）5

Y.C.Lu : Valley trace in semiconductor crystals and thin epitaxial layers. Intergrated Circuit Research 3 (1983) 5

11. 卢因诚：硅体单晶中一种未知的杂质条纹的观察与研究《集成电路研究》3（1983）9

Y.C.Lu : Observation and Study of a unknown kinetic striations in silicon crystals.. Intergrated Circuit Research 3 (1983) 9

12. D.Bäuerle, G.Leyendecker, D.Wagner, E.Bauser and Y.C.Lu: Laser grown single crystals of silicon.（译文：激光生长硅晶体）Appl. Phys. A30, 3 (1983) 147.

13. Y.C.Lu and E.Bauser: Valley traces in semiconductor crystals.（译文：半导体晶体中的谷迹生长条纹）J. Cryst. Growth Vol. 71, 2 (1985) 305.

14. E.Bauser and Y.C.Lu: Kinetic striations in semiconductor crystals.（译文：半导体晶体中的动力学生长条纹）Jaresbericht, Max-Planck-Institut für Festkörperforschung, Stuttgart,1985, p. I-61.

15. Y.C.Lu: Silicon bicrystal growth.（译文：硅双晶体生长）J. Cryst. Growth Vol.79, 1–3 (1986) 322.

16. F.Stützler, A.J.Madenach, Y.C.Lu and H.J.Queisser: Electronic properties of grain boundaries in silicon.（译文：硅晶体中晶粒间界的电学性质）In: Proceedings of the Japan Institut of Metals International Symposium, Minakami 1985.

17. 卢因诚：冯·克利青和量子霍尔效应《物理》15 卷 7 期（1986）407

Y.C.Lu: Von Klitzing and Hall effect. Physics Vol.15, 7 (1986) 407.

18. H.P.Strunk, A.Kessler, Y.C.Lu and E.Bauser: Correlation between growth mechanism and microsegregation studied by electromicroscopy.（译文：以电子显微镜研究微观分凝效应和晶体生长机理之间的关系）Fourth Hungarian Conference on Crystal Growth, Budapest, Hungary, 22–25 July 1986.

19. E.Schönherr and Y.C.Lu: Zur Kinetik der Dotierstreifungen in Einkristallen.（译文：

单晶体中搀杂条纹的动力学）Fachausschuß Kristallsation, Burghausen, Fed.Rep.of Germany, March 1987.

20. 卢因诚：在宇宙空间实验室生长晶体以及晶体中的生长条纹《物理》17 卷 1 期（1988）33

Y.C.Lu: Crystal growth and development of striations in microgravity environment.Physics Vol.17, 1 (1988) 33.

21. E.Bauser and Y.C.Lu: Kinetic striations in semiconductor crystals.（译文：半导体晶体中的动力学生长条纹）In: Epitaxial Electronic Materials, eds. A.Baldereschi and C.Paorici (World Scientific, 1988) p. 164–204. In: Proceedings of Winter School on Technology,Characterization and Properties of Epitaxial Electronic Materials, Trieste, January 1986.

22. E.Bauser and Y.C.Lu: Kinetic Striations in Earth and Space–Grown Semiconductor Crystals.（译文：地面与空间生长的半导体晶体中的动力学生长条纹）Vortragskurzfassungen und Teilnehmerforum der 4. Sommerschule Mikrogravitation, Burghotel Schnellenberg Germany, 5.–8. Juni 1990. Proceedings of the Meeting, Köln Germany, p.159–160, August 1990.

23. K.Reimann, M.Holtz,K.Syassen, Y.C.Lu and E.Bauser: Indirect gap of aluminiumrich $Al_xGa_{1-x}As$ alloys at low temperature and high pressure.（译文：低温和高压下富铝半导体合金 $Al_xGa_{1-x}As$ 的非直接带隙）In: Fourth International Conference on High Pressure in Semiconductor Physics, eds. D.S.Kyriakos and O.E.Valassiades (Aristotle University, Thessaloniki, 1990) p. 238–241.

24. M.Rinker, H.Kalt, Y.C.Lu, E.Bauser and K.Köhler: Indirect stimulated emission at room temperature in the visible range.（译文：室温下可见范围内的非直接受激发射）SPIE Vol.1362, Physical Concepts of Materials for Novel Optoelectronic Device Applications. Aachen, Germany, 28. October – 2. November 1990.

25. M.Rinker, H.Kalt, K.Reimann, Y.C.Lu and E.Bauser: Band–gap renormalization in direct–band–gap $Al_xGa_{1-x}As$.（译文：直接带隙半导体 Al_xGa_{1-x} As 的带隙重正化）Phys. Rev. B42 (1990) 7274.

26. M.Rinker, H.Kalt, Y.C.Lu, E.Bauser, K.Köhler and P.Ganser: Influence of Γ–L and Γ–X crossings on stimulated emission in $Al_xGa_{1-x}As$. Appl.（译文：Γ–L 和 Γ–X 交叠对半导体 $Al_xGa_{1-x}As$ 的受激发射的影响）Phys. A53 (1991) 198.

27. M.Rinker, H.Kalt, Y.C.Lu, E.Bauser, P.Ganser and K.Köhler: Indirect–to–direct transition of stimulated emission in $Al_xGa_{1-x}As$.（译文：半导体 $Al_xGa_{1-x}As$ 中的非直接到直接的受激发射）Appl. Phys. Lett. 59 (1991) 1102.

28. K.Reimann, M.Holtz, K.Syassen, Y.C.Lu and E.Bauser: Pressure dependence of the indirect band gap of $Al_xGa_{1-x}As$ alloys (x=0.70 and 0.92) at low temperatures.（译文：低温下半导体合金 $Al_xGa_{1-x}As$ (x=0.7 和 0.92) 的非直接带隙与压强的关系）Phys. Rev. B44 (1991) 2985.

29. D.W.Snoke, W.W.Rühle, Y.C.Lu and E.Bauser: Nonthermalized distribution of electrons on picosecond time scale in GaAs.（译文：半导体砷化镓中 10^{-12} 秒时间范围的电子非热化分布）Phys. Rev. Lett. 68 (1992) 990.

30. D.W.Snoke, W.W.Rühle, Y.C.Lu and E.Bauser: Evolution of a nonthermal electron energy distribution in GaAs.（译文：半导体砷化镓中非热化电子能量分布的演化）Phys. Rev. B45 (1992) 10979.

31. Y.C.Lu, E.Bauser and H.J.Queisser: Thin epitaxial gallium aluminum arsenide layers grown by multi-compartment liquid-phase epitaxy.（译文：液相外延多厢舟法生长半导体镓铝砷外延晶体薄膜）J. Cryst. Growth 121 (1992) 566.

32. T. Marek, H. P. Strunk, E. Bauser and Y. C. Lu : Networks of growth steps on as-grown GaAs (001) vicinal surfaces.（译文：生成态砷化镓 (001) 临界表面的生长台阶网络）Inst. Phys. Conf. Ser. No 134: Section 6, p. 349-352 (1993). Microsc. Semicond. Mater. Conf., Oxford, 5-8 April 1993.

33. C.C.Hsu, Y.C.Lu, J.B.Xu and I.H.Wilson: Spiral growth of GaAs by metalorganic vapour phase epitaxy.（译文：金属有机汽相外延半导体砷化镓的螺旋生长）Appl. Phys. Lett. 64 (1994) 1995.

34. C.C.Hsu, Y.C.Lu, J.B.Xu, T.K.S.Wong and I.H.Wilson: Spiral growth of GaAs by metalorganic vapor phase epitaxy.（译文：金属有机汽相外延半导体砷化镓的螺旋生长）J. Vac. Sci. Technol. B12 (1994) 2115.

35. Y.C.Lu, Y.Chen, S.M.Cai and Z.F.Liu: Step Morphology of liquid phase epitaxial GaAs determined by atomic force microscopy.（译文：以原子力显微镜确定砷化镓液相外延层的生长台阶形貌）Chemical Journal of Chinese Universities（英文《中国高等学校化学学报》）16 (1995) 67.

36. R.Niebuhr, K.H.Bachem, Y.C.Lu, J.Baur, C.Merz and U.Kafmann: Progress in MOCVD GaN crystal growth.（译文：金属有机汽相外延半导体氮化镓晶体生长的进展）5. Brite Euram II Statusseminar CEA/CENG Grenoble,France, Nov. 1995.

37. R.Niebuhr, K.H.Bachem, Y.C.Lu, J.Baur, C.Merz and U.Kaufmann: Morphologie und Defektstruktur von MOCVD GaN Filmen auf GaN und AlN Nukleationsschichten.（译文：金

属有机汽相外延法氮化镓和氮化铝核化层上生长的半导体氮化镓晶体薄膜的形貌和缺陷结构）2. Statusbericht im BMBF Foerderschwerpunkt. Universitaet Ulm. Ulm,Germany, Nov. 1995.

38. R.Niebuhr, Y.C.Lu, S.Mueller, D.Behr, K.H.Bachem, M.Arlery and J.L.Rouviere: Einfluss von AlN und GaN Nukleationsschichten auf Morphologie und Defektstruktur von CaN MOCVD Schichten auf Saphir.（译文：氮化镓和氮化铝核化层对以金属有机汽相外延法在蓝宝石衬底上生长的半导体氮化镓晶体的形貌和缺陷结构的影响）DPG Fruehjahrstagung. Regensburg, Germany, Maerz 1996.

39. R.Niebuhr, K.H.Bachem, C.Merz, B.Santic, U.Kaufmann, Y.C.Lu and D.Behr: Properties of AlGaN/GaN quantum well structures growth by MOCVD on 2" sapphire substrates.（译文：以金属有机汽相外延法在 2" 蓝宝石衬底上生长的铝镓氮 / 氮化镓量子阱结构的性质）8. International Conference on Metalorganic Vapour Phase Epitaxy. Cardiff, Wales,UK, June 1996.

40. R.Nibuhr, K.H.Bachem, D.Behr, C.Hoffmann, U.Kaufmann, Y.C.Lu, B.Santic, J.Wagner, M.Arlery, J.L.Rouviere and H.Juergensen: Structural and optical properties of AlGaN/GaN quantum well structures grown by MOCVD on sapphire.（译文：以金属有机汽相外延法在蓝宝石衬底上生长的铝镓氮 / 氮化镓量子阱的结构和光学性质）MRS Fall Meeting 1996, Boston, MA, USA. Proceedings of the MRS, Bd. 449 (1996) 769.

致谢

在科幻小说《来自天然星的伊迪奥特》写作过程中，始终得到我的家人刘家珊、卢迪、贺捷、贺友芃的热情关怀和持续鼓励。贺友芃以他天真的幻想激发了我写作的灵感，以他奇异的幻象拓宽了我写作的思路。

在与德国科学家赫伯特·鲍泽尔博士（Dr. Herbert Bauser）多次通信中，我们探讨了宇宙结构和星际航行问题，从中我获得许多收获。

在本书出版过程中，得到北京精典博维文化传媒有限公司董事长陈黎明，出版业务总裁张春春的支持，有了这种支持，这部小说才得以出版。执行总编陈娟、编辑室主任王海丽全面负责这部小说，对于小说的编辑、出版起到至关重要的作用。

对于他们各位给予的支持、付出的辛劳和取得的成果，借此机会一并表示衷心感谢。

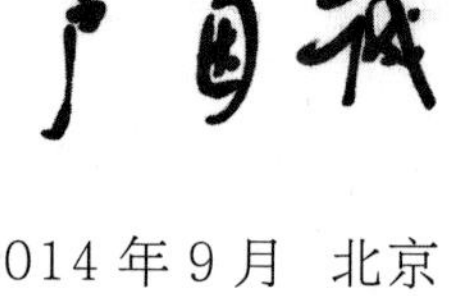

2014年9月　北京